L.I.E. 영문학총서 제24권

에즈라 파운드의 시와 유교사상

이두진 지음

L. I. E. – SEOUL

2010

책머리에

　여기에 실은 글들은 필자가 그동안 써놓은 에즈라 파운드에 관한 논문들을 모아서 새로 해설을 덧붙인 것이다. 책의 구성은 2부로 되어 있는데, 1부는 각각 다른 시기에 쓴 네 편의 논문을 모았고 2부는 박사학위 논문을 실었다. 십여 년이 지나 이 글들을 다시 살펴보니, 각기 쓴 시기도 다르고 주제도 다르지만, 이 글 모두에는 파운드에 대한 필자의 한결같은 관심이 들어 있다는 것을 알 수 있어 감회가 새로웠다. 나의 관심은 문명과 사회에 대한 파운드의 문제의식이 그의 시와 삶에 어떤 영향을 끼쳤으며, 또한 시인 파운드의 성공과 실패를 가져온 원인이 어디에 있으며, 그 때문에 그는 어떤 인간적 고뇌를 겪었는가 하는 점이었다. 파운드의 시가 워낙 방대하고 난해하여 이러한 의문이 모두 해소될 수 있는 것은 아니겠지만, 우연히도 이 책에 실린 글들은 초기, 중기, 후기 등 그의 생애 전체에 걸쳐 있어서 나름 대로 작은 해답을 구하게 된 것으로 생각한다. 1부 1장의『휴 셀윈 모벌리』를 다룬 부분에서는 초기 형태의 문제의식을 살펴보았고, 2장에서는 파운드와 파시즘 그리고 유교의 사상적 연관성을 다뤘으며, 3장에서는 그의 생태학적 상상력을 통해 파운드 사상의 특성을 짚어 보았다. 그리고『피사시편』이후에 씌어진『록-드릴』시편을 다룬 4장에서는 좌절을 겪은 시인에게 나타나는 변화의 특성이 무엇인지에 초점이 주어졌다. 또한 2부에서는 파운드가 쓴 최고의 작품이라고 여겨지는 『피사시편』에서 그의 사상적 토대가 된 유교사상이 어떻게 그의 인간적 고뇌와 관련을 맺는지를 다뤘다.

이 책을 내기까지 직간접적으로 도움을 주신 분들이 많다. 지금의 나를 있게 해주신 부모님과 서울대 영문과의 은사님들, 특히 황동규, 장경렬 선생님께 감사드린다. 그리고 자료를 구하기 어려운 시절 힘들 줄 알면서도 자진해서 아틀란타로 불러낸 서울대 조철원, 난삽한 『시편』 일부를 번역하여 참고가 되게 해준 국민대 이일환선생님, 함께 시 공부를 하며 부대껴 온 방송통신대 김문수형과 강릉대 이철, 그리고 동국대 황훈성형께도 고마움을 표시하고 싶다. 또한 지금까지 학생들과 함께 영시를 배우고 가르치며 연구할 수 있는 기회를 준 가톨릭대학교와 나를 아끼는 선후배 동료교수들께도 감사드린다. 그리고 언제 또 책을 낼지 모르니 헌정사를 꼭 쓰라는, 늘 곁에서 지켜준 벗이자 아내인 현숙과 사랑하는 원우와 봄에게 고마움을 전한다. 마지막으로 이 책의 출판을 맡아주신 국학자료원 관계자 여러분께도 감사드린다.

목 차

책머리에

해설

1부: 파운드 시의 모색과 변화

2부: 『피사 시편』: 유교사상과 위기상황 속의 파운드

참고문헌 289

줄임말(ABBREVIATIONS)

파운드의 저서를 인용할 때 이 논문에서 사용한 줄임말은 아래와 같다.

ABCR	*ABC of Reading* (New York: New Directions, 1960)
C	*Confucius* (New Directions, 1969)
CA	*The Classic Anthology Defined by Confucius* (Faber, 1974)
CC	*Confucius to Cummings* (New Directions, 1964)
CSP	*Collected Shorter Poems* (Faber & Faber, 1952)
GK	*Guide to Kulchur* (New Directions, 1970)
J/M	*Jefferson and/or Mussolini* (Liveright, 1970)
LE	*Literary Essays of Ezra Pound* (Faber, 1954)
Letters	*The Letters of Ezra Pound, 1907-1941* (A Harvest Book, 1950)
PD	*Pavannes and Divagations* (New Directions, 1975)
SP	*Selected Prose: 1909-1965* (New Directions, 1973)

해설

언어의 힘에 대한 믿음과 좌절

　수많은 시인들 중에서 20세기 시인 에즈라 파운드(Ezra Pound: 1885-1972)만큼 굴곡이 많은 삶을 산 시인을 찾아보기도 힘들다. 그는 동시대의 유력한 문인들과 교유하며 거침없는 창작, 번역, 평론활동을 하면서 20세기 초의 모더니스트 시 운동의 중심에 서서 현대시의 큰 흐름을 주도하다가 2차 세계대전 중에 반역죄로 기소되었다. 그 후 그는 죽음의 고비를 넘기고 쎄인트 엘리자베쓰 정신병원에 감금되었다. 그의 생애 동안에 끊임없이 시와 예술, 정치와 경제, 그리고 서구문명 자체에 대해 적극적으로 발언했던 파운드는 동료 문인들의 끈질긴 탄원으로 1958년 반역죄에 대한 기소중지 결정을 받아 정신병원에서 풀려나게 되는데, 전쟁 전에 거주하던 이태리로 돌아간 후 1972년 죽기까지 마지막 10년 동안 그는 거의 완전한 침묵 상태를 유지했다.

1. 초기의 문학 활동과 이미지즘

　파운드는 1885년 10월 미국 아이다호 주의 헤일리에서 태어났다. 2

살 때 가족이 동부로 이주하여 필라델피아 근교에서 성장기를 보냈고, 15세 때에는 시인이 되기로 마음 먹었다고 그는 나중에 말한 바 있다. 일종의 청강생의 자격으로 필라델피아 대학교를 다니다가 1905년 해밀턴 대학을 졸업한 그는 로만스어와 문학에 각별한 관심을 가졌고 다시 필라델피아 대학교에 돌아와 1906년 석사학위를 받았다. 그는 나중에 저명한 시인이 된 윌리엄 카를로스 윌리엄스(William Carlos Williams)와 힐다 두리틀(Hilda Doolittle)을 필라델피아 대학에서 만나게 되었다. 비록 추구하는 시의 방향은 달랐으나 평생 동안 파운드와 윌리엄스는 서로를 존중하며 의견을 나누게 되며, 힐다 두리틀은 나중에 파운드가 주도하던 이미지스트 운동의 동료가 된다. 잠시 유럽여행을 다녀온 그는 인디애나주의 크로포즈빌에 있는 워버쉬 대학에서 교편을 잡았으나 부도덕한 행위를 했다는 오해를 받고 편협한 미국사회의 도덕률에 실망하여 고국을 등지고 유럽여행길에 올랐다. 지중해의 여러 도시를 떠돌던 파운드는 1908년 이태리 베니스에서 첫 시집 『꺼진 촛불』(*A Lume Spento*)을 출판한 뒤 그 해에 런던에 자리를 잡고 12년을 머물며 20세기 서구문단의 핵심적인 인물이 되었다.

20세기 영미문학사에서 파운드를 빼놓을 수 없는 시인으로 만든 것은 그가 교류하며 영향력을 주고받은 문인들의 비중과 그 다양성에 기인한다고 할 수 있다. 1913년부터 1915년까지 파운드는 예이츠(W. B. Yeats)의 비서로 일하며 예이츠에게 일본의 노(Noh) 극을 소개하여 예이츠의 시와 극의 변화를 일궈내기도 했다. 또한 조이스(James Joyce)와 엘리엇(T.S. Eliot)의 초기 작품이 발표되도록 주선했고, 나중 일이지만 엘리엇의 『황무지』(*The Waste Land*)(1922년)를 대폭 수정하고 삭제하여 오늘날의 완성된 형태로 만드는데 커다란 역할을 하였다. 런던 생활 초기의 파운드는 문학적으로 상당히 역동적인 삶을 살았다고 할 수 있다. 런던에서 그는 당대의 주요 문인들과 활발하게 교류하면서, 빅토리아풍의 시에 식상하여 새로이 태동하던 당대 문단의 기류를 마치 물을 빨아들이는 솜처럼 흡수하여 자신의 것으로 만들어 현대시가 나아갈 방향을 제시했다. 그는 포드 매독스 포드(Ford Madox Ford)와 교류하며 언어의 혁신에 대해 관심을 가지게 되었고, "슬픔에 잠겨 징징 짜는" 감상적인 빅토리아풍의 시를 버리고 "장식적이지 않고, 단단한, 고전적인 시"(dry, hard, classical verse)를 쓸 것을 강조한 철학자이자 시인인 흄(T. E. Hulme)의 견해를 받아들여 이미지스트 운동의 기초가 되는 원칙을 마련하였다. 1912년 파운드는 플린트(F. S. Flint), 두리틀(흔히 H.D.라는 예명으로 불림), 올딩턴(Richard Aldington)과 함께 이미지스트 그룹을 형성했고, 1913년 3월호 『시』(Poetry)지에 「이미지스트의 몇 가지 금기사항」(A Few Don'ts by an Imagiste)을 발표하기도 했다. 파운드는 여기서 이미지는 "순간적으로 지적이며 정서적인 복합체를 제시하는" 것이라면서 대상을 표현하는데 상관없는 "피상적인 단어나 형용사를 사용하지" 말고 "추상을 피하며," 전통적인 약강격의 운율로 시행을 분리하지 말 것을 주장했다. 파운드의 이러한 의견이 반영된 것이 분명한 '이미지즘'(Imagism)의 기본원칙은 다음의 3가지로 요약되어 발표되었다.

1. 주관적이든 객관적이든, 사물을 직접 다룰 것.
2. (대상의) 재현에 도움이 되지 않는 어떤 단어도 절대 사용하지 말 것.
3. 리듬에 관하여: 메트로놈의 일정한 반복음이 아니라 연속되는 음악적인 구절로 노래할 것.

1. Direct treatment of the "thing," whether subjective or objective.

2. To use absolutely no word that does not contribute to the presentation.

3. As regarding rhythm: to compose in the sequence of the musical phrase, not in the sequence of a metronome.

이러한 원칙은 빅토리아풍의 감상주의적인 시어의 남용을 경계하고 대상을 표현하는 정확한 시어를 사용할 것과, 기계적이고 규칙적인 리듬으로 되어 있는 정형적인 리듬을 벗어나 자유로운 리듬을 사용할 것을 강조한 것이었다. 파운드가 쓴 이미지즘 시의 대표작은 1913년에 쓴 「지하철 정거장에서」(In a Station of the Metro)이다.

군중 속에서 나타난 환영 같은 이 얼굴들.
비에 젖은, 검은 가지 위의 꽃잎들.

The apparition of these faces in the crowd;
Petals on the wet, black bough.

이 시는 원래 30행의 시로 씌어 진 것을 표현의 정확성을 위해 줄이다 보니 2행의 시가 되었다고 하는데, 파리의 지하철 정거장에서 마주친 얼굴들을 비오는 날 나무 가지 위에 달린 꽃잎의 이미지와 병치 (juxtaposition)시켜 놓은 것이다. 여기에서 알 수 있듯이 이미지즘 시에서는 불필요한 시어가 배제되어 단단하고 선명한 회화적 이미지가 남아 있게 되는 장점이 있지만, 작가의 사상이나 정서가 어떻게 담겨 있는지는 판단하기 어렵다. 이런 점 때문에 이미지즘 시는 짧은 시에나 어울린다고 생각되어 오랜 기간 지속되지는 않았다. 파운드 역시 곧 이미지즘 운동 자체에는 흥미를 잃었으나, 추상적인 것을 표현하기 위해 구체적 실례를 병치하는 겹침 기법(superpositive method)이나 표의

문자적 기법(ideogrammic method)은 이미지의 병치를 통한 표현기법을 활용한 것으로서 『시편』(*The Cantos*)에서도 지속적으로 나타나고 있다. 그리고 이미지즘 운동은 젊은 시인들이 언어의 정련에 힘을 기울여 추상적이거나 장식적인 시어를 피하게 하는 데 중요한 역할을 하였고, 문학운동으로서의 힘은 미약해졌으나 1920년대 말까지 명맥을 이어가서 주로 자유시 운동에 큰 영향을 주게 되었다.

　파운드가 이미지즘과 결별한 이유가 무엇인지에 대해서는 여러 가지 추측이 있어 왔다. 일부에서는 1915-1917년에 간행된 『몇몇 이미지스트 시인들』(*Some Imagist Poets*)이라는 3권짜리 이미지스트 시 전집의 발간을 점차 주도하게 된 에이미 로웰(Amy Lowell)의 이미지즘 운동이 감상주의로 방향을 튼 것에 대한 파운드의 반감--그는 이것을 "에이미지즘"(Amygism)이라고 불렀다--때문이라고 하기도 하고, 일부에서는 그가 장시를 쓰고자 하는 열망을 가지고 있어 이미지즘 시에 부족감을 느꼈기 때문이라고도 하며, 다른 한편에서는 이미지즘이 생동감 있는 시어의 필요성에 대한 그의 욕구를 충족시킬 수 없었기 때문이라고도 한다. 그는 시어에 에너지가 충전되어 있어야 한다고 생각했다. 따지고 보면, 이미지즘의 원칙들은 시어의 정확성과 구체성 그리고 간결한 압축을 강조한 것이라서 『독서의 기초』(*ABC of Reading*)에서 그가 강조한, "시는 곧 응축"이라는 언어관의 또 다른 표현이라고 볼 수 있다. 그러나 이미지즘이 낳은 이미지는 단순하고 평면적인 한계가 있었다. 그렇기 때문에, 이미지즘과 결별하고 난 직후인 1914년에 파운드는 윈담 루이스(Wyndam Lewis)와 함께 '보티시즘'(Vorticism)--'소용돌이파'로 불리기도 한다--을 잠시 주도하며 그 운동의 기관지 『블라스트』(*Blast*)를 발행했다. 이미지즘과 보티시즘의 차이는 정적인가 동적인가에 있었는데, 보티시즘적인 이미지는 단순한 회화적인 이미지가 아니라 소용돌이치는 힘을 수반하는 것이었다. 그러나 보티시즘은 기본적으로 문학운동이라기 보다는 전반적인 예술운동의 성격을 지니고 있었고 시에서는 한계가 있어서 파급효과는 거의 없었고 파운드도 지속적인 관심을 보이지는 않았다.

이미지즘운동을 통해 현대시의 새로운 방향을 제시한 파운드였지만, 정작 그는 자신의 시가 나아갈 방향에 대해서 고민을 하고 있었다. 런던에 도착한 후 1909년부터 그는 연이어 시집들--『가면』(Personae), 『리포스테스』(Ripostes), 등--을 발표했고 그 사이에도 다양한 번역 작품을 출판하였으나, 그러한 작품들에서 그는 정확하고 간결한 시어로 응축된 언어의 힘을 유지하면서도 보다 호흡이 긴 시를 쓰고자 하는 열망을 충족시키지 못하고 있었다. 기회는 우연히 왔는데, 1913년에 메리 페놀로싸가 작고한 남편 어니스트 페놀로싸(Ernest Fenollosa)의 유고집을 가지고 파운드를 방문했다. 그는 중국시와 일본 노(Noh) 극을 평생 연구한 사람이었다. 이 유고집을 연구하면서 파운드는 일본의 전통적인 시형식의 하나인 하이쿠(haiku)와 한자의 상형문자적 특성에 큰 충격을 받았던 것으로 보인다. 그가 창조하려고 했던 압축된 이미지를 중국과 일본에서는 이미 오래전부터 구현하고 있었던 것이었다. 페놀로싸의 유고집을 토대로 해서 파운드는 1915년에 번역시집 『중국』(Cathay)을 발표했는데, 여기에는 1916년에 발표된 시집 『루스트라』(Lustra)와 함께 하이쿠의 영향이 두드러지게 나타난다. 또한 『중국』은 파운드의 뛰어난 번역 솜씨를 보여주는 것이었지만 자신의 시가 나갈 새로운 방식을 찾던 파운드에게는 그 이상으로 의미가 있었다. 그는 단순한 번역을 넘어서서 이것을 통해 당시 1차 세계대전이 벌어지고 있는 유럽에 관해 전쟁, 이별, 상실 등을 간접적으로 노래하는 자신만의 방식을 터득하게 되었다.

좋은 일에 액이 낀다고 하는 데 파운드의 경우가 딱 그러했다. 파운드는 여기서 찾아낸 방식으로 『섹스투스 프로페르티우스에 대한 경배』(*Homage to Sextus Propertius*)를 썼다. 이 시는 1917년에 쓰어져서 1919년에 『시편』의 처음 3편을 비롯한 다른 시들과 함께 발표되었다. 파운드는 로마의 서정시인 프로페르티우스의 시를 번역하면서, 시대를 달리하고 있지만 프로페르티우스 시대의 로마와 현대의 런던이 우매한 제국의 통치를 받고 있다는 점에서 유사하다고 보고 그것을 간접적으로 풍자하려고 했다. 그는 두 도시가 대비될 수 있도록 의도적으로 용어를 선택했는데, 그중 대표적인 예가 "냉장고 특허품"(a frigidaire patent)이라는 표현이었다. 시대의 차이를 무시한 이러한 표현은 현대의 런던을 상기시키려는 의도적인 것이었지만, 그렇지 않아도 여기저기서 수많은 언어로 된 작품들의 번역에 나섰던 파운드를 고깝게 여기던 고전학자들은 번역의 오류라며 집중적인 공격을 가했다. 파운드가 이것은 단순한 번역이 아니라 프로페르티우스의 시를 차용한 번안 작품이라고 하며 또한 진정한 번역은 자구(字句) 그대로의 번역이 아니라 원작의 정신을 살린 번역이라고 주장하였지만 그가 입은 상처는 돌이킬 수 없었다. 그러지 않아도 평론활동을 통해서 다른 시인들에게 거침없는 비판을 가해서 처음 런던에 도착해서 활동할 때의 우호적인 분위기가 돌아선 터라 그는 점점 고립되어가는 자신의 상황을 인식하게 되었다. 파운드가 영원히 런던을 떠나 파리로 갔던 1920년에 발표된 『휴 셀윈 모벌리』(*Hugh Selwyn Mauberley*)는 런던에 대한 그의 고별사라고 할 수 있는데, 거기에는 런던의 어리석고도 조야한 문학풍토에 대한 파운드의 풍자가 담겨 있으며, 또한 이 시에 나중에 추가된 「모벌리」(Mauberley)에서는 1차 세계대전에서 엿본 역사의 진행과 서구문명의 현재에 대한 환멸이 들어 있다. 『휴 셀윈 모벌리』를 다룬 이 책의 본문에서 볼 수 있듯이, 이 시점에서 파운드는 시를 위한 시, 예술을 위한 예술의 한계를 절감하고 있었다. 시어에 생동감을 부여하여 죽은 예술을 되살리고 인간 지성의 산물인 최고의 예술을 구현하려던 그의 시도는 런던을 떠난 시점부터 새로운 방향으로 전개되기 시작했고, 타락한 서구문명에 대한 비판적 발언을 작품 속에서 또 실생활에서 강화하기 시작했다.

2. 문명 비판과 『시편』

런던을 떠난 1921년 이후 파운드는 짧은 시를 거의 쓰지 않았다. 시에 대한 인식, 문명에 대한 인식이 확장된 후, 그는 『시편』에 몰두하였다. 사실 파운드가 『시편』을 쓰기 시작한 것은 그 보다 몇 년 전으로 알려져 있다. 그는 1915년에 초기 형태의 『시편』을 쓰기 시작하여 1917년부터는 산발적으로 발표하기 시작했는데, 책의 형태로는 1925년에 『16개 시편의 초고』(*A Draft of XVI Cantos*)가 처음으로 발간되었다. 그리고 마지막으로 『시편 110-117의 초고와 단편들』(*Drafts and Fragments of Cantos CX-CXVII*)이 1968년에 나왔다. 이렇게 보면, 총 117편의 시편이 50여 년간 발표된 셈인데 이 중 시편 72와 시편 73은 2차 세계 대전 중 이태리어로 씌어져서, 나중에 그동안 발표된 시편들을 모은 최종본인 『시편』에는 수록되지 않았다. 『시편』의 구성은 크게 네 부분으로 나눠지는데, 시편 1-30은 "초기 시편들"(the Early Cantos)로 불리며, 시편 31-71은 "중기 시편들"(the Middle Cantos), 시편 74-84는 『피사시편』(*The Pisan Cantos*), 그리고 시편 85-117은 "후기 시편들"(the Later Cantos)로 알려져 있다. "후기 시편들"은 처음 책으로 발표될 때의 제목 그대로 『시편』에서 독립적인 장으로 편성되어 있는데, 시편 85-95는 『록-드릴』(*Section: Rock-Drill de los Cantares*) 시편, 시편 96-109는 『쓰로운즈』(*Thrones de los Cantares*) 시편, 그리고 『초고와 단편들』이다. 그리고 세부적으로 시편들은 특징에 따라 별도의 명칭이 붙어 있는 경우도 있다. 다음에 정리한 것은 훠뱅크(Furbank)가 『시편』의 흐름을 요약한 것을 발췌하고 보충한 것이다(82-85).

「시편 1」: 르네상스 시인 안드레아 디부스(Andrea Divus)의 번역본을 토대로 해서, 사자들의 영혼을 불러들여 고향으로 가는 올바른 길을 찾는 율리시즈의 에피소드를 다룬 호머의 『오디쎄이』 9권을 번역한 시편. 여기서 파운드는 고대 그리스, 르네상스, 현대의 문화를 다층적으로 겹쳐 놓아 『시편』 전체에서 앞으로 비슷한 겹침의 방식이 사용될 것임을 암시한다. 또한 율리시즈의 방랑은 문화사에 대한 파운드의 방랑을 상기시킨다.

「시편 8-11」: 르네상스 시대 이태리 리미니(Rimini)의 영주 시지스문도 말라테스타의 생애를 다룬 말라테스타 시편(Malatesta Cantos). 그는 잔혹하고 폭력적이었으나 화가와 시인에게 아낌없이 베풀던 후원자였다. 파운드의 관심은 말라테스타의 활동적인 삶과 예술의 관계에 맞춰져 있다.

「시편 13」: 『논어』에 나오는 공자와 제자들의 대화와 가르침을 다룬 "공자 시편"(Confucian Canto). 이 시편에서 파운드는 사회의 혼란을 바로잡기 위한 질서의 중요성에 주목한다.

「시편 14-15」: 단테의 『신곡』이나 밀턴의 『실락원』과 비교될만한, 파운드의 "지옥 시편"(Inferno Cantos). 이 시편에는 파운드가 혐오한 사람들, 고리대금업자, "언어를 곡해한 자들"(perverters of language) 등을 다루고 있다.

「시편 24-26」: 베니스의 번영과 쇠락을 다룬 시편들.

「시편 31-34」: 미국 3대 대통령 토마스 제퍼슨의 정치이념과 정치 활동을 다룬 "제퍼슨 시편"(Jefferson Cantos). 그는 "미국사 시편"에 나오는 존 아담스(John Adams)와 함께 파운드가 찬양하던 인물이었다.

「시편 42-44」: 시에나(Siena)에 있던 몬테 데이 파쉬(Monte dei Paschi) 은행의 설립을 다룬 시편. 파운드는 이 은행을 고리대금업과 상관이 없는, 사회에 이로웠던 유일한 은행이라고 생각했다.

「시편 45」: 고리대금업의 병폐를 다룬 "고리대금업 시편"(Usura Canto). 「시편 51」에서도 파운드는 다시 고리대금업을 비판하는 시편을 썼다.

「시편 49」: 농사일과 사계절의 리듬에 맞춰 사는 조화로운 삶을 다룬 "중국 시편"(China Canto).

「시편 52-61」: 고대 중국에서부터 1735년 청나라의 융성기까지 중국사의 흐름을 다룬 "중국사 시편"(Chinese History Cantos). 이 시편들에서 파운드는 다양한 유교의 경전을 활용하여 공자의 말씀을 잘 따르던 왕조는 바른 정치를 폈고 그렇지 않을 때 멸망했다는 일관된 시각을 유지했다.

「시편 62-71」: 미국독립의 아버지 중 하나인, 1735년에 태어난 존 아담스의 행적을 중심으로 한 "미국사 시편"(American History Cantos). 파운드는 아담스가 공자의 지혜를 물려받은 정치가라고 생각했다.

「시편 74-84」: 2차 세계대전 이후 파운드가 피사의 수용소에 갇혀 있으면서 쓴 『피사시편』. 이 시편에서 파운드는 그 동안의 경험과 추억, 유교 경전, 독서 경험, 문필 활동 등 자신의 삶과 관련된 모든 재료를 쏟아 넣었다. 다른 시편들에서 통일된 창작의도가 발견되고 취급된 자료가 객관적으로 통제된 반면에, 이 시편에서는 주관적인 마음의 행로를 따라 상상력이 움직이는 특성이 있다. 따라서 비평가들은 흔히 이 시편이 『시편』의 다른 부분과 형식상 부조화를 이루고 있다고 보고 있다.

「시편 85-95」: 쎄인트 엘리자베쓰 정신병원에서 쓴 『록-드릴』시편. 파운드는 이 제목을 제이콥 엡스테인(Jacob Epstein)의 조각 작품에서 따왔다. 마이클 알렉산더(Michael Alexander)는 이 제목이 파운드가 대중의 몰이해와 파운드 자신의 절망을 헤치고 천국의 옥좌(Thrones of Paradise)로 가는 길을 뚫고 있는 것이기 때문에 그렇게 붙여졌다고 말한 바 있다.

「시편 96-109」: 『쓰로운즈』시편. 파운드는 단테의 『천국』편에서 옥좌가 좋은 정부를 만들려는 사람들의 영혼을 위한 것이라면, 시편에서의 옥좌는 자기중심주의에서 벗어나 지상에 가능한 질서의 정의를 세우려는 시도라고 말했다.

「시편 110-117」: 『시편』을 예술적으로 완성할 수 없었음을 고백한 『초고와 단편들』.

위에 나타난 『시편』의 흐름을 살펴보면, 파운드가 문명의 성쇠를 고리대금업과 유교의 관계 속에서 해석하고 있다는 것을 알 수 있다. 런던에서의 생활이 끝나가던 무렵, 파운드는 문명과 역사에 대한 인식을 새롭게 하게 되면서 현대 서구문명의 위기가 근본적으로 화폐의 유통과 관련되어 있다는 생각에 도달했다. 이것은 사회경제학자 클리포드 휴 더글러스 소령(Major Clifford Hugh Douglas)의 "사회신용론"(Social Credit)을 만나게 된데서 시작됐는데, 여기에 따르면 재화의 교환에 화폐가 사용되면서 문명의 모든 해악이 나타나게 됐다는 것이다. 물물교환이 필요에 따른 정당한 가치의 교환이라면 화폐가 생겨나면서 처음에는 사용가치를 담보하는 교환수단이었으나 나중에는 부의 축적 수단으로 변질되었는데 이것이 현대문명의 타락을 가져온 본질적인 원인이라는 것이다. 파운드는 특히 고리대금업이 문명의 타락을 가져온 가치전도의 원흉이라고 지적하면서 비판의 강도를 강화시켜 나갔고, 그와 함께 정치와 경제에 대한 발언의 수위를 높여갔다. 그런 가운데 파운드는 고리대금업을 바로잡을 수 있는 사상으로 공자의 정명(正名)에 대한 견해에 주목하게 되었다. 공자가 정명론을 펼친 데에는 기본적으로 직분과 그 직분에 따른 역할이 일치할 것을 강조함으로써 올바른 정치를 행하여 국가의 부패와 혼란을 바로잡으려는데 있었다. 파운드는 정명사상이 가치의 뒤바뀜 현상을 바로잡아 타락한 문명을 갱생시킬 수 있는 대안이 될 수 있다고 생각했다. 이러한 생각이 비록 순진한 일면이 있지만, 이것은 하나의 대상에 하나의 언어가 정확히 일치되는 표현을 좋은 표현이라고 생각한 파운드의 언어관과도 어울리는 것이라고 할 수 있다.

『시편』에 나타난 문명비판은 런던에서의 순수한 문학활동에 대한 실망과 좌절에서 비롯되었으나 결과적으로는 더욱 심각한 좌절의 원인이 되었다. 1921년부터 파리에 잠시 머물던 파운드는 1924년에 이태리의 조그만 해변도시 라팔로(Rapallo)에 정착했다. 스스로 고립을 택한 그는 여기서 『시편』을 다듬고 새로 쓰는 일에 전념했다. 1925년에 『16개 시편의 초고』, 그리고 1928년에 『시편 17-27의 초고』(*A Draft of Cantos 17-27*)를 낸 뒤, 그 두 시집을 합치고 3편을 추가하여 『30개 시편의 초고』(*A Draft of XXX Cantos*)(1930)를 발표하였으며, 계속해서 『11개의 새 시편 31-41』(*Eleven New Cantos XXXI-XLI*)(1934), 『다섯 번째 10개의 시편 42-51』(*The Fifth Decad of Cantos XLII-LI*)(1937), 『시편 52-71』(*Cantos LII-LXI*)(1940)을 출판했다. 그 후, 피사의 수용소에 갇혀 자신의 삶을 되새겨 보는 『피사시편』(1948)을 쓸 때까지 공백기가 있는데, 라팔로에서의 17년 동안 그가 보인 창작의 열정은 남다른 데가 있었다. 그러한 창작의 에너지는 사실상 그가 타락한 문명을 바로잡는 게 예술을 위해서나 인간성의 회복을 위해서 절실하다는 믿음이 없다면 불가능한 것이었다. 파운드는 시인으로서의 삶을 시작한 초기부터 언어의 정련을 통해 최고의 예술을 구현하여 인간정신을 최선의 상태로 키워나갈 수 있다고 믿었다. 그러나 황금만능주의에 빠진 현대사회에서 모든 가치체계는 뒤집히게 되었으며 참다운 예술은 더 이상 불가능하게 되었다는 게 그의 판단이었다. 그렇기 때문에 그는 타락한 문명을 소생시키고 최고의 예술이 가능한 정당한 사회를 건설하는 임무를 스스로에게 부과했다.

> 예술은 십중팔구는 최상의 성취, "완성된 것"이어야 한다. 그러나 (예술이 가져올 수 있는) 또 다른 만족할만한 효과가 있으니, 그것은 어떤 사람이 극복할 수 없는 혼돈에 온 몸을 내던져, 그것이 혼돈이면서 동시에 가능성이라는 것을 알고서, 할 수 있는 한 그 혼돈의 많은 부분을 잡아채고 끌어당겨 어떤 종류의 질서(또는 아름다움)로 일궈 내는 효과가 있다.

> Art very possibly *ought* to be the supreme achievement, the 'accomplished': but there is the other satisfactory effect, that of a man hurling himself at an indomitable chaos, and yanking and hauling as much of it as possible into some sort of order(or beauty), aware of it both as chaos and as potential. (*LE* 396)

예술가는 최상의 예술품을 창조하려고 노력해야 하지만, "극복할 수 없는 혼돈"에 몸을 던져 거기서 "질서(또는 아름다움)"을 창조해야 한다. 여기서 파운드는 예술적 완성과 사회적 질서의 확립을 예술가가 동시에 성취해야할 과제로 제시하고 있는 것이다.

3. 좌절과 부활

최고의 예술을 낳을 수 있는 사회적 질서의 필요성을 절감한 파운드는 초기의 언어관에 담겨 있는 통제된 시어의 힘에 대한 믿음을 타락한 문명과 사회를 향한 비판적 창작활동으로 확장시켰다. 여기서 문제는 파운드의 역사인식이 결함을 가지고 있었으며 그 결과 잘못된 정치적 선택을 했다는 점이다. 『피사시편』을 다룬 장을 포함하여 이 책의 여러 곳에서 지적하였듯이, 파운드의 영웅 숭배적이고 이성 중심적인 사고방식은 시대착오적인 면이 있었다. 그는 이태리의 무솔리니 정권이 농업을 장려하고 민중을 위한다고 생각하여 처음부터 파시즘(Fascism)에 호감을 가졌다. 그러다가 『시편』에 몰두하며 외롭게 지내던 파운드는 1933년에 무솔리니를 만난 이후 파시즘에 더욱 빠지고 말았다. 그는 무솔리니 독재정권이 이태리에 전체주의적 질서를 가져올 것이며 또한 무솔리니가 이태리 민중을 구원할 영웅이라고 믿었다. 그리고 2차 세계대전이 벌어지자 무솔리니 정권의 부탁을 받고 1941년부터 1943년까지 로마 라디오 방송을 통하여 당시 미국대통령 루즈벨트를 공격하고 유태인들을 비난했다. 미국이 참전한 후에도 이러한 행동은 계속되어 전쟁 중인 1943년에 그는 이미 반역죄로 기소되었고 1945년 전쟁이 끝난 뒤 체포되어 피사의 군 수용소에 수감되었다. 1년 후 그는 워싱턴에서 재판을 받았고 정신이상으로 판정되어 죽음의 위기를 넘기고 쎄인트 엘리자베쓰 정신병원에 수감되었다. 1948년에 출간된 『피사시편』으로 그는 수많은 논란을 불러일으키며 다음 해에 볼링젠(Bollingen) 상을 수상하였다. 프로스트를 비롯한 동료시인들의 탄원으로 1958년에 마침내 그는 기소중지를 받아 정신병원에서 풀려나게 되었다. 그 동안 쓴 시편들은 1955년에 『록-드릴』 시편으로, 그리고 1959년에는 『쓰로운즈』 시편으로 출간되었다. 자유를 얻은 뒤 그는 라팔로에 돌아가 여생을 마쳤는데, 오랜 기간 동안 몇몇 지인을 제외한 외부와의 접촉을 거부했다. 그리고 세상을 떠나기 3년 전인 1969년에 출판된 『시편 110-117』을 통해서 일생의 노력을 기울여온 자신의 역작 『시편』이 내적 통일성이 없는 실패작이라고 고백하게 되었다.

『시편』에 대한 평가와 시인으로서의 파운드에 대한 평가에는 논란이 있어 왔다. 여기에는 조국을 배신한 시인에 대하여 미국인들이 느끼는 혼란이 큰 몫을 차지하는 것으로 보인다. 또한 영국인들의 입장에서도 그들과 적으로 싸우던 무솔리니의 전체주의 정권을 두둔한 파운드가 달가울 리는 없다. 아이러니로 생각되는 것은 인간 파운드를 이렇게 불리한 상황으로 몰아간 것이 시인으로서의 파운드를 구원했다는 점이다. 『피사시편』을 비롯한 "후기 시편들"은 언어의 힘을 믿고 타락한 현대문명의 한복판에서 예술과 인간정신을 되살리려고 치열한 창작활동을 벌여온 시인 파운드의 좌절을 기록한 시라고 할 수 있다. 그 중에서도 『피사시편』은 시인 파운드를 옹호하는 비평가들이 그가 쓴 최고의 작품으로 간주하고 있다. 비록 창작활동을 통하여 문명을 소생시키려는 그의 시도는 실패로 돌아갔지만, 그의 작품은 그러한 과정에서 나타난 인간정신의 치열한 투쟁과 좌절을 담고 있기에, 위대한 문학작품으로 남게 되었다.

1부

파운드 시의 모색과 변화

I. 상업주의와 시:『휴 셸윈 모벌리』

1

에즈라 파운드의『휴 셸윈 모벌리』(*Hugh Selwyn Mauberley*)는 처음에「삶과 교제」(Life and Contacts)라는 부제가 붙은 13편의 시로 발표되었으나 나중에 5편의 시가 들어 있는「모벌리」(Mauberley)가 추가로 발표되어 총 18편의 시로 구성되어 있는데, 1920년에 런던의 오비드 (Ovid) 출판사에서 단행본으로 출판되었다.[1] 그런데 이 해는 1908년 미국을 떠나 이태리를 거쳐 영국에 도착한 파운드가 런던생활을 청산하고 파리로 떠난 해이기도 하다. 런던을 떠난 후 그는『시편』의 창작에 몰두하게 되었다.

『휴 셸윈 모벌리』는 파운드의 런던생활에 대한 기록이라고 볼 수 있는데, 파운드 시 전체로 볼 때,『시편』과의 연관성 속에서 그 의미가 달라진다. 리비스(F. R. Leavis)는『휴 셸윈 모벌리』에서 "내면 깊숙한

---

1) 출판 당시에는 *Mauberley*라는 제목을 사용하였다(Espey 17).

곳에서 나오는 충동(an impulsion from deep within)"을 느낄 수 있으며, 그 충동은 "파산을, 즉 헌신해 봤지만 결국 쓸모없게 된 생활을 인식하는 데서 나온다"(to derive... from a recognition of bankruptcy, of a devoted life summed up in futility)고 말한다(115). 리비스는, 『휴 셀윈 모벌리』가 좌절한 시인으로서 파운드의 개인적 정서를 잘 담은 시라고 긍정적으로 평가하지만, 『시편』에 대해서는 부정적이다. 그는 런던에서 좌절한 시인 파운드가 런던시절 이후에 『시편』을 집중적으로 썼지만 여전히 실패한 시인으로 남게 되었다는 인식을 보이고 있다. 파운드가 『피사시편』(The Pisan Cantos)으로 볼링젠 상(Bollingen Prize)을 받은 1949년 이후에도 리비스는 초기 시편 밖에는 나오지 않은 상태에서 내려진 이러한 견해를 전혀 수정하지 않는다(189-90). 이렇게 『시편』을 파운드의 실패작으로 보는 견해와는 달리, 그것을 문명비판의 성공적인 서사시로 보는 경우에, 『휴 셀윈 모벌리』는 『시편』에 직접적으로 연결되는 시로서 파악된다. 『휴 셀윈 모벌리』를 좌절한 시인의 런던생활에 대한 회고로 보는 리비스의 견해를 공박하면서, 휴 케너(Hugh Kenner)는 『휴 셀윈 모벌리』와 『시편』을 쓴 시인으로서의 파운드를 대조적 관계로 파악함으로써("Mauberley" 43) 『모벌리』를 파운드의 시 편력 상 중요한 전환점으로 보는 견해의 효시가 된다. 그리고 이러한 견해는 시간이 흐를수록 점차 우세해지고 있는데 이는 파운드의 반애국적 행동에 대한 반감이 차츰 약화되어가는 것과 함께, 어렵게만 느껴지던 『시편』에 대한 연구가 진전되었기 때문이라고 생각된다.

　『시편』과 연계시켜서 볼 때 나타나는 『휴 셀윈 모벌리』의 두드러진 특징은 사회풍자이다. 초기 시에서 파운드는 몇몇 예외적인 경우를 제외한다면 대부분 회고적 심미주의로 일관하고 있다. 그러한 그가 풍자의 단계를 넘어서서 절망을 보여주는 것으로 읽히기조차 하는 시를 쓰고, 그러한 절망이야말로 "시에 대해 슬프게도 죄를 지어온 시대에 대하여 저지른 시인의 죄악이라"(It is a poet's sin against an age that has sinned grievously against poetry)는 공박을 받게 된다(Homberger 195). 감정이 다분히 섞인 이러한 태도는 파운드에 대한 당시 영국문단의 적대적 분위기의 연장선상에서 이루어지고 있는 것으로 보인다. 파운드는 1919년 10월에 번역한 프로방스 시와 「시편 1-3」 및 『프로페르티우스에게 바치는 경배』(*Homage to Propertius*)를 수록한 『퀴아 파우페르 아마비』(*Quia Pauper Amavi*)를 우여곡절 끝에 출판하게 되었는데 이것은 대체로 비난을 받았다. 또한 『아테니움』(*Athenaeum*)이라는 주간지의 극평(drama criticism)을 맡았다가 고골(Gogol)의 『정부 감사관』(*The Government Inspector*)에 대한 평을 쓴 게 화근이 되어 석 달이 채 안되어 해고당하고 만다. 그는 문화계에서 점차 고립되고 있었고 경제적으로도 심한 고통을 받고 있었다. 파운드가 런던을 떠난 후 오리지(A. R. Orage)는 당시의 사정을 다음과 같이 기술하고 있다.

> 그러나 이 모든 것에도 불구하고, 파운드씨는, 영국의 지성과 문화의 향상을 위해 애써온 수많은 다른 사람들처럼, 친구보다는 더 많은 적을, 친구들보다 더욱 강력한 적을 만들었다. 출판계는 담합해서 대부분 그에게 문을 닫아걸었고, 그의 책은 한동안 무시되거나 깎아내려졌다. 그리하여 그 자신은 막노동꾼을 먹여 살릴만한 돈보다 훨씬 적은 돈으로 살아가야 했다.

> With all this, however, Mr. Pound, like so many others who have striven for the advancement of intelligence and culture in England, has made more enemies than friends, and far more powerful enemies than friends. Much of the press has been deliberately closed by cabal to him;

his books have for some time been ignored or written down; and he himself has been compelled to live on much less than would support a navvy. (Homberger 200)

그러한 상황 속에서 마침내 그는 미국으로 돌아갈 것인지 의학 공부를 할 것인지 고민하다가, "유럽의 생기 있는 한 도시"(the one live spot in Europe)인 파리로 가기로 결심한다.[2]

여기서 우리의 관심을 끄는 것은 미국을 떠나 런던에 정착할 때와 런던을 떠나 파리에 도착했을 때 파운드가 취한 정신적 반응의 유사성이다. 20대 초반의 파운드는 런던에 도착했을 때 느낀 심정을 윌리엄 카를로스 윌리엄스에게 보내는 편지에서 이렇게 말한 적이 있었다.

최고가 아닌 모든 예술은 허황된 거라는 느낌이 드는 도시로 런던만한 데가 없다네. 자신의 재료를 가장 주의 깊고 신중하게 재현하지 않고서는 스스로 불신하게 만드는 곳이지....그동안 나는 출판을 너무 많이 했네.

There is no town like London to make one feel the vanity of all art except the highest. To make one disbelieve in all but the most careful conservative presentation of one's stuff....I have printed too much. (Jackson 92 재인용)

마찬가지로 파운드는 파리에 도착한 뒤 『다이얼』(*The Dial*)에 발표한 「파리의 섬」(The Island of Paris)이라는 글의 도처에서 파리의 지적이며 예술적인 생활을 찬양했다(Jackson 92). 시기는 다르지만, 두 번의 이주에서 그가 보이고 있는 일관된 관심사는 지적 풍토, 더 구체적으

---

2) 파리와 관련된 부분에 대해서는 노엘 스톡(Noel Stock)의 책 293-4 참조.

로 말해서 예술적 가능성에 치중된 것으로 보인다. 이러한 상응관계는 또 다른 유사 상응관계를 암시하고 있는데 그것은 바로 예술적 불모지로서의 미국적 상황과 예술을 왜곡시키는 사회로서의 영국적 상황이다. 그리고 그 두 상황에 대한 파운드의 비극적 인식은 현대의 파괴적인 물질주의를 체험하는데서 나오는 것으로 보인다. 피터 니콜스(Peter Nicholls)가 지적하듯이, "파운드의 초기 심미주의 경향에 부채질을 한 것은 미국인의 생활에 만연된 조잡한 실용주의였다"(It was this element of crude pragmatism in American life which provided one stimulus to Pound's early aestheticism)(5). 미국이 실용주의적 사고에 빠져 철학적 사색을 할 시간적 여유 자체를 허용치 않는 사회라면, 이미지즘 운동을 주도하면서 한때 각광을 받으며 예술에 헌신했음에도 불구하고 파운드가 결국 좌절과 환멸을 경험한 영국은 철학적 사색을 수용치 못하는 타락된 사회라고 할 수 있다. 파운드는 이 무렵 더글러스 소령(Major C. H. Douglas)의 『경제 민주주의』(Economic Democracy)를 읽고 큰 정신적 충격을 받게 되었는데, 이때 그는 현대문명 전반에 걸친 구조적 타락이 배금주의에 기인한다는 점을 깊이 인식하게 된 것으로 보인다. 파운드는 경제학에 점차 매료되어, 나중에는 시를 포기하고 경제학으로 전향할 것을 선언하기까지 하였다(Blackmur 85n) 이렇게 볼 때 『경제 민주주의』를 읽은 뒤 파운드가 받은 정신적 충격이 그 무렵 씌어진 『모벌리』에 무의식적으로라도 개입되었을 가능성은 충분히 있는 것으로 생각된다.

　　파운드가 런던생활에 환멸을 느끼고 그 사회와 문명, 그것에 속한 문화예술계의 풍토를 풍자했을 때, 그것은 단순한 좌절감이나 절망감을 피력한 것이 아니었다. 파운드가 받은 정신적 충격은 아마도 상업화된 사회에서는 예술 자체에만 헌신한다고 해서 최고의 예술이 창조되고 평가받는 것이 아니라는 깨달음인 것으로 보인다. 따라서 이제 예술을 예술로서 존재하지 못하게 하는 사회와 문명에 대한 검토 작업이 요구되었다. 이러한 본격적인 검토 작업이『시편』으로 나타났다면『휴 셀윈 모벌리』는 그 예비 작업이라고 볼 수도 있을 것이다.

더글러스 소령의『경제 민주주의』를 읽고서 파운드가 정신적 충격을 받은 시기에『휴 셀윈 모벌리』가 씌어졌음에도 불구하고, 이 시에 대한 상업주의적 관점에서의 연구는 눈에 띄지 않고 있으며『시편』과 관련되어 부분적으로 언급되고 있을 뿐이다. 이 글에서는 이 시에 나타나 있는 시대와 문명 그리고 예술적 상황에 대한 풍자의 기저(基底)에, 현대의 상업성에 대한 파운드의 의식적이거나 무의식적인 비판이 담겨 있다는 것을 살펴보기로 하겠다.

2

에스피(Espey)는 시인 파운드가 화자 모벌리와 어떤 관계에 있는가, 시의 구조가 짜여져 있는 것인가 아닌가, 또 시의 궁극적 기저(基底)는 무엇인가 등이『휴 셀윈 모벌리』에서 줄곧 논란이 되는 문제들이라고 말한다(13). 이 글에서 우리가 목적하는 바는 위의 세 번째와 관련되는데, 그렇다고 해도 이 시를 논의할 때 선결문제가 되는 화자설정의 문제는 언급되어야 할 것이다. 그러나 본격적인 논의를 피하고[3] 이 장과 관련하여 설정된 필자의 관점을 제시하자면, 제 1 부의 첫 번째 시「E. P. 자신의 묘지 선택을 위한 노래」(E. P. Ode pour L'Election de son

---

3)『휴 셀윈 모벌리』에서의 화자설정문제에 대한 국내의 본격적 논문으로는 황동규, "The Speakers in *Mauberley*" 참조.

Sépulchre)에서부터 「XII」까지는 모벌리가 화자이며 마지막 시 「고별사(告別辭)」는 시인 파운드가 화자이고, 제 2 부의 「I」부터 「IV」까지는 파운드가 화자이며 마지막 시 「메달리온」(Medallion)은 모벌리가 화자인 것으로 보인다.

화자의 설정과 불가분의 관계를 맺으며 계속적인 논의의 대상이 되는 것은 시에 나타나는 E. P.와 모벌리가 누구이며 시인 파운드는 그들과 어떠한 관계에 있는가하는 점이다. 비평가들은 E. P.를 후기 파운드와 구별되는 런던시절의 파운드로 보는데 의견의 일치를 보이고 있다. 그러나 모벌리에 대해서는 다소 의견이 분분한 편이다. 동시대의 "군소시인"(minor poet) 중의 한 사람으로 보는 일반적 견해에 대해서 런던생활을 계속하였더라면 결과적으로 있게 되었을 파운드라는 다소 현학적인 주장도 있다(Flory 103). 그러나 런던에 남아 있었다고 하더라도, 파운드가 모벌리와 동일시될 수는 없는 것으로 보인다. 왜냐하면 파운드가 무모할 정도로 용감한 자아를 갖고 있는데 비해서 모벌리는 프루프록(Prufrock)처럼 소심하고 우유부단한 성격을 보이고 있기 때문이다. 그렇다고 해도 모벌리는 런던시절의 심미주의자로서의 파운드의 요소를 갖추고 있고, 따라서 타락한 시대를 헤쳐 나가지 못하는, 방향을 찾지 못한 상태의 파운드와 유사한 시인이라고 볼 수는 있다. 이렇게 볼 때 『휴 셀윈 모벌리』에서 파운드는 거리를 두고서 E. P.와 모벌리를 풍자하는 이중의 대조적 시선(antithetical eye)을 보이고 있다고 하겠다.

화자설정을 통해서 대조적 시선에 대한 관점을 마련하기는 했지만 그것이 일률적으로 적용될 수 있는 것은 아니다. 파운드와 모벌리의 시선이 중첩되기도 하기 때문이다. 블랙머가 비난조로 지적하듯이, 파운드가 가면(mask)을 사용하면서 철저히 개성을 배제하기 때문에(85),

이러한 시선의 중첩이 구체적으로 어디에서 일어나는가 하는 문제는
논란 없이 해결되기 어렵다. 그러나 이 시가 문명 비평적 성격을 띤 풍
자를 위주로 하고 있다는 점을 감안한다면 다음과 같은 시금석은 좋은
참고가 될 것이다.

> 내 견해로는, 현재까지 가장 설득력 있는 주장은 윌리엄 스파노스
> 의 것인데, 그는 「고별사」 이전에 우리가 듣는 것은 바로 모벌리의
> 목소리이고 연속된 이 시들에서 파운드 자신의 목소리는 결코 직
> 접적으로 들리지 않는다고 추정한다. 파운드의 목소리는 모벌리의
> 소리가 담긴 다양한 아이러니 속에 항상 숨어 있다는 것이다. 파운
> 드의 목소리는 모벌리의 목소리가 가장 개인적이지 않을 때, 즉 그
> 가 시대를 공격하고 있을 때 일치한다. 그것은 일인칭 화자가 나오
> 는 시에서는 모호해지는데, 모벌리의 목소리가 시대의 희생자들에
> 게 공감할 때는 일치하고 모벌리가 자신을 그 희생자들과 동일시
> 하는 경향이 있을 때는 구별이 되며 모벌리의 목소리가 개인적이
> 될 때, 즉 그가 완전히 자신에 빠져들 때는 전적으로 다르다.

> To my view, the most persuasive argument to date has been William
> Spanos', who reasons that it is Mauberley's voice we hear before the
> "envoi," and that "Pound's own voice is never heard directly in the
> sequence; it is always implicit in the varied ironies that are sounded by
> Mauberley. It is identical with Mauberley's when the latter is least
> private, that is, when he is attacking the age; it is ambivalent in the 'I'
> poems, identifiable with Mauberley's insofar as the latter sympathizes
> with the victims of the age, but distinct insofar as Mauberley tends to
> identify himself personally with them; it is totally distinct from
> Mauberley's when the latter is most private, that is, when he is
> completely absorbed in himself." (Bush 259)

지금까지 우리는 예비 작업을 통해서 이 시에서 파운드가 취하는 풍자

적 태도를 이해하는데 필요한 최소한의 관점을 마련해 왔다. 이것을 토대로 이제부터 각 부분을 살펴보기로 하겠다.

「E. P. 자신의 묘지 선택을 위한 노래」는 『휴 셀윈 모벌리』의 이해에 방향을 제시해 주는 시이다. 여기에는 지금까지의 시작활동에 대한 파운드의 회고와 자기성찰이 들어 있다. E. P.가 런던시절의 파운드를 지칭한다는 점, 그리고 그러한 E. P.의 매장을 예고하는 묘비명의 형식을 취하고 있는 점이 그것을 분명히 해 준다.

그런데 파운드의 자기성찰에서 주목되는 점은 파운드가 자신의 실패를 시대정신과의 부조화에서 오는 것으로 파악하고 있다는 점이다. "두 귀를 열고서"(in the unstopped ears) 미의 추구에 전념한 결과는 비극적이기 조차 하다.

> 이 경우 시신(詩神)의 왕관에
> 어떤 장식품도 보태지 못한 셈이다.

> the case presents
> No adjunct to the Muses' diadem. (*CSP* 205)[4]

이러한 비극적 결과는 "그가 서른이 되던 해에"(in l'an trntiesme/De son eage)라는 표현에서 암시되듯이 프랑스와 비용(François Villon)이 이룩한 결과와 대조되고 있다. 파운드는 『독서의 기초』(*ABC of Reading*)에서 비용에 대해서 다음과 같이 말하고 있다.

---

4) 『휴 셀윈 모벌리』의 인용은 모두 Ezra Pound, *Collected Shorter Poems* (London: Faber and Faber, 1973), 203-222를 따랐다. 중복을 피하기 위해, 이 장에서 시 인용을 할 때, 페이지는 따로 표시하지 않기로 한다.

비욘은 나쁜 경제가 망친 인간을 노래한 최초의 목소리였으니 그는 또한 한 시대의 종말, 중세의 꿈의 종말, 세련되고 섬세한 총체적인 지식의 종말을 대변한다. 아르노에서 귀도 까발깐티까지 이어져온 그것은 수세기동안 유럽의 은밀한 정신에 깃들어 있었으나 너무나 복잡한 거라서 독서 입문서에서는 다뤄질 수 없다.

Villon, the first voice of man broken by bad economics, represents also the end of a tradition, the end of the mediaeval dream, the end of a whole body of knowledge, fine, subtle, that had run from Arnaut to Guido Cavalcanti, that had lain in the secret mind of Europe for centuries, and which is far too complicated to deal with in a primer of reading. (104)

경제적 궁핍으로 좌절되고 패배자가 되었다는 점에서 파운드와 동질성을 띠고 있기는 하지만, 비욘은 "한 전통의 종말, 중세의 꿈의 종말"을 대표할 수 있는 위대한 시인이 되었다는 점에서 파운드와는 다르다. 이러한 차이는 시인 개인의 천재성의 문제로부터 나온다기보다는 배경이 되는 시대--헌신적으로 예술을 추구한 시인이 실패하는 시대--의 문제에 기인하는 것으로 「E. P. 자신의 묘지 선택을 위한 노래」에서 파악되고 있다.

　　시에서 "숭고미"(The Sublime)을 찾는 시인을 시대에 뒤떨어진 것으로 여기고 매도하는 시대의 관점은 모벌리를 통해서 제시된다.

도토리나무에서 백합을 쥐어짜려고 단호하게 애썼으나,
카파네우스. 가짜 미끼에 달려든 송어.

Bent resolutely on wringing lilies from the acorn;
Capaneus; trout for factitious bait;

이러한 구절에서 E. P.는 분명히 희화화되고 있다. 그러나 도토리가 척박한 문화적 풍토를 가리킨다면 백합은 그러한 풍토에 어울리지 못하는 시를 나타내고, 가짜 미끼가 오도된 예술적 경향에 비유될 수 있다면 숭어는 타락한 시대정신에 적응하지 못하는 시인을 상징적으로 보여준다는 점이 간과되어서는 안 될 것이다. 여기에는 자신의 지금까지의 예술 활동이 정당하다는 파운드의 자기인식이 들어 있다. 스스로 정당하다고 생각하는 목표를 파운드가 포기하지 않을 것이라는 점은 E. P.와 카파네우스의 비유로 암시되어 있다. 카파네우스는 주피터 신에게 대항하다가 죽음을 면치 못한 인물인데 단테는 그를 지옥에서조차도 저항적인 면모를 드러낸 인물로 묘사하고 있다(Brooker 190).

그러나 미의 추구에 있어서의 목표의 정당성에 흔들림이 없다 하더라도 시대에 부적합한 방법으로서는, 다시 말해서 "백합"과 같은 시로서는, 그러한 목표에 도달할 수 없다는 또 다른 인식이 가능하다. 이러한 점에서 제 4 연은 복합성을 띠고 있다.

> 그의 진정한 페넬로페는 플로베르,
> 완고한 섬 옆에서 낚시를 했고,
> 해시계에 있는 격언들 보다는
> 키르케의 머리카락이 우아한 것을 보았다.

> His true Penelope was Flaubert,
> He fished by obstinate isle;
> Observed the elegance of Circe's hair
> Rather than the mottoes on sun-dials.

여기서는 진정한 이상으로서의 "플로베르"(Flaubert)와 그릇된 이상으로서의 "키르케의 머리카락"(Circe's hair)이 대조되어 있다. 그런데 키르케는 미적 추구의 진정한 이상이 되지 못한다는 부정적 측면과 더불어 그러한 이상을 추구하기 위한 하나의 방법이 된다는 긍정적인 측면을 가진다. 그것은 키르케가 율리시즈에게 고향 이타카로 돌아갈 수 있는 방법을 제시한 것에서 암시된다. 그리고 그 방법이 「시편 1」에서 드러나듯이 지옥으로의 여행인 것은 파운드의 현실인식과 묘한 대비를 이루고 있다. 예술이 가능하게 하는 미의 절대세계가 이 지옥과 같은 현실세계에서는 불가능할 수밖에 없다면 그러한 현실세계의 개혁이 우선적으로 필요하다. 따라서 이제, 지옥과 같은 시대상황에 직면하여, 그러한 시대상황의 본질과 그것이 예술에 끼치는 영향을 점검하는 것이 선결문제로 부각된다.

3

인간의 다른 활동과 마찬가지로 예술 활동도 사회생활의 한 형태로서 이루어진다. 예술의 독자성이나 자족성을 강조하는 입장에 선 예술지상주의에 있어서도 그것은 마찬가지이다. 아도르노(Adorno)식으로 말한다면 가장 순수하다고 할 수 있는 문학작품 속에서도 우리는 그러한 순수를 지향하게 되는 시인의 잠재의식--그것은 타락한 시대에 대한 혐오감일 수 있다--을 발견할 수 있기 때문이다. 이와는 다른 차원에서 본다면 문학이 궁극적으로는 의사전달의 한 양식이라는 점을 들 수 있다. 예술 활동은 창조자와 향유자를 토대로 하고 있다는 점에서 사회적이다. 미에 대한 예술가의 추구가 자폐성(自閉性)을 띠더라도 그가 창조한 예술은 예술로서 존재하기 위해서는 궁극적으로 창조자와 향유자라는 사회적 관계로 환원되지 않으면 안 된다. 모든 사회적 관계는 정당성을 기초로 하여 맺어지며 그러한 정당성이 왜곡되거나 해체된 사회는 타락한 사회이다. 예술이 매체로 되는 사회적 관계에 있어서의 정당성은 예술가는 아름다움을 추구하며 그것을 형상화하고 감상자는 그것을 향유하며 예술가의 창조행위를 북돋우는 것이라고 할 수 있다. 그러한 관점에서 볼 때 파운드에게 있어서 현대사회는 타락한 사회이다. 현대는 아름다움의 전형(典型)에는 아랑곳없이 점점 더 찌푸린 얼굴형상을 요구하는 시대인 것이다.

> 시대는 요구했다
> 점점 더 찌푸린 영상을,
> 현대식 무대에 맞는 뭔가를,
> 어쨌거나, 그리스의 우아함은 아닌.
>
> The age demanded an image
> Of its accelerated grimace,
> Something for the modern stage,
> Not, at any rate, an Attic grace;

여기서 우리가 주목해야 될 점은 그러한 타락한 시대상황의 속성이 현대의 상업주의에 기인하는 것으로 파운드가 암암리에 제시하고 있다는 점이다. 조오지 데커(George Dekker)가 지적하듯이, "요구했다"라는 단어에는 수요와 공급이라는 시장원리가 암시되어 있고 "어쨌거나"라는 단어는 개별적인 상업행위를 연상시킨다(430). 이처럼 상업주의가 예술에 침투해 있을 때 예술적 정당성을 기초로 한 시인-독자의 평형관계가 해체되고 만다. 데커는 위의 인용구절을 예술가와 후원자의 관계(the artist-patron relationship)를 드러내는 것으로 보고 있으나(430) 그보다 확대하여 예술가와 향유자의 관계로 보는 것이 타당할 듯하다. 경제의 관점으로 환치시킬 때 그러한 관계는 생산자와 소비자의 관계가 된다. 그런데 예술의 감상은 단순히 소비적 형태로 이루어지는 것이 아니라 독자 편에서도 능동적 참여, 창조적 참여가 있어야 한다. 현대의 상업사회에서는 그것이 불가능하다. 왜냐하면 수요와 공급이라는 시장경제의 원리가 예술에도 적용되는 현대에 이르러 진정한 예술품에 대한 가치판단이 뒤바뀌고 말기 때문이다.

> 의역한 고전보다는
> 거짓이 더 낫다니!

> Better mendacities
> Than the classics in paraphrase!

파운드가 "의역한 고전"이라는 구절을 썼을 때, 그는 이 시를 쓸 무렵 출판된 『퀴아 파우페르 아마비』에 실린 번역물들, 특히 『섹스투스 프로페르티우스에게 바치는 경배』(*Homage to Sextus Propertius*)를 염두에 두고 있는 것으로 보인다(Brooker 193-4). 이 시가 출판되기 이전인 1919년 3월에 『섹스투스 프로페르티우스에게 바치는 경배』의 일부가 『시』(*Poetry*)지에 발표되었는데 이것을 읽은 헤일(W. G. Hale)은 그 해 4월 역시 『시』지에 실린 「갇혀 있는 페가수스」(Pegasus Impounded)라는 글에서 파운드가 저지른 번역상의 실수를 조목조목 지적하였다(Homberger 154-7). 이에 대해 파운드는 그 해 12월 『새 시대』(*New Age*)지에 실린 글에서, 번역을 할 때 번역이 불가능한 구절들이 있다고 변호를 하고 있다(Homberger 163-4). 파운드가 다른 번역가들에게도 한 충고에서 보이듯이 이 때 중요한 것은 원작의 정신을 살리는 것이다.[5] 원작의 언어를 단순하게 그대로 옮기는 작업은 예술적 창조성이 결여된 거짓된 행위인 셈이다. 그럼에도 불구하고 창조적 정신을 살린 작품이 무시당하고 단순한 복제품에 불과한 엉터리 번역 작품이 판을 치는 시대는 정신적으로 타락한 시대라고 아니할 수 없다.

상업화된 시대에서 예술품이 매매될 때 그러한 가치전도는 필연적이다. 이때 예술은 수요와 공급의 원리에 따라서 대중의 속물근성에 의해 지배되기 때문이다.

> 제작되자 팔리는 예술은 근본적으로 나쁜 예술이다. 그것은 수요에 따라 만들어진 예술이다. 그것은 대중에 영합한다. 대중의 취향은 나쁘다. 대중의 취향은 항상 나쁜데, 그건 개별적 표현이 아니라 단지 인정을 받으려는 광증, '거기에 참여'하려는 광증에 불과하기 때문이다.

> Art that sells on production is bad art, essentially. It is art that is made to demand. It suits the public. The taste of the public is bad. The taste of the public is always bad because it is not an individual expression but merely a mania for assent, a mania to be 'in on it.' (Brooker 193)

이러한 구절을 읽을 때 우리는 파운드의 엘리트의식이 드러난 것이라고 비판할 수도 있겠으나 여기서 파운드가 지적하는 점은 예술에 있어서의 대중화를 생각할 때 빼놓아서는 안 될 부분임도 부인할 수 없을 것이다. 대중에 의해 예술적 가치가 결정될 때 개인적 차원에서의 예술성은 집단의 횡포에 의해 무시되기 십상이다. 결국, 대량생산과 대

---

5) 라우스(W. H. D. Rouse)에게 보낸 편지에서, 파운드는 "마치 당신이 원작의 단어들을 모르고 일어난 사건을 말하는 것처럼 '재창작'한 것을 보고 싶다"("I'd like to see a 'rewrite' [he wrote W. H. D. Rouse] as if you didn't know the *words* of the original and were telling what happened.)(Kenner *Era* 150)고 말하기도 했다.

량소비의 메커니즘이 예술에 있어서조차 작용하게 될 것이다. 이러한 메커니즘 속에서 시대정신이 요구하는 대로 시간을 허비하지 않고 즉석에서 만들어지는 예술품에 창조적 정신이 배어들기는 어렵다.

> '시대는 요구했다' 주로 시간을 허비하지 않고
> 만들어진 회반죽 석고상을,
> 산문적인 활동사진을, 확실히 설화석고나
> 운율의 '조각'은 아니었다.

> The 'age demanded' chiefly a mould in plaster,
> Made with no loss of time,
> A prose kinema, not, assuredly, alabaster
> Or the 'sculpture' of rhyme.

여기서 우리는 "산문적"이라는 말을 음미해 볼 필요가 있다. 파운드는 「독서법」(How to Read)이라는 글에서(*LE* 26) 19세기에는 산문이 시보다 우세한 시기였다고 말하면서 시와 산문을 비교한 바 있다. 그는 시가 고전압의 상태로 충전되어 있다면 산문은 상대적으로 충전도가 낮다고 비유적으로 말한다. 따라서 똑같은 의미나 효과를 얻기 위해서 산문은 보다 많은 언어를 사용하게 된다.[6] 이러한 비유는 파운드가 시에 있어서의 성적(性的)인 에너지를 강조하기 위해서 시와 산문을 구별하여 말할 때 사용한 용어와 부합되는 면이 있다.

> 파운드는 심지어...산문 소설이 '배설적인' 반면에, 시는 속성상 '남근적(男根的)'이라고 생각했다.

---

6) 파운드가 시를 응축(condensare)된 형식으로 보고 이미지의 명료성을 확보키 위해서 정확한 단어(les mot juste)를 찾는 것도 이와 같은 맥락에서 이해될 수 있다.

Pound even speculated that poetry was 'phallic' in nature while...prose
fiction was 'excremental.' (Ford 437)

산문을 "배설적"인 것으로 보는 파운드식의 이미지는, 장르상의 구분
이라는 문제를 떠나서 창작의 문제로 전환시켜서 볼 때, "산문적"이라
는 용어가 근본적으로 대량복제와 관련되고 있음을 보여 준다. 대량
복제된 예술품에는 정신적 에너지가 내장되기 어려우며, 따라서 겉모
양만 떠내는 석고상("a mould in plaster")이나 배설적인 활동사진("a
prose kinema")은 시대정신의 무기력을 보여줄 뿐이다. 파운드의 견해
를 따른다면, 산문이 19세기 산업혁명이 전개되면서 자본주의체제가
발전되고 중산층의 속물근성이 증대됨에 따라 융성하게 된 것을 감안
한다면, 상업화된 사회에서의 대량복제가 예술에 있어서의 참다운 가
치의 공동상태(空洞狀態)를 낳은 것은 우연이 아닌 것으로도 볼 수 있
다.

　지금까지 예술적 가치의 혼돈이 본질적으로 상업주의적 시대정신
때문에 초래된다는 파운드의 인식이 시 「II」에 담겨져 있음을 살펴보
았다. 시 「III」에서는 가치 전도 현상이 보다 더 구체성을 띠고 나타난
다.

> 다과회용 장미, 다과회용 의상 등이
> 코즈의 모슬린을 대신하고,
> 자동 피아노가 '대체한다'
> 사포의 수금을.

> The tea-rose tea-gown, etc.
> Supplants the mousseline of Cos
> The pianola 'replaces'

Sappho's barbitos.

현대사회에서 대량생산된 복제품들은 진정한 가치를 대신하고 있다. 만물이 변하는 것이 하나의 진리라면 인간의 역사는 점점 더 타락의 국면으로 변화한 것으로 보이는데, 번지르르한 싸구려는 쇠퇴하지도 않고 융성해 나가리라("But a tawdry cheapness/ Shall outlast our days") 는 시대에 대한 조롱이 담겨 있다. 이러한 시대에는 아름다움마저도 시장바닥에서 결정된다.

> 우리는 본다 아름다움이
> 시장 바닥에서 선포되는 것을.
>
> We see τὸ καλόυ
> Decreed in the market place.

그리하여 우리 시대에는 진정한 예술도 진정한 종교도 불가능하다 ("Faun's flesh is not to us,/ Nor the saint's vision"). 시대를 바라보는 파운드의 시선은 여기서 단순히 시대와 예술의 문제로 향하는 것이 아니라 정치·사회·경제·문화의 전사회적(全社會的)인 문제로 확대되고 있는 것으로 보인다. 오늘날 대중민주주의의 발전은 자본주의적 경제체제의 발달과 그 궤적을 같이 하고 있으며 그러한 대중민주주의의 근간을 이루는 것이 언론과 대중의 선거권이다. 파운드가 보기에 이 두 가지 요소야말로 시대의 참다운 정신과 에너지를 상실하고서 우리가 얻은 대가이다("We have the press for wafer,/ Franchise for circumcision"). 이제 와서는 역사적인 과오로 판명이 났지만, 파운드가 한때 파시즘에 적극 동조했던 것도 이러한 맥락에서 이해될 수 있을 것이다.

시 「IV」에서는 전사회적인 타락에 대한 파운드의 인식이 전쟁을 통하여 부각된다. 목적도 명분도 없는 싸움에 처한 젊은 군상들이 벌이는 공연한 소동들이 희화화되는데 그들이 애써 지켜왔던 세계는 불행하게도 거짓과 기만으로 가득 찬 세계이다.

> 눈 높이까지 지옥에 잠겨서 걸으며
> 늙은이들의 거짓말을 믿은 뒤, 환멸을 느끼고서
> 집으로 돌아왔으나, 거짓말로의 귀향이요,
> 무수한 사기로의 귀향이요,
> 낡은 거짓말과 새로운 수치로의 귀향이었으니,
> 수백 년 묵어 두껍게 쌓인 고리대금업과
> 공석(公席)에 있는 거짓말쟁이들에게로 귀환.

> walked eye-deep in hell
> believing in old men's lies, then unbelieving
> came home, home to a lie,
> home to many deceits,
> home to old lies and new infamy;
> usury age-old and age-thick
> and liars in public places.

이 구절은, 트로이 전쟁 후에 고향에 돌아가기 위해 오랜 방랑을 하게된 율리시즈(Ulysses)가 키르케의 귀띔을 받고서 고향으로 돌아갈 방법을 찾으려고 사자들의 세계로 간 여행을 상기시킨다. 명분도 없는, 헬렌(Helen)도 없는 전쟁을 치르고 젊은이들이 돌아가야 할 세계는 페넬로페(Penelope)가 없는 세계이다. 그리고 그러한 몰가치의 세계의 핵심에 고리대금업이 있다.

비평가들은 파운드가 『시편』에서 발전시킨 고리대금업(usury)이라는 개념이 그의 시 세계에서 중요하다는 데 의견의 일치를 보이면서, 이 개념이 『휴 셀윈 모벌리』의 상기 인용부분에서 처음 나온다고 지적하고 있다(Flory 103). 고리대금업에 대한 파운드의 체계적 개념정립의 시기를 확실히 추정할만한 단서가 주어져 있지는 않으나, 위 인용부분을 읽을 때 사회에 대한 파운드의 진단의 핵심에는 이미 고리대금업이 중심적인 이미지로 작용하고 있는 것으로 보인다. 고리대금업에서 문제가 되는 것은 다름 아닌 가치전도현상이다. 고리대금업은 땀 흘려 일하지 않고도 돈 자체를 통해서 재산증식을 함으로써 허울이 본질을 대변하는 왜곡현상을 일으킨다.[7] 이러한 고리대금업을 시대정신의 표출로 보는 파운드의 견해에는 수단이 목적이 되고 목적이 수단이 되는 가치역전현상을 보여주는 시대가 바로 현대라는 인식이 들어 있다. 에스피는 "수백 년 묵어 두껍게 쌓인"이라는 구절이 "때가 딱지처럼 낀 이미지"(image of incrustation)를 보여준다고 지적하고 있는데(89), 파운드에게 있어서 현대는 타락한 시대정신, 고리대금업의 정신에 절어 들어 그것을 지우려고 해도 지울 수 없는 시대로 나타나고 있다.

시「V」에서는 제 1 차 세계대전에서 희생된 젊은이들과 그들이 목숨을 바쳐 지켜야 할 가치가 없었던 "누더기가 된 문명"(a botched civilization)이 날카롭게 대조된다. "선한 입가에 미소 짓는 매력"(Charm, smiling at the good mouth)을 지닌 수많은 젊은이들이 "땅의 덮개 아래로 사라졌다."

> 수백 개의 부서진 동상들을 위해,
> 수천의 망가진 책들을 위해.

7) 고리대금업에 대한 더 자세한 논의는 이 책의 89-90과 140-5 참조.

For two gross of broken statues,
For a few thousand battered books.

시 「IV」와 시 「V」는 전쟁을 다루고 있는 시편들인데, 시 「IV」에서 파
운드가 분노와, 그러한 분노의 반대편에 서서, 희화화를 보여준다면,
시 「V」에서는 다소 진중하고도 애도적인 분위기를 보이고 있다. 그러
면서 파운드는 현대문명이 "고물상의 재산목록"을 연상시키는 문명
이라는 판단을 보여주고 있다(Sutton 48). 이것은 시대정신의 본질이
상업주의라는 파운드의 인식이 구체적으로 표현된 또 다른 예라고 할
수 있다.

4

시 「II」에서 「V」까지에서 상업주의의 지배를 받는 시대정신과 그
것이 예술에 끼치는 영향이 일반적으로 다뤄지고 있다면, 「청록색 눈」
(Yeux glauques) 이후의 시에서는 그러한 시대상황에 처한 예술가들의
현주소 또는 반응들이 탐색되고 있다.

「청록색 눈」에서는 파운드 자신이 런던시절에 간여하던 이미지즘
운동이나 보티시즘 운동과 역사적 근친관계를 이루는 라파엘 전파
(Pre-Raphaelites)가 다뤄진다. 이들의 입장을 변호하면서 파운드는 폐
쇄적인 도덕성으로 무장한 빅토리아조 사회가 예술에 있어서 창조의
자유를 구속하는 것을 모벌리의 시점을 통해서 풍자한다. 그러나 그
이후의 시에서 파운드가 그 시대의 예술가들에 대해서 취하고 있는 태

도를 고려할 때, 여기서 파운드가 풍자하는 진정한 대상은 라파엘 전파 시인들 자체인 것으로 보인다. 그들은 자신들의 시대를 이해하지 못하고 따라서 거기에 적절히 대응하지 못한다. 시대에 대한 올바른 관점을 정립하지 못하고 우왕좌왕하면서("bewildered") 감상적인 신세 타령("Ah, poor Jenny's case")이나 하고 있다. 이렇게 보면 「청록색 눈」이라는 제목도 아름다움의 전형으로 이해될 성질의 것이 아니라 녹내장에 걸려서 눈이 멀게 되는 것을 나타낸다고 할 수 있다. 이러한 제목을 통해 파운드는 스윈번(Swinburne)이나 로제티(Rossetti)같은 라파엘 전파 시인들이 미래안을 갖지 못한 시인들임을 풍자하고 있는 셈이다. 청록색 눈을 제 2 부의 「메달리온」(Medallion)에 나오는, "눈들이 황옥으로 바뀐다"(The eyes turn topaz)는 표현에 표면 그대로 연결시켜 미의 결정으로 보게 되면, 파운드가 제 2 부에서 모벌리를 자기도취적인 인상주의자로 묘사하고 있는 것을 간과하는 결과가 될 것이다.

「시에나가 나를 만들고 마레마가 나를 망쳤다」(Siena Mi Fe'; Disfecemi Maremma)에서는 시대에 대응하지 못하고 좌절하는 또 다른 유형의 예술가가 묘사된다. "1890년대"(The Nineties) 시인들로 분류되며 예술을 위한 예술을 신봉하는 시인클럽(Rhymer's Club)에 속하는 시인들의 일원인 "베로 씨"(Monsieur Verog)는 시를 가십 이상의 것으로 생각할 수 없는 사람이다.[8] 그의 비극은 심각한 시대상황에 직면해 있으면서도 그것을 제대로 인식하지 못하고 어릿광대 역할을 하는 예술가의 비극이다. 단테의 연옥편에서 따온 이 시의 제목은 시대상황의 타락적 본질이 무엇인지를 암시해 준다. 마레마는 현대의 런던을 가리킨다는 점에는 별다른 이의가 제기되고 있지 않다. 시에나가 구체

---

8) 에스피는 빅터 구스타브 플라르(Victor Gustave Plarr)라는 실존인물이 무슈 베로의 모델이라고 말한다(91).

적으로 무엇과 관련돼서 언급되었는지 단정적으로 말할 수는 없으나 1935년에 나온 「사회 신용: 하나의 충격」(*Social Credit: An Impact*)에는 시에나와 관련된 언급이 나온다. 그는 여기서 은행에 두 종류가 있는 데 하나는 자선과 재건을 위한 은행이며 다른 하나는 민중을 약탈하는 은행이라고 하면서, 17세기에 세워져 지금까지도 있는 시에나의 몬테 데이 파쉬(Monte dei Paschi) 은행이야말로 정의로운 은행이었다는 것이다. 이 은행은 메디치 가문의 코지모(Cosimo)가 플로렌스 정복 후 재정파탄에 이른 시에나를 위해 건립하여 은행을 유지할 최소한의 이율만 받고 사람들에게 돈을 빌려주게 했다고 한다(*SP* 240). 따라서 파운드는 시에나를 건전한 금융이 이루어지는 사회, 돈이 정당성을 유지하는 사회로 생각하고 있었던 것으로 보인다. 이러한 생각을 『휴 셀윈 모벌리』에 그대로 적용시키는 것은 발표 시기에 차이가 있으므로 유보적일 수밖에 없으나, 이 시의 곳곳에 나오는 상업문화에 대한 파운드의 혐오감을 고려한다면 그 적용가능성도 마땅히 지적되어야 할 것이다. 이러한 관점에 서서 볼 때, 시에나와 대조되어 있는 마레마도 고도의 상업화된 문명사회, 특히 사회의 모든 가치관이 배금주의에 물들어 본연의 가치기준을 상실한 런던을 지칭하는 것으로 구체화될 수 있다. 그러한 사회에서 시대에 대한 인식이 투철하지 못한 "베로 씨"와 같은 시인의 좌절은 필연적일 것이다.

「브렌바움」(Brennbaum)에서는 예술을 사교행위(社交行爲)로 알고 있는 예술가가 묘사되고 있다. 이 시의 모델인 실존인물 맥스 비어봄(Max Beerbohm)을 유태인으로 오인한 파운드는 브렌바움에게는 모세 시대의 유태인들이 가지고 있던 정신적 힘이 부재함을 지적한다(Witemeyer 169).

> 호렙과 시나이와 40년의 무거운 기억은
> '나무랄 데 없는 자' 브렌바움의
> 얼굴을 가로질러 수평으로
> 햇빛이 떨어질 때에만 드러났다.

> The heavy memories of Horeb, Sinai and the forty years,
> Showed only when the daylight fell
> Level across the face
> Of Brennbaum 'The Impeccable.'

파운드는 가나안을 찾아 고난을 마다 않는 고대의 유대정신과 오늘날의 정신적 타락을 대조하고 있다. 위의 인용부분에 나오는 "햇빛"은 시 「III」에 나오는 "번지르르한 싸구려"(tawdry cheapness)를 연상시키는바, 파운드는 유태인들의 정신적 힘의 상실이 그들의 배금주의에 기인하는 것으로 파악하고 있는 듯하다.

「닉슨 씨」(Mr. Nixon)에서 파운드는 상업주의적 시대정신이 낳은 가장 타락한 예술가를 보여준다. 이러한 예술가에 의해 오늘날 진정한 예술품을 가려내는 가치판단의 기준이 혼돈되어 있다는 사실이 토로되고 또 그러한 상황이 이용되고 있음은 의미심장하다.

> '그리고, 척 봐서, 걸작을 알아보는 사람은 없네.
> '이보게, 시는 집어 치우게,
> '거기서 뭔 덕을 보겠나.'

> 'And no one knows, at sight, a masterpiece.
> 'And give up verse, my boy,
> 'There's nothing in it.'

시「X」에서는 현대의 "스타일리스트"(The stylist)가 다뤄지고 있는데 여기서도 파운드의 시선은 부정적인 방향으로 움직이고 있다. 휴 케너는 포드 매독스 포드(Ford Madox Ford)가 이 시와 관련된다고 지적하면서, 포드에 대한 파운드의 존경심을 들어서 이 시에 나타나는 예술가의 긍정적인 면을 부각시킨다("Mauberley" 49-50). 그러나 시대에 대해서 환멸을 느끼고 도피적 태도를 취하는 예술가가 바람직한 예술가가 되기는 어렵다. "그는 즙 많은 요리를 내놓는다"(He offers succulent cooking)라는 표현에서 암시되듯이, 은둔자 예술가는 결국 시대가 처한 현실에서 유리되어 감상적인 넋두리나 토로하고 만다.

「청록색 눈」부터 시「X」까지에서 시대에 대한 예술가들의 반응을 유형별로 진단한 뒤, 시「XI」과 시「XII」에서 파운드는 소위 예술애호가와 예술후원자의 실상을 풍자한다. 시「XI」에서 파운드는 예술의 보호자라는 평판을 듣는 중산층의 식견을, 근본적으로 그것이 투자가치에 의해 결정되는 것으로 보아서, 불신하고 있다(But in Ealing/ With the most bank-clerkly of Englishmen?). 한편 시「XII」에서 파운드는 예술이 예술 자체를 위해서 후원되는 것이 아니라 수단으로서 이용되고 있는 현실을 꼬집는다.

> 시는 그녀의 사고의 경계였으나,
> 그 끝은 불확실해서, 다만 아래 계층과
> 위 계층이 만나는,
> 다른 계층들과 뒤섞이는 수단일 뿐.

> Poetry, her border of ideas,
> The edge, uncertain, but a means of blending
> With other strata
> Where the lower and higher have ending.

예술은 여기서 신분을 뛰어넘는 교제의 수단일 뿐 그 자체로서의 고유한 가치를 잃고 있다. 파운드의 판단으로는, 런던은, 더 나아가서 현대문명은, 거기에 사는 대중은 물론 예술애호가와 예술후원자 그리고 예술가 자신을 포함한 그 누구에게 있어서도 진정한 예술에 대한 의식이 상실된 세계이다. 그렇게 된 원인은 물론 사회 전체에 만연된 상업주의가 이미 오래 전부터 진정한 예술이 가능했던 문명을 대체해 버린 데 있다("The sale of half-hose has/ Long since superseded the cultivation/ Of Pierian roses.")

5

「고별사」는 처음 발표된 『휴 셀윈 모벌리』의 발시(跋詩)이지만, 나중에 「모벌리」(1920)가 추가되어, 둘을 합친 『휴 셀윈 모벌리』에서는 중간에 위치하게 되었다. 「고별사」는 시 전체에서 화자를 사용하지 않으면서 동시에 풍자가 개입되지 않은 유일한 시이므로, 먼저 덧붙임의 성격을 지닌 「모벌리」를 간략히 살펴본 뒤, 이 글을 마무리하며 언급하기로 하겠다.

「모벌리」(1920)에서 파운드는 모벌리를 재능이 없는 예술가로 묘사하고 있다.

색깔 없는
피에르 프란체스카,
아카이아를 주조할
기술이 없는 피사넬로

Colourless
Pier Francesca,
Pisanello lacking the skill
To forge Achaia.

피에로 델라 프란체스카(Piero della Francesca)(1420~92)는 기하학적 구성과 채색으로 유명한 이태리 화가이며 안토니오 피사노(Antonio Pisano)(1397?~1455)는 솜씨 좋은 메달조각가인데, 모벌리는 색채를 제대로 표현해내지 못하는 프란체스카요, 조각기술이 없는 피사넬로 라는 것이다. 그러나 모벌리는 자기 자신의 시 세계를 창조할 역량은 없으나 시대와 타협하지도 않는다(Espey 99). 그가 살고 있는 시대는 황금만능주의가 지배하는 시대이다.

모든 것은 사라지고, **필요**가 이긴다.

All passes, ANANGKE prevails.

"ANANGKE"는 필요(necessity)나 운명(fate)의 의미를 지닌, 로마자 로 표기된 희랍어인데 파운드가 다른 글에서 "우리 시대의 필요는 돈 이다"(The *Anangke* of our time is money)(*SP* 242)라고 적은 것을 상기 한다면 이 인용구의 의미는 명백해진다.

이러한 시대상황에 처한 재능이 부족한 예술가가 표류하는 것은 어 쩌면 당연한 것일지 모른다. 왜냐하면 그는 진정한 예술이 무엇인지 모르기 때문이다. 파운드는 『독서의 기초』에서 문학을 연구하는 올바 른 방법은 작품을 면밀히 조사하고 그것을 다른 작품과 부단히 비교하는 것이라고 말한 바 있다(17). 바꿔 말해서 이 말은, 분석하고 진단하는 과학적 방법을 원용하여 예술가는 예술에 대한 올바른 가치관을 정립할 수 있다는 뜻이 된다. 모벌리의 경우 그러한 가치관의 정립가능성은 필경 실패로 귀착될 것인데 왜냐하면 그의 "체"(sieve)가 될 "지진계"(seismograph)는 기계적인 획일성을 띠고 있기 때문이다.

시대정신에 적절히 대응하지도 못하고 예술에 대한 자기 나름의 가치관을 정립하지도 못한 모벌리는 결국 예술에의 주관적인 항해를 하게 된다. 이러한 주관적 항해가 자기도취적인 성격을 띠게 될 것은 어렵지 않게 추정될 수 있다.

> '나는 존재했다
> 그리고 더 이상 존재하지 않는다.
> 여기서 한 쾌락주의자가
> 표류했다.'

> 'I was
> And I no more exist;
> Here drifted
> An hedonist.'

참예술과 사이비 예술을 가르는 판단기준을 세우지 못한 예술가가 주관적으로 자신을 평가하고 있기 때문에, 이러한 자기도취의 이면에는 분명 인상주의의 함정이 개재되어 있다. 이렇게 볼 때 「모벌리」에서 파운드는 상업주의적 시대정신이 초래한 가치전도의 영향을 받지 않은, 그러면서도 사실상 예술에 대한 올바른 가치기준을 설정치 못하고 표류하는 인상주의자 모벌리를 풍자하고 있는 것으로 보인다. 그러므로 모벌리가 남긴 시로 간주되는 「메달리온」(Medallion」(「고별사」와 함께 대칭구조를 이루고 있다)을 이미지스트의 시로 읽는 것(Brooker 222)은 적절하지 못하다고 생각된다.

어느 시대의 문명이건 그것이 건전한 문명이기 위해서는 정치·경제·문화 등 모든 분야의 균형 있는 발전이 필요하다. 사회의 각 분야가 서로 유기적 보완관계를 맺으면서도 전체적으로 총체적인 사회를 이룰 때, 그러한 사회에서의 인간생활은 정신과 물질이 균형을 이루는 혜택을 누릴 수 있다. 불행히도 현대문명은 총체성이 해체된 타락한 문명이며 그 타락의 근본원인은 물질만능주의이다.

배금주의가 지배하는 사회에서는 돈을 위주로 해서 가치관이 바뀌게 되는데 예술에 있어서의 가치판단에 있어서도 그 영향력이 행사된다. 초기 시에서 순수미의 세계를 추구하던 파운드는 『휴 셀윈 모벌리』에 이르러 이러한 상황 아래서는 예술에만 매진한다고 해서 예술가로서의 역할을 다하는 것이 될 수 없다는 인식에 도달한다. 이 시에서 파운드는 상업주의의 기형적 발달이 인간을 인간답지 못하게 하고 예술을 예술답지 못하게 하는 사회, 다시 말해서 정당한 가치관을 상실한 사회를 초래하게 됨을 풍자하는 한편, 그러한 사회에서 적절한 대응책도 없이 부유하는 예술가들, 혹은 시대에 영합하고 혹은 도피적 태도를 취하는 예술가들을 풍자한다. 「모벌리」에서 파운드가 인상주의자로 풍자하고 있는 모벌리도 시대에 대응하지 못하는 예술가이기 때문에 「고별사」가 나중에 덧붙여진 「모벌리」를 포함한 『휴 셀윈 모벌리』 전체에 대한 고별사로 보아도 무리는 없을 것이다. 물론 파운드는 「고별사」를 이 시대의 사이비 예술가들에게 진정한 예술적 가치가 있는 서정시의 본보기로서 제시하고 있는 것이지만, 전체적인 흐름과 관련지어서 생각할 때, 「고별사」는 파운드에게 있어서 이후의 시작방향

(詩作方向)의 변화를 예고하면서 런던생활을 청산하는 상징적인 시로 생각될 수도 있다는 말이다. 여기서 파운드는, 진정한 예술이 무엇인지 이해하지 못하고 표류하는 다른 예술가들과는 달리, 문명의 위기를 초래하고 있다고 스스로 진단한 시대에 "용감히 맞서서"(braving time) 영원의 아름다움, 곧 진정한 예술을 추구하려는 결의를 은연중에 표명하고 있다. 『휴 셀윈 모벌리』에서 런던생활을 정리한 파운드는, 「고별사」에서 천명한대로, 『시편』의 새로운 세계를 향해 험난한 여정을 내딛게 되었던 것이다.

II. 파운드의 파시즘과 유교사상

1. 머리말

1907년 이태리를 거쳐 영국에 도착한 에즈라 파운드는 런던시단의 주목을 받으며 런던생활을 시작했다. 런던의 지적 분위기에 매료되었던 파운드는 사실상 이미지즘 운동을 주도하면서, 예이츠(W. B. Yeats), 엘리엇(T. S. Eliot) 등의 시인들과 교류하며 활발한 창작활동을 벌였다. 전반적으로 볼 때, 1920년 런던을 떠날 때까지, 그의 주된 관심은 예술의 영역을 크게 벗어나지 않았다. 그러나 런던을 떠나 파리에 잠시 체재한 뒤, 이태리의 라팔로(Rapallo)에 자리를 잡은 그는 정치·사회적 영역으로 점차 관심을 확장하면서, 전체주의적 이데올로기인 파시즘을 옹호하게 되었다.

무솔리니(Benito Mussolini)가 이태리에 파시스트 정권을 수립한 것은 1922년이지만, 파운드는 1930년대 들어서서야 파시즘을 서구문명의 타락을 극복할 정치체제로 적극적으로 찬양하였다. 그러면서 동시에 파운드는 유교의 질서관을 이상적 정치철학으로 내세우며 파시즘이 유교사상을 본받을 것을 강조하였다. 파시즘에 몰두하던 1938년에 발표한『맹자』(*Mang Tsze: The Ethics of Mencius*)에서 그는, "서구철학의 병든 요소는 그리스 철학의 쪼갬에서 비롯되고, 유교사상은 전체주의 적"(The sick part of our philosophy is 'Greek splitting'....The Confucian is totalitarian.)(*SP* 99)이므로, "서구사회에 공자의 유교사상이 즉각적 으로 수혈되어야 한다"(The West needs the Confucian injection)(*SP* 109)고 역설하였다. 당시 전체주의적이라는 용어가 이태리 파시스트 정권에 붙어 다니던 수식어라는 것을 고려할 때(Little 149), 파운드는 파시즘과 유교를 동일선 상에서 파악하고 있다는 것을 알 수 있다. 그 는 유교사상을 이상적 정치이념으로 제시하면서 파시즘을 그러한 이 상을 실현할 수 있는 유일한 정치체제로 찬양하였다. 그렇기 때문에, 무솔리니가 통치한 이태리 파시스트 독재 정권의 역사적 오류를 파운 드가 간과한 것이 유교사상의 봉건적 지배이념을 추종했기 때문이라 는 그릇된 인식을 초래하기 쉽다. 데이비(Donald Davie)가 공자를 떠 버리 현자로 평가절하 하는 것도 그러한 인식에서 비롯된 것으로 보인 다(112). 그러나 동양인의 관점에서 볼 때, 공자는 단순한 떠버리 철학 자가 아니며, 유교사상도 봉건시대 동양 삼국의 정치에서 지배이념으 로 이용된 것은 사실이나 파시즘적 독재정치를 이상으로 삼고 있는 사 상은 아니다.

1930년대에 파운드가 유교와 파시즘을 동일시했다고 하더라도 그 가 유교에 관심을 갖게 된 시기는 파시즘을 옹호하던 시기에 훨씬 앞 서며, 처음에 그가 파악한 유교정치의 이상은 파시즘에 대한 집착에 따라 왜곡되었다. 이 글의 목적은 파운드가 유교에 관심을 갖게 된 사 상적 배경과 그 특성을 알아보고 그것이 파시즘과 관련되어 어떻게 왜 곡되는지 추적하는 것이다. 따라서 먼저 파운드의 일사일어(一事一

語)의 언어관이 유교의 정명사상에 대한 관심으로 확대되는 과정을 살펴보고, 다음으로는 파운드가 생각한 유교정치의 이상이 파시즘과 결합되면서 왜곡되는 양상을 살펴보고, 마지막으로 파운드가 파시즘에 빠진 동기를 점검해 보겠다.

2. 일사일어의 언어관에서 정명론으로

파운드는 예술관의 변화 속에서도 처음부터 끝까지 일관되게 시에서 일사일어(le mot juste)를 사용할 것을 강조하고 있다. 흄(Hulme)과 플로베르(Flaubert)의 영향을 받아 형성된 일사일어의 정신은 나중에 플린트(F. S. Flint)나 올딩턴(Richard Aldington)이 공표한 이미지즘 원칙에서 표현에 대한 지침으로 구체화된다. 또, 그보다 나중에 씌어진 『독서의 기초』(ABC of Reading)에서 시를 응축이라고 정의한 그의 시관과 관련시켜 볼 때, 정확한 언어의 사용은, 너절하고 느슨한 언어를 피하고 간결하고 명료한 언어로 시상을 표현하기 위해서, 파운드의 용어를 따르면 시에 의미를 충전시키기 위해서 필요한 시의 기본요소라고 할 수 있다. 이렇게 보면 정확한 언어에 대한 강조는 시상을 어떻게 표현해 낼 것인가 하는 표현의 문제와 관련된 것으로 생각된다. 그러나 그는 어떤 표현이 시적으로 잘 되었는가 아닌가를 따질 때 장식적인 아름다움에 앞서 의미와 표현과의 일치를 중시한다.

> 엉성한 글쓰기에 점점 익숙해가는 민족은 그 나라와 민족 자체에 대한 통제력을 상실해 가고 있는 민족이다. 이러한 느슨함과 산만함은 투박하고 혼란스러운 구문에서 보이는 단순함과 천박함은

결코 아니다.

　그것은 표현과 의미의 관계와 관련이 있다. 투박하고 혼란스런 구문도 때로 아주 진실할 수 있으며, 화려하게 짜인 문장이 때로는 화려한 속임수에 불과할 수 있다.

A people that grows accustomed to sloppy writing is a people in process of losing grip on its empire and on itself. And this looseness and blowsiness is not anything as simple and scandalous as abrupt and disordered syntax.

It concerns the relation of expression to meaning. Abrupt and disordered syntax can be at times very honest, and an elaborately constructed sentence can be at times merely an elaborate camouflage.

(*ABCR* 34)

의미의 표현에 있어 이와 같이 미학적 정직성을 중시하는 파운드의 태도는 표현 자체의 아름다움보다는 표현대상과 언어의 일치를 일차적으로 강조하고 있는 것이다. 초기의 파운드가 시적 기교에 관심을 기울이고 있었으나 미학적 정직성을 중시하는 그의 태도는 일사일어의 정신에 이미 내재해 있었으며, 정확한 언어의 사용 여부가 문명의 성쇠를 판단하는 척도이며 예술가는 민족의 촉수라는 그의 일관된 예술관으로 볼 때, 현대서구문명의 타락에 대한 그의 인식이 깊어감에 따라 그것이 정명론과 같은 사회사상으로 발전할 가능성이 상존했던 것이다. 그런 점에서, 보티시즘에 관심을 기울이던 시기와 유교를 접하게 된 시기가 일치하는 것에 주목할 필요가 있다. 이 시기에 이미지에 대한 개념이 동적 개념으로 바뀌고 표현 자체에 대한 과거의 강조에서 표현내용(ideas)에 대한 강조로 그의 관심이 바뀌고 있다. 이러한 예술관의 변화는 그의 언어관의 핵심에 있는 일사일어의 정신이 유교를 통해 하나의 사상으로, 즉 유교의 정명사상과 맞물려 유기적 세계관의 형성으로 확대되어 갈 것임을 예고하는 것이었다.

　그런데 파운드가 본격적으로 유교에 관심을 보이기 이전에 그 매개체 역할을 한 것은 한자였다. 그는 한자가 갖고 있는 특징이 일사일어의 언어관에 일치하는 것에 주목하였다. 쿡선(William Cookson)의 말에 따르면 파운드가 유교를 접하게 된 것은 1914년 이전이라고 추정되지만(*Selected* 16), 그가 유교에 대해 본격적인 관심을 기울인 것은 1920년대이다. 그보다 앞서 중국에 대한 파운드의 관심은 1913년경 페놀로싸(Fenollosa)교수의 중국시와 일본의 노(Noh) 극 번역 수서본을 접하게 되면서 촉발되었는데, 이듬해 5월에 일본의 노극 니시키기(Nishikigi) 를『시』(*Poetry*) 지에 번역해서 발표한 후, 곧 중국시에 관심을 쏟아 1915년『중국』(*Cathay*)이라는 제목을 붙여 그 중 상당수의 시를 번역해 내었고 나머지 4편도 번역하여 1916년『루스트라』(*Lustra*)에 발표하였다(Witemeyer 146). 그런데 페놀로싸 교수의 유고를 파운드가 나중에 정리해서 펴낸『시의 매체로서의 중국문자』(*The Chinese Written Character as a Medium for Poetry*)에서 그는 사물과 언어의 일치를 기반으로 해서 중국어가 사물을 회화적으로 특히 역동적으로 표현해내는 힘을 지니고 있음에 주목하였다.

　이 시기에 파운드는 중국어를 전혀 알지 못했지만 페놀로싸 교수를 통해서 중국어의 동사적 명사들(verbal nouns)의 특성에 익숙해 있었다. 중국어의 어떤 글자들은 문장 안에서 명사의 의미를 지니면서 동사의 기능을 수행할 수 있는데 이때 그 글자들은 사물을 정확한 언어로 생생하게 재현하면서 문장 안에서 다른 글자와 관계를 맺으며 의미를 역동적으로 구성한다는 것이다. 이때 그 역동적 의미를 찾아내는 주체는 독자이며 독자는 시인의 시적 체험을 스스로 경험해야만 그 의미를 얻을 수 있게 된다. 결국 독자의 능동적 참여는 중국어의 시적 형성력과 불가분의 관계에 있는 것이다. 파운드가 이 시기에 초기의 이미지즘 시학에서 보티시즘 시학으로 미학적 관심의 초점을 전이시켰고 보티시즘이 이미지즘의 미시적 세계에서 거시적 세계로 나가는 전기가 됨을 감안할 때 이것은 그의 언어관에서 중요한 인식에 도달했음을 의미한다. 그것은, 이미지즘에 대한 그의 불만이 그것이 정적이어서 동적인 움직임을 설명할 수 없다는 데 있었으므로, 사물과 언어의 정적인 관계를 중심으로 하던 그의 언어관이 사물과 사물, 언어와 언어 사이의 유기적 관계에 보다 중점을 두게 됐음을 의미한다.

파운드는 또한 페놀로싸 교수의 유고를 통해서 중국어가 지닌 참된 은유의 가능성을 발견하였다. 자연과의 "교감에 의한 은유"(metaphor by sympathy)가 중국시의 장점임을 시의 매개체로서의 중국문자에서 강조하면서 페놀로싸 교수는 다음과 같이 말한다.

> 자연의 노출자인 은유는 시의 실체 그것이다. 알려진 것이 숨은 것을 해석해 주고, 우주는 신화와 더불어 살아 있다....그 주요 장치인 은유는 자연의 실체이며, 언어의 실체이기도 하다. 원시 부족이 무의식적으로 했던 일을 의식적으로 해내는 건 오직 시뿐이다.

> Metaphor, the revealer of nature, is the very substance of poetry. The known interprets the obscure, the universe is alive with myth.... Metaphor, its chief device, is at once the substance of nature and of language. Poetry only does consciously what the primitive races did unconsciously. (23)

이것에 대해 파운드는 특별히 다음의 주를 붙이고 있다.

나는 이것이 고대의 원전들을 번역할 때 적용된다고 아주 겸손하게 제안하고 싶다. 시인은, 자신의 시대를 다룰 때, 두 손 안에서 언어가 화석화되지 않도록 또한 조심해야 한다. 그는 참된 은유의 전통을 따라 새로운 진보를 준비해야 한다. 참된 은유란 거짓되거나 장식적인 은유에 정반대되는, 해석적 은유 또는 이미지를 말한다.

I would submit in all humility that this applies in the rendering of ancient texts. The poet, in dealing with his own time, must also see to it that language does not petrify on his hands. He must prepare for new advances along the lines of true metaphor, that is interpretative metaphor, or image, as diametrically opposed to untrue, or ornamental, metaphor. (23n)

이러한 발언은 평소 고전 작품에 관심을 두고 그 번역에 열중하여 고전작품의 정신을 현대적 의미로 재창조하려는 파운드의 노력이 단순히 고답적 취미 때문이 아니라 사물과 언어의 관계를 바로 잡으려는 확고한 신념의 소산임을 알려주는데, 바로 그러한 사물과 언어의 올바른 관계정립에서 참된 은유가 성립된다는 것이다. 즉 일사일어로 인식된 알려진 사물은 그 인식의 토대가 참되기에 사물과 사물간의, 또는 사물과 시인의 앎과의 알려지지 않은 모호한 함수관계를 '참되게' 해석해 준다. 시인은 그러한 해석을 남달리 예민하게 포착하여 언어화하는데 이때 형상화된 결과는 시 속에 이미지로 존재하며 그 이미지가 예술적 아름다움을 지니는지, 그렇지 못한지는 전적으로 그 이미지가 참인가 거짓인가에 달려 있다. 이것은 키이츠(Keats)의 명제인 "미는 진리이고 진리는 미이다"(Beauty is truth, truth beauty)와 통하지만 파운드의 경우 보다 뚜렷한 미학적 근거가 제시된다. 그는 이미지가 참된지 혹은 거짓된지를, 응축된 언어로 되어 있는지 아니면 장식적인 너절한 언어로 되어 있는지로 판단한다. 그리고 이러한 미적 기준은 그가 언어의 타락을 문명의 쇠퇴와 결부시키기 때문에 윤리적 기준과 직결된다. 그의 영향을 받아 마련된 이미지즘의 삼 원칙은 그러한 의미에서 파운드에게는 예술적 기준이었을 뿐 아니라 윤리적 기준을 담고 있었던 것이며, 이미지즘 운동이 소박한 문예운동에 머무르고 있을 때 파운드가 곧 그것을 떠난 것은 어떻게 보면 당연한 일이었다.

그런데 시인이 해석적 은유를 예민하게 포착하는 일은 어떻게 일어날까? 그것은 자연사물, 폭넓게는 자연현상과 시인이 일체화될 때, 다시 말해서 시인이 자연의 정서와 교감을 할 때 가장 참되게 이루어질 수 있다. 파운드는 「중국시」(Chinese Poetry)(1918)라는 글에서 중국시의 장점의 하나로 자연묘사의 탁월성을 들고 있는데, "특히 자연을 다룬 시와 풍경을 다룬 시에서, 중국시인들은 자연의 정서에 공감했음을 토로할 때와 자연사물을 묘사할 때 서구작가보다 탁월한 것 같다"(Especially in their poems of nature and of scenery they seem to exel western writers, both when they speak of their sympathy with the emotions of nature and when they describe natural things)는 것이다. 아마도 파운드는 중국시인들이 자연묘사에서 탁월한 것은 중국어가 지닌 언어적 환기력 때문이라고 생각한 것 같다. 언어발생시 사물이 언어화하면서 처음에 언어가 지니고 있던 원초적 생동감이 시간의 흐름과 함께 점차 소멸하여 언어 자체가 화석화되기 쉬운 표음문자와는 달리, 중국어는 언어와 사물 사이의 원초적 관계를 유지해온 표의문자로서 자연의 정서를 즉각적으로 환기시킬 수 있다고 그는 생각하고 있기 때문이다.

물론, 이러한 파운드의 생각은 논란의 여지가 많은 것이 사실이다. 상식적으로 생각할 때, 어떤 언어에서건 사(死)비유(dead metaphor)는 존재한다. 언어는 의사전달의 수단이며 전달의 편의성을 추구하는 경향 때문에 관습화하는 속성이 있다. 파운드가 관심을 두는 언어는 주로 문어(written language)이지만, 원시언어가 문어가 아닌 구어로 출발했으리라는 것은 의심의 여지가 없으며, 따라서 말이 문자화되면서 중국어에도 습관화된, 다시 말해서 화석화된 표현이 많이 존재한다는 것은 당연한 일이다. 또한 표의문자이건 표음문자이건 사물 즉 존재를 언어화 했을 때 그 언어가 필요충분의 조건을 만족시킬 만큼 완벽하게 그 존재 자체를 말 그대로 '재현'하는 것인가도 문제이다. 사물을 규정하는 언어는, 비록 일대일로 그 사물을 지칭한다고 하더라도, 존재 그 자체가 아니라 인간에게 인식된 다양한 형상 또는 특질 중 하나일 수밖에 없으며 더욱이 그것이 불러일으키는 정서는 인식의 주체가 그 사물에 대해 어떠한 경험을 했는가에 따라 다양할 수 있다. 그럼에도 불구하고 언어철학상의 인식과 존재의 불일치는 파운드의 관심과는 동떨어진 문제제기이다. 그러한 불일치에도 불구하고 인간은 언어를 통해 생활하며, 인간의 언어생활에서 언어는 어떤 사물에 대한 일반화된 개념을 전달한다. 파운드가 경계하는 것은 일반화된 개념마저도 흐려지게 하는 언어의 남용이다. 그러한 흐려짐의 결과, 사물의 실체는 언어에서 사라지고 언어만 상징으로서 남게 된다. 따라서 언어를 명료하게 하는 작업은 사물을 언어에 살려내는 일이요, 그것은 시인의 임무라는 것이 그의 생각이다. 파운드는 간결하고 명료한 언어로 사물을 있는 그대로 묘사함으로써 시적 진실을 얻고, 느슨하고 너절한 언어로 사물의 관계를 왜곡하지 않는 시인이야말로 참다운 시인이라고 생각했다. 앞의 인용문에서 시인은 언어가 화석화되지 않도록 주의해야 하며 참된 은유의 전통(the lines of true metaphor)을 따라가야 한다고 파운드가 강조하는 것에서 미학적 정직성에 대한 그의 신념이 중국문자에 대한 관심에서도 이어지고 있다는 것을 확인하게 된다. 파운드는 중국어가 일사일어로 존재를 표현할 뿐만 아니라, 자연사물과 원초적으로 친밀한 관계를 유지해온 표의문자이기 때문에, 그 존재간의 상호 관계를 다른 언어보다 더 명징하게 표현할 수 있다고 생각하였는데, 파운드에게 있어서 유교사상은 그의 언어관까지도 포괄할 수 있는 사상으로서 관심을 끌었던 것이다.

　미학적 정직성을 토대로 한 파운드의 언어관이 유기적 세계관으로 확대되어 간 것은 현대 문명의 타락에 대한 인식이 깊어졌기 때문이었다. 흔히 "지옥 시편"이라고 일컬어지는 「시편 14-15」에서 파운드는 현대문명의 타락을 언어의 혼란, 자연 상태의 왜곡, 고리대금업의 횡행에 기인하는 것으로 묘사한 바 있는데, 프로울라(Froula)가 지적하듯이, 이러한 타락현상들은 서로 연계되어 지상의 지옥을 초래하고 있다고 볼 수 있다(151). 초기에 파운드가 예술 자체에만 관심을 두고 있을 때 그는 타락된 언어의 올바른 사용에 몰두하였으나 문명의 타락에 대한 인식이 깊어짐에 따라, "백 개의 다리를 가진 짐승"(the beast with a hundred legs)으로서, 문명타락의 원흉으로 작용하는 고리대금업(Usura)에 대한 비판을 강화하였다. 고리대금업은 화폐의 명목가치와 실질가치 중에서 명목가치를 기반으로 재산의 증식을 추구하는 것으로 정당한 가치를 왜곡시키게 된다. "고리대금업 시편"인 「시편 45」에서 그는 고리대금업이 농업생산, 직물생산 등의 경제 분야뿐만 아니라 예술, 종교, 남녀관계 등 사회 전반에 걸쳐 전염병처럼 퍼져 가치의 혼란을 초래하는 것으로 묘사하고 있다. 그런데, 고리대금업에 대한 비판의 핵심을 가치전도에 두고서, 그는 사회에 만연된 가치전도 현상을 바로잡을 사상으로서 공자의 정명론(正名論)을 그 대안으로 제시하였다.

　"정명"의 개념은, 『논어』 「자로(子路)」 3에서 제자 자로가 공자에게 "위(衛)의 임금이 정사(政事)를 맡긴다면 무엇부터 손을 대야 하겠습니까"라고 묻자, 공자가 "먼저 명분부터 바로잡아야 한다(必也正名乎)"고 답한데서 나온 것이다. 표문태(表文台)에 따르면, 공자가 이와 같이 명분을 강조한 것은 당시 위나라 임금이 아비를 아비로 대접하지 아니하고 조부를 아비로 삼는 등 군신과 부자의 인륜이 문란하였기 때문이다(『논어』129). 그러므로 "정명"은 명분과 실제가 일치되어야 함을 말한 것이라고 하겠는데, 공자는 이것이 나라의 질서를 세우는 데 근본이 됨을 다음과 같이 설명한다.

> 명분이 서 있지 않으면 말하는 것이 이치에 맞지 않게 되고, 말이 이치에 맞지 않으면 호응을 받지 못하기 때문에 일이 제대로 성공할 수 없게 된다. 일이 제대로 되지 못 하면 모든 법질서와 문화생활이 제 궤도에 오를 수가 없게 되고, 그렇게 되면 범법자에 대한 처벌이 엄정을 기할 수 없게 되고, 처벌이 엄정을 기할 수 없게 되면 법률은 있어도 없는 거나 다름없으므로 백성들은 몸둘 바를 모르게 된다.
>
> 名不正 則言不順 言不順 則事不成 事不成 則禮樂不興 禮樂不興 則刑罰不中 刑罰不中 則民無所措手足 (『논어·맹자』147)

공자는 결국 관리들이 맡은 바 직분에 맞게 나라의 모든 일을 처리할 수 있도록 기강을 세우기 위해 정명을 강조한 것이다. 공자는 여기서 사회의 각 요소가 독립적으로 존재하는 것이 아니라 서로 유기적인 관계를 맺고 있다는 유기적 세계관을 드러내면서, 언어의 혼란이 정치와 도덕과 법의 혼란으로 이어지는 것을 경계하고 있다. 언어의 혼란은 명분과 실제가 부합하지 않음으로써 가치의 혼돈상태를 초래하기 때문이다. 정명론은 사회 질서 유지에 있어서 명분과 실질의 일치가 중요하다는 것을 강조한 사회사상이지만 그것이 기본적으로 언어의 오용을 경계하고 있다는 점에서 파운드의 언어관에 부합하고 있다. 이러한 연관성은 그가 초기부터 강조하던 미학적 정직성을 근간으로 하는 언어관에서 자연스럽게 유기적 세계관으로서의 공자의 정명론으로 사상적 전이를 이루게 된 동기를 설명해 주는 것이다.

3. 파시즘과 유교

파운드는 고리대금업을 비판하면서 정명론이 가능하게 할 이상사회를 꿈꾸었다. 그런데 고리대금업을 "자연에 대한 죄"(a sin against nature)(45/229)[1]이며 "반자연"(CONTRA NATURAM)(45/230)이라고 비판하는 것에서 알 수 있듯이, "정명"의 질서가 존재하는 사회는 인간이 자연에 어울려 조화롭게 살아가는 사회이다. 「시편 49」에서 파운드는 이러한 이상사회를 다음과 같이 그리고 있다.[2]

> 해가 뜨면, 일
> 해가 지면, 휴식
> 우물을 파서 그 물을 마시고
> 들을 일궈, 그 곡식을 먹으니
> 황제의 권력이라니? 우리에게 그게 무엇이란 말인가?

---

1) 별도로 출전이 표시되지 않은 숫자는 『시편』(*The Cantos*)의 페이지 번호를 가리킨다. (45/229)에서 사선 앞의 숫자는 시편 번호를 뜻하며 사선 뒤의 숫자는 시집의 페이지를 의미한다. 본문에서 시편 번호를 알 수 있을 때는 시집의 페이지 숫자만 표기하였다.

2) 파운드는 "중국사 시편"의 첫 번째 시편인 「시편 52」에서도 『예기』를 토대로, 계절의 흐름에 맞춰 자연에 순응하는 삶을 질서와 규율을 갖춘 조화로운 삶으로 묘사하고 있다. 그런데 여기서도 그는 고리대금업이 지배하는 현대사회를 대비시키고 있다.

Sun up; work
sundown; to rest
dig well and drink of the water
dig field; eat of the grain
Imperial power is? and to us what is it? (245)

자연에 순응하는 이러한 이상적 삶이 가능할 때 정치권력의 역할은 필요치 않을 것이다. 파운드가 유교정치의 이상인 덕치(德治)를 찬양한 것도 이 때문이라고 볼 수 있다. 그러나, 파운드가 보기에, 현대사회는 고리대금업에 물들어 생산물의 혜택이 농부의 손에 들어가지 않고 왜곡된 금융경제의 발달로 "부를 창조함으로써 국가는 빚을 져야만 하는"(State by creating riches shd. thereby get into debt?)(49/245) 타락한 사회였다. 현대문명의 심각한 타락상을 다룬 지옥 시편에서, 그는 현대문명이라는 지옥을 똥구멍, 오줌통, 퇴비, 오물, 고름 조각 등의 부패하고 병든 상황에 구더기, 딱정벌레, 바구미 등의 온갖 해충이 들끓는 이미지로 묘사하고 있다. 그 중의 일부인 다음의 인용구에 주목해 보자.

콧구멍에 박힌, 악취
밑에서
    움직일 수 없는 것은 없으니,
움직이는 땅, 추잡함을 까놓는 똥,
    애초의 실수,
권태에서 나온 권태,
‥‥‥‥

그리고 내가 말하기를, 어째 이런 일이 생겼나요?
    나의 안내자--

이런 부류는 분리에 의해 자라나는 법,
이건 사백만 번째 종양이지.
이 시궁창에는 진절머리 나는 것들이 모여 드니,
끝없는 고름 조각들, 만성 천연두 딱지들.

a stench, stuck in the nostrils;
beneath one
    nothing that might not move,
mobile earth, a dung hatching obscenities,
    inchoate error,
boredom born out of boredom,
. . . . . .

and I said, How is it done?
    and my guide:
This sort breeds by scission,
This is the four millionth tumour.
In this *bolge* bores are gathered,
Infinite pus flakes, scabs of a lasting pox. (15/65)

여기서 파운드의 안내자인 플로티누스는 현대라는 지옥이 분리
(scission) 때문에 생긴 것으로 진단하고 있다. 1923년에 씌어 진 지옥
시편에 나타난 파운드의 이러한 문제의식에는 1922년에 무솔리니의
로마 입성으로 시작된 전체주의 파시스트 정권에 매료될 가능성이 내
포되어 있었다. 파운드가 파시즘에 점점 몰두하게 됐던 시기인 1930
년대에, 이태리 파시스트 정부는 "파시스트 국가의 개념은 모든 것을
포용한다. 그것을 벗어나서는 어떠한 인간적 또는 정신적 가치도 존재
할 수 없고, 더욱이 의미를 지닐 수 없다. 이렇게 이해하고 보면, 파시
즘은 전체주의적이며, 파시스트 국가는 모든 가치를 포괄하는 하나의

종합, 하나의 단위로서 국민의 삶 전체를 해석하고, 개발하고, 그것에 힘을 준다"(The Fascist conception of the State is all-embracing; outside of it no human or spiritual values can exist, much less have value. Thus understood, Fascism,[sic] is totalitarian, and the Fascist State--a synthesis and a unit inclusive of all values--interprets, develops, and potentiates the whole life of a people.)(Little 150)고 공언했던 것이다. 따라서, 1942년에 이르러서 파운드는 현대문명의 분열상을 초래하는 암적 요소인 고리대금업을 도려낼 정부는 파시스트정권 뿐이라면서 (USURY is the cancer of the world, which only the surgeon's knife of Fascism can cut out of the life of nations)(*SR* 270), 무솔리니의 파시스트 이태리 정부를 좋은 정부(Good Government)(*SR* 302)라고 찬양하게 되었다. 덕치3)를 이상으로 삼는 유교적 질서를 추구하던 파운드가 민중을 억압하는 파시스트 독재체제를 옹호하는 모순에 빠지게 된 것이다.

파운드가 이처럼 파시즘에 몰두하게 된 중요한 원인은 파시즘에 대한 오해에서 비롯되었다고 할 수 있다. 그가 문명비판의 초점을 고리대금업에 집중하였기 때문에, 그의 정치적 관심도 경제질서의 회복에 치중되어 있었다. 따라서 파시즘에 대한 그의 관심도 다분히 경제 정책과 연결 되어 있었다(Nichols 80). 그가 현대문명에 대한 비판을 체계적으로 수행하기 시작한 것도 1918년 더글러스 소령(Major C. H. Douglas)을 만나 그의 경제이론을 접하고 2년 후 그의 저서인 『경제 민주주의』를 읽고 나서 부터였다. 더글러스의 "사회신용론"에서 자본

---

3) 유교에서 덕치(德治)란 군자가 자연의 이치를 깨달아 그것을 인간의 삶에 적용하여, 수양을 통해 자연의 이치에 순응하는 덕성을 쌓음으로써 저절로 만인이 그 감화를 받아 조화로운 사회를 이루도록 하는 것이다. 「시편 53」에서 파운드는 백성의 땀을 생각하며 옥좌에 조용히 앉아 있던 중국 고대의 상(商)나라 왕을 덕에 의한 감화 로 백성을 다스린 임금으로 제시한 바 있다.

주의적 현대사회의 경제체제가 분배보다는 생산에 신경을 씀으로써 민중의 고통을 불러일으킨다는 생각에 접한 파운드는, 무솔리니가 "이태리에서 생산문제는 해결되었다"고 선언했을 때, 파시즘이 드디어 분배의 정의를 실현하려는 최초의 정부라고 판단했던 것으로 보인다. 그러나, 실제로 무솔리니가 이끌던 파시스트 정부는 생산증대를 목표로 하는 정권이었다. 그리고 파시스트 경제체제는, 파운드의 생각처럼 생산자의 자발적 연대에 의해 중앙집권적 지도가 이루어지는 것이 아니라, 군대식의 억압으로 통제되는 경제체제였다(Nichols 82-3). 그럼에도 불구하고 그가 파시즘의 실체를 보지 못한 것은, 파시즘이 전체주의적 이데올로기를 표방하였고, 유기적 질서가 분열된 현대문명을 바로잡는데 총체적 질서를 세울 전체주의적 국가가 요구된다는 그의 인식이 뿌리 깊은 것이었기 때문이었을 것이다.

　전체주의적 파시스트 이태리를 찬양하게 된 파운드는 유교사상의 전체주의적 특성을 강조하게 되는 오류에 빠지게 되었다. 유교사상을 그리스 철학과 비교하여 그는 다음과 같이 말했다.

> 유교철학은 전체주의적이다.... 그리스철학은 자연에 대한 공격이나 다름 없었다....그리스철학, 그리고 발아기의 유럽철학은 신화에 대한 공격으로 타락하고 말았는데 신화는 아마도 전체주의적이다. 신화가 과도한 단순화를 하지 않고 실재를 표현하려고 한다는 뜻에서 말이다. 절개하지 않고도 살아 있는 동물을 조사할 수 있다. 그러나 해부를 하게 되면 어떤 점에서 그것은 죽음만을 의미한다....공자-맹자의 윤리 또는 철학은 유기적 자연을 전혀 조각내지 않고 쪼개지 않는다....사물의 속성은 선하다. 사물의 길[방식]은 자연의 과정이다....그것을 분리된 것으로 다루려는 어떤 시도도 무지에서 비롯된 것이요, 의지의 방향에서의 실수이다.

The Confucian is totalitarian....Greek philosophy was almost an attack upon nature....Greek philosophy, and European in its awake, degenerated into an attack on mythology and mythology is, perforce, totalitarian. I mean that it tries to find an expression for reality without over-simplification, and without scission, you can examine a living animal, but at a certain point dissection is compatible only with death....At no point does the Confucio-Mencian ethic or philosophy splinter and split away from organic nature....The nature of thing is good. The way is the process of nature....Any attempt to deal with it as split is due to ignorance and a failure in the direction of the will. (*SR* 86-7)

여기서 파운드는 유교사상을 전체주의적이라고 말하면서, 전체주의를 유기적 자연관과 동일시하고 있다. 그런데, 유기적 자연관이 전체주의적 세계관으로 발전되는 것은 중대한 문제를 발생시킨다. 생물체의 유기적 특성이 그 생명체의 생명을 유지하게 해 주는 것과는 달리, 유기적 세계관이 정치적 전체주의의 성격을 띨 경우, 각각의 생명체인 개인의 자유로운 삶을 제약하는 치명적 독소로 작용할 수 있기 때문이다. 리틀(Matthew Little)은 파운드에게 있어서 전체주의적(totalitarian)이라는 단어가 독재체제를 인정하는 정치적 개념이 아니라고 주장하지만(156), 치들(Mary P. Cheadle)이 말하듯이 파운드의 전체주의가 정치적 성격을 띠고 있음을 부인하기는 어렵다("Vision" 126). 파운드는 자신의 사회적 역할을 "전체주의적인 것, 새로운 종합"(the new synthesis, the totalitarian)(*GK* 95)으로 규정하면서, "우리의 역사를 전체주의적으로 부여잡는 것"(taking a totalitarian hold on our history)(*GK* 32)을 옹호하고 무솔리니의 "전체주의적 공식들"(totalitarian formulae)(*GK* 309)을 찬양하였기 때문이다. 더구나 유기적 자연을 강조하면서 정치적 전체주의를 찬양하는 파운드가 "의지의 방향"(the direction of the will)을 중시하는 것은 그의 유기적 질서관이 영웅숭배적인 전체주의적 국가관으로 향하는 문제를 드러낸다. 전체주의적인 사회에서 통일적으로 "의지의 방향"을 세우는 것은 독단으로 가는 지름길이기 때문이다. 이럴 때, 유기적 자연관이 각각의 사물이 제 나름의 가치를 지니고 존재한다는 것을 전제로 한다는 점에서, 유기적 자연관을 토대로 형성될 수 있는 인간과 인간의 조화로운 관계는 변질될 수밖에 없을 것이며, 궁극적으로는 인간과 사물 즉 자연과의 관계도 뒤틀리게 될 것이다. 결과적으로, 미학적 정직성에서 출발한 언어관에서부터 유기적 질서관을 형성하여 유교의 정명사상을 이상적 질서관으로 파악하게 된 파운드는 파시즘의 전체주의적 국가관에 현혹되어 자신의 사상에 모순되는 길로 들어서게 되었던 것이다.

그런데 유교의 전체주의적 특성을 강조하기 위해 파운드가 강조한 공자의 국가관은 『대학(大學)』에 나오는 "수신제가치국평천하"(修身濟家治國平天下)의 이념이었다. "수신제가치국평천하"는 개인윤리, 가정윤리, 국가윤리의 유기적 관계를 강조하는 개념으로서, 공자의 질서관에서 정명론과 더불어 가장 핵심적인 사상이라고 할 수 있다. 파운드는 "공자 시편"이라고 불리우는 「시편 13」에서 이미 공자의 질서관의 핵심으로 이 개념을 제시하고 있다.

> 그리고 공자는 말하며, 보리수 잎에 썼다--
>   자신의 내부에 질서를 세우지 못하는 자는
> 자신의 주위에 질서를 펴지 못할 것이라.
> 자신의 내부에 질서를 펴지 못하는 이는
> 그의 가정이 마땅한 질서를 지니고 행동하지 못할 것이라.
>   그리고 군주가 자신의 내부에 질서를 세우지 못하면

그는 자신의 영역에 질서를 세우지 못하리라.

And Kung said, and wrote on the bo leaves:
    If a man have not order within him
He can not spread order about him;
And if a man have not order within him
His family will not act with due order;
    And if a prince have not order within him
He can not put order in his dominions. (59)

공자의 질서관에서 이 개념은 인간 개개인의 인격적 완성을 근본으로
한 사회적 질서 확립을 목표로 하고 있다.

　그런데 나중에 파운드가 이 개념을 파시즘에 투사했을 때 그는 무솔
리니라는 개인의 지도력에 의존하는 질서를 생각하였다. 문제는 파운
드가 이상적 정치가로 생각한 무솔리니의 특성이 과연 어떤 것이었는
가에 있다. 「시편 41」에서 파운드는, 무솔리니를 처음 만났을 때 자신
의 시를 보고 의례적 관심을 표명한 것을 보고, 무솔리니를 민첩한 판
단력을 지닌 지도자로 보았다. 또한 파운드는 무솔리니를 "전혀 망설
이지 않고 자신의 생각을 철저히 수행할 능력"(ability to carry his
thought unhesitant to the root)(Kearns 102)을 가진 정치가로 보았다.
유교에서 이상적 지도자에게 전제되는, 덕치를 펼 수 있는 군자의 인
격적 완성보다는 정책을 실행하려는 의지를 강조하고 있는 것이다.
"파시즘은 처음부터 즉각적 행동을 의미했다"(fascism meant at the
start Direct action)(J/M 70)고 파운드가 강조했을 때, 그는 이미 유교의
덕치를 벗어나 일인에 의존하는 무솔리니의 전체주의 독재체제에 빠
져 있었던 것이다.

4. 맺는 말

지금까지 살펴보았듯이, 파운드는 일사일어의 언어관에서 공자의 정명론으로 사상적 발전을 보였고, 현대문명의 타락에 대한 인식이 깊어짐에 따라 무솔리니의 파시즘을 추종하게 되었다. 이 과정에서 그는 파시즘이 표방하는 전체주의 이데올로기와 유교사상을 동일시함으로써 유교사상이 지닌 긍정적 측면을 곡해하였다. 그는 생활윤리로서의 유교사상의 가능성을 보지 못하고 유교의 봉건적 국가윤리를 파시즘 찬양에 이용하고 말았던 것이다.

그런데 파운드가 파시즘을 찬양한 진정한 원인이, 파시즘이라는 정치체제가 그의 정치, 경제사상에 부합한 탓인지, 아니면 무솔리니 개인에 대한 영웅숭배에서 비롯된 것인지 모호한 점이 있다. 아마도 복합적인 것이겠지만, 오히려 무솔리니라는 개인에 대한 영웅숭배가 그의 파멸의 원인이 아닌가 생각된다. 왜냐하면 2차 세계대전에서 이태리가 항복한 뒤 피사의 군수용소에 갇혀 있을 때 쓴 『피사시편』이후의 시와 산문에서, 그는 파시즘 자체 보다는 무솔리니라는 지도자에 대한 신뢰에 치중하고 있고, 갖은 고초를 겪는 가운데서도 무솔리니에 대한 비난을 인정하지 않았기 때문이다. 무솔리니의 이태리 파시스트 정부가 붕괴되기 이전에, 파운드는 파시즘 자체의 정치적 성격에 대해서는 무지를 드러내고 있었다. 그러면서도, 그는 이태리의 파시즘 정권이 서구문명의 타락의 원흉인 고리대금업을 타파할 경제적 개혁을 이뤄낼 수 있는 정치체제로 간주했다. 그러나 이러한 이태리 파시스트 정권에 대한 그의 기대는 다분히 무솔리니 개인에 대한 신뢰의 성격이 강했다. 고립된 시인으로서 파운드는 자신을 존중해준 정치가 무솔리니에게 호감을 가질 수 밖에 없었다고 할 수 있다. 그는 "자기 국민들에게 시가 국가에 필수품이라고 말했던 지도자에 대해 거의 맹목적인 영웅숭배"(Kearns 101)를 할 수 밖에 없던 시인이었다. 그런 점에서, 타락한 세상에서 시에 매진하다가, 진정한 시를 위해서는 세상의 개혁이 요구된다는 자각과 함께, 유교사상을 통해 이상적 사회의 모델을 구하고, 그것을 파시즘이라는 정치체제로 구현하려 했던 파운드는 위대한 사상가가 되기에는 너무도 시의 굴레를 단단히 둘러 쓴 예술가였다고 하겠다.

III. 파운드와 자연:
시론과 경제·정치사상에 나타난 생태학적 상상력

1. 파운드와 자연

에즈라 파운드는 젊은 시절 각광을 받는 시인이자 비평가로서 런던의 문단에 등장했다가 만년에는 조국인 미국의 법정에서 반역죄로 재판을 받고 정신병원에 수용되는 수모를 당했다. 그에 대한 평가에서 우리는 그의 생애의 반전을 반영하는 두 가지 견해와 만나게 된다. 하나는 그가 이미지즘 운동을 촉발하는 등 현대시의 발전에 기여했다는 것이고, 다른 하나는 이태리의 파시스트 독재정권을 지지함으로써 반민중적이고 반역사적인 범죄에 가담했다는 것이다. 그런데, 초기의 파운드와 후기의 파운드가 이처럼 상반된 모습으로 나타나고, 그의 문예이론, 경제사상, 정치사상 등이 시와 산문에서 다양하게 펼쳐지고 있지만, 그러한 상이함과 다양성 속에서도 그의 상상력은 자연과 밀접한 관련을 맺으며 작용하고 있는 것으로 보인다. 예를 들어, 시론을 펼 때는 은유(metaphor)를 "자연의 노출자"(the revealer of nature)로 표현한 다든지(Fenollosa 23), 경제사상을 펼칠 때는 고리대금업(usury)을 "반자연"(CONTRA NATURAM)(45/230)이라고 공격한다든지, 정치론을 드러낼 때는 "공자-맹자의 윤리 또는 철학은 전혀 유기적 자연을 조각내지 않고 쪼개지 않는다"(At no point does the Confucio-Mencian ethic or philosophy splinter and split away from organic nature)(SP 87)라고 언급하여, 자연을 시상(詩想)의 전개 또는 사고(思考)의 전개에서 핵심적인 개념으로 사용하고 있다.

그런데 자연에 대한 파운드의 관심은 있는 그대로의 자연에 대한 관심이 아니라 문명의 토대로서의 자연에 대한 관심이라고 할 수 있다. 그는 자연이 질서와 조화를 이룬 상태와 마찬가지로 인류문명이 질서와 조화를 이룰 때 지상낙원이 이루어진다고 보았다. 그가 자연을 "소생, 생존의 토대"(a basis of renewal, subsistence)(20/92)로 표현했을 때, 그것은 자연을 문명의 타락으로 인해 이지러진 삶을 복원시키기 위해 인간이 끊임없이 돌아가야 할 근원으로 보았다는 것을 말해 준다. 인간의 행동지침이 되는 이성적 판단의 근거로서 자연을 중시하는 파운드의 관점은 18세기 합리주의자들의 이성 중심적 자연관과 유사하다. 그의 시와 산문에 나타나는 자연사물은 개체로서 그 존재에 대한 의의를 부여받기보다는 인간 중심적 관점에 의해 해석되고 의미화되고 상징화된다. 그런데 20세기를 살았던 파운드의 자연에 대한 해석은, 18세기의 자연관이 입헌군주제 아래서 사회의 안정을 도모하기 위해 "존재의 사슬"을 강조하며 위계질서를 존중하던 것과 마찬가지로, 자연사물에 차등을 두는 자연관의 영향을 받고 있다. 따라서 자연을 매개체로 삼아 그의 상상력이 펼쳐질 때, 그것은 있는 그대로의 자연 또는 자연사물로 나타나는 게 아니라 굴절된 모습으로 나타나기 십상이다.

물론 그의 시에는 개체로서의 자연사물에 대한 묘사도 흔히 나온다. 다음 구절은 이태리의 무솔리니 파시스트 정부가 무너진 뒤 파운드가 피사의 미군 수용소에 갇혀 고초를 겪을 때 씌어 진 것이다.

> 그리고 우리의 런던에 그밖에 무엇이 남아 있는지는 아무도 몰라
>> 나의 런던, 너희의 런던
> 그리고 그(런던의) 초록빛 우아함이
>> 내 빗물 도랑 이편에 남아 있다면
>> 도마뱀 아가씨는 또 다른 티-본 스테이크로 점심을 들 텐데

> and God knows what else is left of our London
>> my London, your London
> and if her green elegance
>> remains on this side of my rain ditch
>> puss lizard will lunch on some other T-bone (80/516)

이 구절의 앞부분에서 예술에만 전념하던 시절의 평화롭던 런던을 회고하던 파운드는 수용소 막사 주변에 있던 도마뱀을 보고서 과거 런던의 음식점에서 동료들과 지냈던 것을 투영하고 있다. 여기서 그는 도마뱀을 자연사물의 하나로서 친근감을 가지고 맞이하고 있다. 그러나 도마뱀에 대한 그의 상상력은 서구문명의 타락을 비판하며 활발하게 자신의 사상을 전파하던 시기에는 달리 나타난다. 2차 대전 중 로마 라디오 방송에서 그는 유태인을 악어이며 도마뱀이라고 공격한 바 있다 (Casillo "Nature" 294). 파운드에게 있어서 유태인은 서구문명의 타락의 원흉인 고리대금업과 직결되므로, 그가 사용한 비유를 뒤집어 생각해 볼 때 도마뱀을 악의 근원이라고 보고 있음을 알 수 있다. 여기서 파

운드는 개체로서의 고유성을 무시하고 도마뱀을 인간 중심적 관점에 의해서 해석하고 있는 것이다.

이처럼 파운드가 자연 또는 자연사물을 매개로 한 상상력을 펼칠 때 인간 중심적 관점이 나타나는 것은, 타락한 서구문명을 소생시키기 위하여 자연 속에 나타나는 유기적 질서를 이상으로 삼아 인간사회의 질서를 수립하려는 자신의 사상을 펼칠 때이다. 그리고 이때 그의 생태학적 상상력은, 인간과 자연사물이 각기 고유한 존재가치를 지니고 공존하는 조화 속에서 이상향을 찾는 것이 아니라, 자연에 나타나는 유기적 질서를 이상으로 보고 자연 속에서 이성 중심적, 남성 중심적 위계질서를 추구하는 특성을 보인다. 그러한 특성은 결국 무솔리니 같은 독재자를 찬양하는 데서 나타나는 그의 영웅 숭배적 태도와도 일맥상통하는 것이라고 할 수 있다.

이 글에서는 파운드의 시론, 경제사상, 정치관에 일관되게 나타나는 자연에 대한 그의 이성 중심적 관점을 살펴봄으로써 그의 생태학적 상상력의 특성을 고찰해 보고, 그러한 특성이 무솔리니 파시스트 정권을 지지하게 된 그의 정치적 오판과 어떤 상관관계를 갖는 것인지 살펴보기로 하자.

2. 시학이론에 나타난 생태학적 상상력

파운드는 『독서의 기초』에서 예술가를 곤충의 촉수에 비유하면서, 촉수에 감지된 위험요인을 무시하는 동물이 위험에 빠지게 되듯이, "예술가가 지각한 것을 무시하는 국가는 쇠퇴하기 마련이라고" 경고

하고 있다(*ABCR* 82). 이처럼 예술가에게 중요한 임무를 부과하고 있기 때문에 파운드는 시인에게 적확(的確)한 언어의 사용을 강조하고 있다. 왜냐하면, "언어는 인간의 주된 의사전달 수단인"데 그것이 애매모호하게 사용될 때, "만일 동물의 신경조직이 감각과 자극을 전달하지 못하면 그 동물이 위축되는"(If an animal's nervous system does not transmit sensations and stimuli, the animal atrophies) 것처럼, 그 사회도 위축되고 결국은 붕괴하고 말 것이기 때문이다. 따라서 그는, "좋은 작가는 언어를 효과적으로 유지시키는 사람들, 다시 말해서 언어를 정확하게 유지시키고, 명료하게 보존하는 사람들"(Good writer are those who keep the language efficient. That is to say, keep it accurate, keep it clear.)(*ABCR* 32)이라고 말하고 있다.

『시편』을 본격적으로 쓰기 시작하던 1920년대부터 그의 시의 소재와 주제가 초기 시에서 크게 달라졌지만, 시어의 정확성과 명료성을 강조하는 파운드의 언어관은 초기부터 후기까지 일관되게 유지되었다. 1913년에 발표된 「진지한 예술가」(The Serious Artist)(1913)에서도, "나쁜 예술은 부정확한 예술이다. 그것은 그릇된 보고서를 작성하는 예술이다"(*LE* 43)라고 하면서, "예술의 시금석은 정밀함이라고"(The touchstone of an art is its precision) 단정적으로 말하여 작가가 의도하는 것을 정확하고 명료하게 전달할 것을 강조하고 있다(*LE* 48). 올바른 전달을 위한 정확한 단어(le mot juste)의 사용을 중시하는 그의 언어관은 하나의 사물에 한 단어를 일치시키는 일사일어(一事一語)를 토대로 하고 있다. 그러나 언어의 초기 발생 시에는 음식, 불, 물 등의 "소박한 단어"로 의사전달이 충분했지만 문명의 발전에 따라 언어도 진화하여 명료한 전달이 위협을 받게 된다. 이러한 위협을 극복하기 위한 "'좋은 글쓰기'는 작가의 완벽한 통제를 필요로 한다"('Good writing' is perfect control)(*LE* 49)는 것이 파운드의 지론이다.

그런데 언어의 정확성과 명료성, 글쓰기에서 완벽한 통제를 강조하는 파운드의 생각은 기존의 지배질서를 중시하는 그의 생태학적 상상력을 반영하고 있다고 볼 수 있다. 왜냐하면 여기서 통제는 지적이고 이성적인 통제로서 글에 대한 완벽한 지배력을 전제하는 것으로, 자연 사물이 제자리를 지킬 때 존재의 사슬이라는 자연의 질서와 조화가 유지된다는 생각과 동일한 사고방식을 보여주기 때문이다. 신고전주의 언어관에서 이와 마찬가지로 명료성과 정확성이 강조되는 것을 생각하면 파운드의 언어관과 이성 중심적 자연관과의 상관관계를 유추해 볼 수 있을 것이다.

있는 그대로의 자연을 무질서한 자연으로 받아들이고 정돈된 자연을 조화로운 자연으로 보는 그의 생각이 언어의 정확성과 결부되어 나타나는 것은 한자어 '폐(蔽)'에 대한 해석에서 엿보인다. 『문화 안내』(*Guide to Kulture*)에서 그는 제임스 레게(James Legge)가 『논어』 17장 「양화」 8절을 번역하며 "폐"를 "흐리게 하기"(beclouding), 즉 모호하게 한다는 개념으로 풀이한 것을 극찬하였다.[1] 다음은 각각 약간의 차이는 있으나 우리말 번역과 영역의 특색을 살리기 위해 장기근의 번역과 레게의 번역을 나란히 인용한 것이다.

> 공자께서 자로에게 말씀하셨다. "유야! 너는 여섯 가지 말 속에 숨은 여섯 가지 폐단에 대하여 들었느냐?" 자로 "못 들었습니다."
> "거기 앉거라! 내 말해 주마. 인애를 좋아하되 배우기를 좋아하지 않으면 그 폐는 어리석고 맹목적이며, 알기를 좋아하되 배우기를

---

[1] 『문화 안내』에서 파운드는 "익명의 번역가"라고 말하고 있으나, 1923년에 나온 레게의 번역서를 이미 읽었고 레게의 번역이 그가 인용한 번역과 사소한 단어 한, 두 개 외에는 일치하는 것으로 보아, 그가 말한 이 익명의 번역가가 레게임에 틀림없는 것으로 판단된다(*GK* 20; Legge 260-1 참조).

좋아하지 않으면 그 폐는 허황되고 방탕하며, 믿음을 좋아하되 배우기를 좋아하지 않으면 그 폐는 미신이나 경솔에 흘러 결국 남을 해칠 것이고, 정직함을 좋아하되 배우기를 좋아하지 않으면 그 폐는 각박, 박절하고, 용감을 좋아하되 배우기를 좋아하지 않으면 그 폐는 난동에 흐르는 것이고, 굳세기를 좋아하되 배우기를 좋아하지 않으면 그 폐는 망발과 광기에 이르기 마련이다." (장기근 422-3)

You have heard the six words, and the six becloudings?
There is the love of being benevolent, without the love of learning, the beclouding here leads to foolish simplicity. The love of knowing without love of learning, whereof the beclouding brings dissipation of mind. Of being sincere, without the love of learning, here the beclouding causes disregard of the consequence. Of straightforwardness without the love of learning, whereof the beclouding leadeth to rudeness. Of boldness without the love of learning, whereof the beclouding brings insubordination. The love of firmness without the love of learning, whereof the beclouding conduces to extravagant conduct. (*GK* 20)[2]

여기서 공자는 인(仁), 지(知), 신(信), 직(直), 용(勇), 강(剛)의 여섯 가지 미덕을 행할 때 배움이 없으면 빠지게 되는 여섯 가지 폐단을 지적하고 있다. 레게는 주석에서 "폐"를, 원래의 일차적 의미는 "작은 초목"(small plants)인데, 여기서는 "차(遮)", "엄(掩)"과 같으며 "덮고 가리는 것"(to cover and screen)이라고 새기면서, 본문에서는 "흐리게 하기"로 번역하고 있다. 그리고는 각각의 미덕은 "분별없이 추구될 때

---

2) 참고로, 논어의 원문은 다음과 같다.

子曰 由也 女聞六言六蔽矣乎 對曰 未也 居 吾語女 好仁不好學 其蔽也愚 好知不好學 其蔽也蕩 好信不好學 其蔽也賊 好直不好學 其蔽也絞 好勇不好學 其蔽也亂 好剛不好學 其蔽也狂 (『論語』17장「陽貨」8절 422-3)

정신을 흐리게 하는 경향이 있는"(when pursued without discrimination, tending to becloud the mind) 것으로 풀이한다(Legge 260). 그런데 파운드는 레게가 "폐"의 일차적 의미가 "작은 초목"이라고 한데서 영향을 받았겠지만, 이 단어가 "혼돈, 식물의 번성"(confusion, an overgrowing with vegetation)을 형상화한 것으로 보고 있다(GK 20). 그의 생태학적 상상력은 각각의 미덕이 원래의 언어적 의미에 충실하게 구현되지 못하는 것을 식물이 무성하게 자라나 혼돈상태에 있는 것으로 파악하고 있는 것이다. 따라서 식물이 자연 상태에서 있는 그대로 무성하게 자라는 것을 방치하지 않는 것은 미덕이 되고 질서를 찾는 당연한 행동이며, 이와 마찬가지로 한 국가, 한 문명의 정신을 담는 글은 정원의 정돈된 식물처럼 명료하고 정확한 단어로 씌어 질 때 완벽한 통제가 이루어진다고 할 수 있다.

좋은 글쓰기에 필수적인 완벽한 통제는 이성적이며 지적인 통제이다. 그런데 대상이 무엇이든 통제에는 그 대상을 제어할 힘을 필요로 한다. 파운드의 상상력 속에서도 글쓰기의 통제는 남근 숭배적 특성을 띠고 있다. 피터 매킨(Peter Makin)이 지적하듯이, 그는 뇌를 "커다란 정액 덩어리"(a large clot of genital fluid)에 비유하면서 지적 능력을 "남근"(phallus)으로 보고 있다(31). 이것은 아마도 생식능력이 조그만 정액에 집약되는 것처럼 인간의 거대한 정신작용이 신체의 일부에 불과한 뇌에 의해 창출되는 데서 유추된 것으로 보인다. 이러한 남근 숭배적 태도가 남성 중심적 태도, 힘과 권력에 대한 추구로 이어진다는 것은 다음의 인용문에 잘 나타난다.

남근숭배 종교들의 상징체계에 그 흔적이 있다. 남자는 사실 남근, 또는 여성의 혼돈에 곧장 방전되는 정액이다. 여성의 기관에 남성의 통합. 런던이라는 커다란 수동적 그릇에 새로운 사상을 쏟아 부으며, 누구라도 그것을, 성교 시 남성의 느낌과 유사한 감정을 느끼는 바다.

There are traces of it in the symbolism of phallic religions, man really the phallus or spermatozoide charging, head-on, the female chaos. Integration of the male in the [fe]male organ. Even oneself has felt it, driving any new idea into the great passive vulva of London, a sensation analogous to the male feeling in copulation. (*PD* 204)

혼돈, 수동성 등을 여성적인 것으로 보는 반면에 힘, 에너지를 남성적인 것으로 보면서, 그는 새로운 사상을 받아들여 새롭게 태어나지 못하는 런던이 거대한 수동성을 지닌 것으로 비판하고 있다. 여기서 에너지의 방출에 따른 무력감이 토로되지만 그것은 파운드의 개인적 문제가 아니라 정치적 문제라고 할 수 있다.[3] 자신이 소생의 힘을 불어넣지 못한 거대한 정치·사회적 수동성을 극복하기 위해 그는 무솔리니라는 강력한 독재자를 찾아내어 "인류의 남성"(a male of the species) (*GK* 194)이라면서 영웅으로 숭배했던 것이다.

이처럼 글쓰기에서 힘과 에너지를 중시하는 남성 중심적 상상력은 그의 시학이론 전반에 깔려 있다고 볼 수 있다. 그는, "예술에서 중요한 것은 일종의 에너지이며, 많건 적건 전기 또는 방사능 같은 것이며, 스며들게 하고 접착시키고 결합시키는 힘"(*LE* 49)이라고 주장한다. 그는 또한, "위대한 문학이란 가능한 한 최상으로 의미를 충전시킨 언어에 다름 아니며," 언어표현 중에서 가장 집약적인 형태인 "시는 곧 응축"이라고 말한다(*ABCR* 36). 시의 응축된 힘에 대한 강조는 시가 기본

---

3) 윈덤 루이스(Wyndham Lewis)는 고디어-브르제스카(Gaudier-Brzeska)가 만든 파운드의 흉상(胸像)을 보고 "남근적"(phallic)이라는 단어를 연상했다고 하는데, 이러한 일화는 다른 사람들에게 파운드가 강한 남성적 인상을 풍겼다는 것을 알려준다(Kenner 256).

적으로 동사적 특성을 갖고 있다는 그의 생각과 연결되어 있으며, 그 것은 이미지즘 원칙에 담겨 있는 파운드의 생각, 묘사를 할 때 형용사 를 가급적 피하라는 것과도 관련되어 있다(Bell 32). 파운드가 나중에 이미지즘에서 보티시즘으로 옮겨간 것도 이미지즘이 근본적으로 정 적인(static) 특성을 지니고 있었기 때문이었다. 그는, "보텍스 또는 혼 합된 사상의 덩어리"(a vortex or cluster of fused ideas)가 나타내는 역동 적 에너지에 이끌려 보티시즘에 관심을 가졌던 것으로 보인다(SP 345). 에드워드 래리씨(Edward Larrissy)에 따르면, 소용돌이를 뜻하는 보텍스(vortex)는 예술가의 의식이 벌이는 활동과 예술작품 자체가 지 닌 고유한 특성을 동시에 묘사하는 이미지로 고안되었는데, 그것은 중 심에 막대 또는 철선이 있고 주변에는 끊임없이 중심으로 밀어닥치는 에너지로 구성되어 있다는 것이다. 래리씨는 여기서 중심막대에 남근 숭배적 함축이 있고 통제의 개념이 암시되어 있다고 보고 있다. 그리 고 파운드가 보티시즘 류의 그림과 플로렌스 세쓰(Florence Seth)라는 화가의 "유기체적인" 그림을 비교하면서, "소용돌이의 힘"을 상위개 념으로 삼고 "식물적 기억"을 하위개념으로 삼는 상하구분적인 위계 질서를 상정하고 있다면서, "소용돌이, 남성, 에너지"와 "유기체, 여 성, 수동성"이 파운드의 상상력 속에서 전체적으로 완벽한 등식을 이 루고 있다고 결론짓는다(Larrissy 36). 이렇게 볼 때 파운드의 시학이론 에 나타난 자연에 대한 상상력은 기본적으로 힘과 에너지의 추구를 지 향하는 남성 중심적 세계관, 위계질서와 지배질서를 중시하는 이성 중 심적 세계관과 밀접하게 연결된다고 할 수 있다. 자연계의 유기적 질 서를 유지시키는 이성의 빛을 인정하듯이, 궁극적으로 그것은 영웅 숭 배적 정치관을 받아들일 소지를 안고 있는 것이다.

3. 경제·정치사상에 나타난 생태학적 상상력

파운드의 경제사상과 정치사상은 고리대금업에 대한 비판과 파시즘에 대한 찬양으로 특징 지워진다. 그런데 오랜 기간 동안 그가 파시즘의 실체를 제대로 파악하지 못한 것은 불행한 일이기도 하지만 불가사의한 측면도 있다. 앞 장에서 살펴보았듯이, 아마도 그 이유는 파운드가 자신의 사상과 파시즘의 전체주의 이데올로기에서 유사성을 발견하고, 유기적 질서가 분열되어버린 현대문명을 바로잡는 데에는 총체적 질서를 세울 강력한 전체주의적 국가가 필요하다고 생각했기 때문일 것이다. 그러한 뿌리 깊은 인식은 고리대금업과 파시즘에 관련된 묘사에 나타나는 생태학적 상상력 속에서 확인된다.

파운드는 "중국사 시편"의 첫 번째 시편인 「시편 52」에서 『예기(禮記)』를 토대로 하여 계절의 흐름에 맞춰 자연에 순응하는 삶을 질서와 규율을 갖춘 조화로운 삶으로 묘사하고 있다. 그런데 이 시편의 서두에서 그는 이러한 이상사회를 불가능하게 만들고 현대 서구문명의 타락을 초래한 주범으로 고리대금업을 지목하여 공격하고 있다.

> 그리고 내가 여러분에게 말한 바 있으니 레오폴드 공작 통치 아래
> 　　　　　　　　　　시에나의 사정이 어떠했는지를
> 신용거래의 진정한 토대, 즉
> 　　　　　　　　모든 사람을 거느린
> 자연의 풍요에 대하여.
> '필요로 하는 물품들'이라고 샤흐트가 말했다 (16년)
> 무역을 할 물품, 부족하기만한 송달 가능한 물건들.
> 　　　　　　　고리대금업은 이것과 상치되는 것, 뱀

And I have told you how things were under Duke

Leopold in Siena

And of the true base of credit, that is

the abundance of nature

with the whole folk behind it.

'Goods that are needed' said Schacht (anno seidich)

commerciabili beni, deliverable things that are wanted.

neschenk is against this, the serpent (257)

투스카니 공작 레오폴드 2세(1747-1792)는 만년에 신성로마제국의 황제가 되었던 인물로, 그의 영지에서 행정, 조세, 형법 등에 많은 개혁을 단행하였다. 여기서 시에나에 파운드가 특히 관심을 갖는 것은 17세기 초에 건립된 시에나의 몬테 데이 파시 은행을 "신용거래의 진정한 토대"를 이룬 은행으로 보았기 때문이었다.4) "모든 가치는 노동과 자연에서 온다"(*SP* 264)고 본 파운드는 은행이 화폐의 유통만으로 이득을 보아서는 안 된다고 생각했다. 신용거래의 토대를 "자연의 풍요"와 연결시키는 파운드의 사고에는 농업 생산을 중시하는 그의 시각이 담겨 있는데(Terrell 200), 고리대금업은 화폐의 유통만으로 부를 늘려 감으로써 정당한 가치를 왜곡시키는 뱀이라는 것이다. 차일즈(John Steven Childs)가 논평하듯이, 파운드는 고리대금업이 자연산물로서의 재화의 가치와는 상관없이 화폐의 교환가치를 토대로 부를 낳는다는 점에서 올바른 가치를 왜곡시킨다고 보았던 것이다(294).

「시편 51」에서 파운드는 "자연의 증식을 가로막는," 자연의 질서를

---

4) 투스카니 공국의 1대 공작인 코지모(Cosimo)는 시에나의 목초지가 지닌 권리금이 일 년에 일만 두캇(ducat)에 해당하는 것으로 보고 자본금 20만 두캇의 몬테 데이 파시 은행을 설립하였다. 그리고 그는 이 은행의 주식 소유자들에게는 일 년에 5%의 이자를 주어 목초지가 지닌 권리금액을 이자액이 초과하지 않도록 하였다. 이렇게 조성된 돈은 필요한 사람들에게 5.5%에 빌려주었다. 은행은 0.5%의 최소한의 이자로 유지하였고 그래도 잉여분이 남으면 병원이나 공공사업으로 돌렸다는 것이다(*SP* 240).

깨뜨리는, 자연의 생명력을 해치는, 그럼으로써 인간과 자연의 관계를 망가뜨리는 가치전도의 원흉으로 고리대금업을 공격한다.5) 그리고 곧 이어서 제물낚시에 대한 묘사를 병치시켜 자연계에 존재하는 질서의 정연함을 그리고 있다. 테렐에 따르면, 제물낚시에서 송어는 일 년 중의 정해진 계절, 그리고 하루 중 정해진 시각에 완전히 똑같게 만들어진 제물낚시만을 문다는 것이다(Terrell 198). 그리고 그 때를 벗어난 "갈색의 늪 날벌레들이 나타나는 시각에는"(at which time the brown marsh fly comes on)(51/251) 아무리 명성 있는 제물낚시라도 물지 않는다. 파운드는 송어가 먹이인 날벌레의 습관에 대해 빈틈없이 파악하고 있는 것을 자연의 이치가 드러난 것으로 보고, 제물낚시꾼의 세심한 조작을 자연의 이치에 따라 인간이 창조적 지성을 발휘하는 것으로 보고 있는 것이다(Froula 186-7). 여기서 파운드는 인간과 자연의 관계가 왜곡되지 않으면서 자연이 번성하고 인간은 그러한 자연의 풍요를 누리는 모습을 묘사하고 있다. 그리고는 이렇듯 자연의 질서가 정연하게 유지되는 것에 대하여 다음과 같은 구절을 적어 놓고 있다.

> 이는 행위자의 빛을 띠고 있으니, 말하자면
> 그것에 붙어 있는 하나의 형태.
> 어느 면에선 신과 같을 정도로
> 이 지력은 파악하나니
> 풀, 제자리를 벗어나는 법이 없구나. 쾨니히스베르크에서 이렇게 말했으니
> 사람들 사이에 이룩되리라
> 삶의 한 양식이.

> That hath the light of the doer, as it were
> a form cleaving to it.

5) 「시편 51」에 대한 자세한 논의는 이 책 142-5 참조.

Deo similis quodam modo

hic intellectus adeptus

Grass; nowhere out of place. Thus speaking in Königsberg

Zwischen die Volkern erzielt wird

a modus vivendi. (51/251)

여기서 "행위자의 빛"은 송어와 제물낚시꾼의 관계에서 엿보이는 자연의 질서를 가져오는 태양의 빛이요, 신의 발현이요, 자연의 이법(理法)이라고 할 수 있다. 그러한 질서 속에서 송어, 인간, 풀은 나름대로 가치를 지니며 조화로운 삶을 영위할 것이다. 그러나 쾨니히스베르크에서 나치의 루돌프 헤스가 말한 "삶의 한 양식"이 그러한 질서의 창출이라고 보는 것은 파운드의 생태학적 상상력 속에 깃든 위험성을 드러내 보인다. 그는 행위자의 빛을 절대자의 개념 아래 파악하고 있는 것이다. 그런 점에서 그 사이에 언급된 풀에 대한 그의 생각은 흥미롭다. 물론 "제자리를 벗어나는 법이 없는" 풀을 질서 있고 조화로운 삶 속에서 자연이 번성하는 예로 삼은 것이지만, 파운드의 상상력에는 위계질서의 개념이 담겨 있다. 역으로 말해서 풀이 신성의 빛 아래서 제자리를 지키지 않으면 존재의 사슬이 무너진다는 발상이 숨어 있는 것이다. 1919년에 쓴 『휴 셀윈 모벌리』에서 이미 "우리는 미사용 성체 대신에 언론을/ 할례 대신에 선거권을 가지고 있다"(We have the press for wafer/ Franchise for circumcision)(CSP 207)면서 현대의 민주주의 제도를 비꼬고 언론을 통한 대중의 여론수렴에 반감을 표시하는 것도 이러한 맥락에서 이해될 수 있다.

이렇듯 상하구분의 위계질서를 중시하는 파운드의 관점은 영웅 숭배적 정치관에 그대로 반영된다. 자연에 나타나는 유기적 질서를 이상적으로 보고 그것을 주재하는 신성의 빛, 절대자를 상정하듯이, 그는 인간사회의 질서를 바로잡는 데는 전체주의적 질서가 필요하다고 보고 타락한 서구문명을 소생시킬 강력한 지도자를 갈망하게 된다. 그러한 정치지도자는 자연 속의 이성의 빛이 자연을 지배하듯이, 사회 전체가 올바른 가치체계로 나가게 하는 지침을 줄 수 있도록 지성을 갖추지 않으면 안되며, 그 지성으로 사회를 확고하게 이끌 행동에의 의지를 지녀야 한다. 파운드는 이러한 조건에 알맞은 영웅으로 무솔리니를 찾아냈다. 미국의 위대한 정치가였다고 찬양했던 토머스 제퍼슨(Thomas Jefferson)과 비교하면서 그는 무솔리니를 천재라고 불렀다(J/M 19). 그리고 무엇보다도 무솔리니는 "정신적이건 물질적이건, 일종의 다이너마이트와 같은 형태로 충전된 천재"(J/M 26)이며, 그의 철저한 판단은 신념의 행위이며, 건설을 위한 정열에서 나온 것이라고 주장한다. 그리고 무솔리니가 이태리의 복지를 위한 의지를 펴나갈 때 관료주의 이태리를 위해서가 아니라 "유기적 이태리"(Italy organic)를 위해 애쓰고 있는 것이라고 강변한다(J/M 33-4). 무솔리니에 대한 이러한 평가에서 파운드는 이성적 판단에 대한 믿음, 남성적 힘에 대한 숭배를 드러내고 있다. 인간이 지닌 여러 가지 지각능력 중에서 특히 이성에 의존하고, 인간이 지닌 개성 중에서 특히 남성적 특성에 의존하는 이러한 태도는 총체적 인간, 총체적 사회에 대한 올바른 인식을 가로막기 쉽다.

인간과 사회에 대한 파운드의 인식을 거론할 때 가장 많은 논란을 불러일으키는 것에는 무솔리니에 대한 영웅숭배 외에 반유태주의가 있다. 물론 파운드 자신이나 그를 옹호하는 비평가들은 파운드가 친했던 유태인들이 많았다는 점을 들어서, 그가 개인적 차원에서 유태인을 공격한 것이 아니라 문명의 가치를 어지럽히는 고리대금업에 대한 비판의 일환이라고 변명하고 있다. 파운드는 상업주의와 자본주의가 가져온 폐해, 고리대금업으로 대변되는 서구문명의 총체적 타락이 가져온 뒤집힌 가치관을 인식하고 자연의 유기적 질서를 모델로 삼아 그것을 바로잡으려고 노력했으며, 그 과정에서 고리대금업의 대명사격인 유태인을 비판했다는 것이다. 그러나 파운드의 인식과 노력이 정당한 것이었다고 하더라도, 그가 유태인을 자신의 목적을 위해 희생양으로 삼았다는 비판을 면하기는 힘든 것으로 보인다(Casillo *Genealogy* 210).

그런데 유태인에 대한 파운드의 공격은 다분히 무솔리니에 대한 찬양과 대비되며, 자연에 대한 그의 생태학적 상상력의 일면을 보여준다. 여기서 유태인에 대한 파운드의 태도에 비판적인 카실로의 분석을 살펴보기로 하자.

> 간단히 말해서, 유태인들은 '인간의 자연적 부드러움'의 주요한 형태이다. 그들의 유동성과 여성성은 파운드의 '완전한 인간'과 '사실적인 개성,' 즉 시지스문도 말라테스타 같은 무사에게서 가장 멀리 떨어져 있다. 말라테스타야말로 '의지의 방향'을 대표하고 그 현대판 화신이 바로 무솔리니인 것이다. 유태인들은 남근 숭배적 예술가를 도통 이해할 수가 없다. 나서서 돌과 씨름하며 그리하여 하나의 형태를 '뱃 속에서 끄집어내는' 사람을 말이다.

> In short, the Jews are the primary form of the 'natural softness of man.' Their essential fluidity and femininity stands at the farthest remove from Pound's 'entire man' and 'factive personality,' the warrior Sigismundo Malatesta, who represents the 'direction of the will,' and whose modern avartar is Mussolini. Nor can they appreciate the phallic artist, who actively struggles with the stone and thus 'exteriorize[s]' a form. (Casillo "Nature" 290)

무솔리니나 시지스문도 말라테스타에게서 능동적이고 힘에 넘치는 남성성을 발견하는 것과는 달리, 유태인에게서는 나긋나긋한 여성성을 발견하는 파운드의 상상력을 잘 나타내고 있다.

파운드는 또한 고리대금업이 언어를 혼란스럽게 하고 문명이 지켜온 올바른 가치의 분별을 없애고 만다고 비판을 가하는데, 유태인은 바로 이러한 혼란과 분별없음의 표상으로 나타난다. 그는 유태인이 "정신의 늪지"(mind-swamp)(*GK* 246)를 만들어낸다고 보았으며, 세상에 "히브류 질병"을 퍼뜨렸고(*LE* 154), 혼란에 빠진 세상을 "유태인의 진창"으로 만들었다고 분노했다(*Radio Speeches* 219). 유태인과 관련된 자연에 대한 이러한 상상력 속에서 우리는, 언어의 혼란을 방지하기 위하여 명료성과 간결성을 토대로 좋은 글쓰기를 하고자 할 때 지성의 강력한 통제를 강조하던 것과 유사하게, 댐을 만들어 2000년간 방치돼온 이태리의 늪지에서 곡식을 거두게 하고 사람들이 살 수 있는 집을 지은 무솔리니와 같은 강력한 지도자를 찬미하게 된 이유를 볼 수 있는 것이다.

4. 맺는 말

지금까지 우리는 파운드의 시학이론과 경제·정치사상에 나타난 자연에 대한 상상력을 점검함으로써 그의 시와 산문에서 자연이 사고전개에 핵심적으로 자리 잡고 있다는 것을 살펴보았다. 키언즈(Kearns)가 지적하듯이 그의 시학이론과 정치사상 사이에는 "운명적 상호관련성"이 있으며(102), 그의 정치사상이 고리대금업과도 긴밀하게 연결되어 있다는 점에서 미학, 경제학, 정치학 등 그의 사상체계는 유기적 관계를 형성하고 있다고 하겠다. 자연 속에서 유기적 질서를 이상으로 삼은 그는 자신의 글에서도 유기적 질서를 추구한 셈이다. 그러나 사상의 전개에서 그는 이성 중심적 세계관과 남성 중심적인 힘을 지향하여 무솔리니의 전체주의 정권의 실체를 보지 못하고 반유태주의를 드러내고 말았다. 자연을 중시하는 그의 태도와는 달리, 그의 생태학적 상상력은 여성적 부드러움, 적극적 행동 없는 고요함도 자연의 일부일 수 있다는 것을 간과한 것이다.

파운드는 서구문명의 타락의 원흉인 고리대금업이 가져오는 혼란을 없애는 치료약으로 공자의 유교사상, 특히 정명(正名) 사상이 유효하다고 보았다. 그는 정명사상이 올바로 실천될 때 언어의 의미가 제대로 실행되고 그럼으로써 올바른 가치가 사회의 각 영역에 파급되어 지상낙원이 건설될 수 있을 것이라고 믿었다. 그러한 파급효과가 있으려면 사회전체가 일사불란하게 움직이는 전체주의 국가가 유용하기는 할 것이다. 그렇기 때문에 그는 유교사상이 "전체주의적"(totalitarian)이라면서 전체주의를 유기적 자연관과 동일시하였다(*SP* 260). 그러나, 유기적 자연관은, 각각의 사물이 제 나름의 가치를 지니고 존재하는 것을 전제로 한다는 점에서, 정치적 전체주의와는 다르다. 생물체의 유기적 특성이 그 생명체의 생명을 유지하게 해 주는 것과는 달리, 유기적 세계관이 정치적 전체주의의 성격을 띨 경우, 각각의 생명체인 개인의 자유로운 삶을 제약하는 치명적 독소로 작용할 수 있기 때문이다. 그의 사상에 나타난 생태학적 상상력을 통해서 우리는 자연의 질서와 조화를 인간사회에 구현하는 것을 이상으로 삼은 파운드가 파시즘이라는 국가지배이데올로기에 빠지고 만 것을 살펴보았다. 파시즘이 사실상 오늘날 생태학적 위기를 불러일으키는 산업자본주의의 발전이데올로기를 그대로 간직한 제국주의적 팽창주의의 한 모습이라고 볼 때, 자연에 대한 상상력을 통해 문명갱생의 모델을 찾고자 한 파운드가 문명은 물론 자연의 파괴를 가져올 이데올로기를 찬양한 것은 커다란 아이러니라고 하지 않을 수 없다.

IV. 이성의 빛에서 구원의 빛으로:
『록-드릴』 시편에 나타난 빛의 이미지

1. 머리말

『록-드릴』(*Rock-Drill*)(1955) 시편은 에즈라 파운드가 쎄인트 엘리자 베쓰 정신병원에 수용되어 있던 시기(1945-1958)에 씌어졌다. 처음에 파운드는 여전히 자신이 "지옥 구멍"(the hell hole) 속에 들어 있다고 느끼고 있었다. 피사의 수용소에 갇혀서 느끼던 죽음의 공포에서는 벗어났으나, 쇠창살이 쳐진 창문 없는 정신병동의 삭막한 환경이 그를 둘러싸고 있었다. 그러나 일 년이 지나 다른 병동으로 옮겨지고 자신만의 방을 가지게 되었으며, 그가 읽기 원하는 모든 서적에 접근할 수 있었고 방문객을 제한 없이 접견할 수 있었다. 이에 따라 건강이 차츰 회복되고 마음도 안정되어 활발한 집필작업을 벌이게 되었는데,[1] 『록

---

[1] 『피사시편』에서 파운드가 수용소와 관련된 묘사를 많이 한 것에 비해, 『록-드릴』 시편에서는 "정신병원에서 죽는 늙은 불구자들(old crocks to die in a bug-house)"(87/576)이라는 표현 정도가 한 번 나올 뿐이다. 이것은 집필 당시 그가 다소 마음의 안정을 얻어 주변상황에 상대적으로

-드릴』은 1953-4년경에 씌어 진 것으로 보인다(Cookson 89).

키언즈(George Kearns)는 이 시기 파운드의 다산적인 글쓰기가 이전 어느 때 보다도 "비밀스런(cryptic)" 면을 갖고 있으나 또한 가장 훌륭한 시를 포함하고 있다고 말한다. 『록-드릴』에서 파운드의 시상이 외견상 서로 관련성이 희박한 소재들을 설명 없이 병치하는 방식으로 전개되어 마치 안개에 싸인 듯 이해하기 어려운 점이 있다는 점을 인정하더라도, "푸가와 환상곡의 혼합"(a mélange of fugue and fantasia)이라고 할 만한 성과를 거두고 있다는 것이다. 또한 사실과 환상, 주관적인 것과 객관적인 것, 고전과 뒷얘기, 기록문서와 서정시, 명료함과 모호함 등의 재결합과 언어의 예측할 수 없는 움직임으로 우리에게 즐거움을 주고 있다고도 말하고 있다(50).

그런데 『록-드릴』의 이러한 복합적 특성은 「시편 85」에서 「시편 95」에 이르는 이 시편들의 전체구조에서 두드러지게 나타난다. 쿡선은 「시편 85-89」는 교훈적인 역사적 사실을 담고 있고 「시편 90-95」는 영시에서는 보기 드문 아름다움을 지닌 확장된 서정시로 구분한다[2]. 레온 슈렛(Leon Surette)은 후기 시에서 교훈적인 부분과 환상적인 부분이 구별되는데 파운드가 수사학적 성공을 거둔 것은 바로 환상적인 부분이라고 말하고 있다. 그러나 전자는 후자의 역사적 토대이며 양자는 서로 활기를 준다고 말한다(89-90). 그러면 『록-드릴』에서 이러한 양자의 보완적 관계는 어떤 점에서 두드러지게 드러나는 것일까? 그것은 빛의 이미지를 분석함으로써 보다 분명하게 드러날 수 있다고 생각된다. 이 작업은 단순히 『록-드릴』 시편의 특성을 밝히는 것일 뿐만 아니

거리를 둘 수 있었기 때문이라고 생각된다.

2) 빌헬름(James J. Wilhelm)은 그 중 「시편 90」이 파운드의 시 중 가장 서정적이라고 말하고 있다 (79).

라 『피사시편』에서 나타난 파운드의 변화도 밝히는 것이 될 수 있을 것이다. 이 장에서는, 「시편 85-89」에 나타난 올바른 사회에 대한 파운드의 생각을 이성의 빛이라는 측면에서 살펴본 후, 그것이 「시편 90-95」에서 구원의 빛 또는 사랑의 빛의 추구로 전환되는 과정을 추적함으로써 역경 속에서 파운드가 일궈낸 빛의 이미지를 통한 자비와 구원에의 열망이 시 속에서 어떻게 표출되는지 살펴보기로 한다.

2. 이성의 빛으로서의 영(靈)

2차 세계대전 중 파시스트 이태리 정부를 옹호하던 파운드는 타락한 서구문명의 혼란을 바로잡고 질서를 세울 수 있는 대안으로 공자의 유교사상을 제시하면서 그것의 전파에 몰두하였다. 전후 피사 수용소에 갇혀서 쓴 『피사시편』에서도 유교사상은 과거에 대한 회상, 이상사회에 대한 좌절된 꿈과 회한 등과 관련되어 시상(詩想)의 주요 모티프로 나타나고 있다. 당시 그는 노트의 한쪽 면에 유교경전을 번역하면서 다른 쪽 면에 『피사시편』을 쓰고 있었다. 『록-드릴』 시편도 이와 유사한 상황에서 씌어졌다. 쎄인트 엘리자베쓰 정신병원에 갇혔을 때도 그는 계속해서 『중용(中庸)』, 『논어(論語)』, 『서경(書經)』을 번역하고 있었다. 따라서 『록-드릴』 시편에서 파운드가 『서경』을 토대로 하여 지상천국(paradiso terrestrial)의 이상향을 그려보는 것이 우연한 일은 아니다. 그는 『서경』에 대해 "역사를 안다는 것"은 "선과 악을 구별하는 것", 그리고 "누구를 믿을 것인지 아는 것"이라면서 매일 착한 사람이 증가하면("chi crescerà") 보다 완벽한 천국이 도래할 것이라고 말하고 있다(89/590).

『록-드릴』의 첫 번째 시편인 「시편 85」의 서두에서 파운드는 고대 중국의 상(商)왕조의 성립과정과 비교하여 도덕적 질서가 확립된 사회의 기초를 다음과 같이 묘사하고 있다.

영

우리 왕조는 위대한 감성으로 인해 시작되었나니.

거기 모든 것은 이인의 시대에   이

모든 뿌리는 이인의 시대에.   윤

靈

Our dynasty came in because of a great sensibility.

All there by the time of I Yin   伊

All roots by the time of I Yin.   尹 (543)

상왕조는 하(夏)왕조의 마지막 임금 걸(桀)이 폭정을 일삼자 탕(湯)이 군사를 일으켜 세운 나라이며, 후에 반경(盤庚)이 즉위하면서 은(殷)으로 국호를 바꾸었다. 이러한 왕권교체는 요(堯)에서 순(舜)으로, 순에서 우(禹)로 덕이 있는 자에게 평화적으로 왕권이양이 될 때와는 다른 것이었다. 『서경』「상서(商書)」에서 성탕(成湯)은 후세에 이 같은 일이 되풀이될까 걱정하여 하 왕조의 걸이 백성들에게 중과세를 함으로써 하늘의 뜻을 거슬리고 민심을 얻지 못하여 징벌한 것이라고 자신의 행위를 정당화하고 있다(金冠植 118-121). 위의 시행에서 "우리 왕조는 위대한 감성에서 시작되었나니"라는 구절은 파운드가 『서경』「주서(周書)」중 <다사(多士)>편에 나오는 "이제 생각컨대 우리 주왕이 크게 제(帝)의 일을 착하게 받드시니라"(今惟我周王 丕靈承帝事)를 원용하여 변형한 문구이다. 주의 무왕(武王)이 은(殷)의 마지막 왕인 주(紂)를 멸망시키고서 은의 옛 신하들을 설득하기 위해 "하늘의 명을 받아 하늘의 명을 올바로 실행하였다"(丕靈承帝事)(金冠植 353-4)고 한 것을 파운드는 은의 전신인 상왕조에 적용하고 있다. 그런데 여기서 파운드는 제사(帝事), 즉 상제(上帝)의 일보다는 비령(丕靈)에 주목하여 "위대한 감성"으로 바꿔놓았다. 파운드가 꾸브뢰르(Couvreur)의 번역, "이제 우리 주왕이 당당하고 훌륭하게 신의 업무를 인계받았다"(Now our Chou King grandly and excellently has taken over God's affairs)는 문구를 참고로 했다는 것을 감안하면(Terrell 467), "감성"은 상제의 일, 즉 하늘의 뜻, 천명을 대신하고 있다는 것이 보다 확실해진다. 상제의 일은 결국 백성을 올바로 다스리는 일이며 백성을 올바로 다스리는 일은 하늘을 두려워하며 민심을 살펴 통치하는 것이다. 따라서 위의 인용구는 상나라가 하늘의 뜻을 받아 민심을 헤아려 시작되었고, 성탕의 재상인 이윤이 그 손자인 태갑을 가르치고 나라를 통치하는 기초를 다져 도덕적 질서를 확립하는 데에도 민심을 경건하게 헤아리는 일이 뿌리가 되고 있음을 나타내고 있다. 휴 케너가 말하듯이 왕조는 "위대한 감성이 뿌리박고 있을 때 번성하는 법이다"(528).

파운드가 여기서 감성으로 번역한 "영"을 부각시키고 있는 것은,

"영"이 구름위의 하늘, 세 개의 빗방울, 제사로 조합되어 있어서 (Terrell 467) 하늘의 뜻을 통치자가 경건하게 헤아리는 것을 형상화하고 있다고 보고 있기 때문이다. 그러므로 감성, 즉 "영"은 만물에 개재되어 있는 하늘의 뜻, 곧 신성(divinity)을 느끼는 것이라고 할 수 있다. "영"이 "통치의 기초"(basis of rule)(85/552)가 되고, 통치자가 우주만물에 내재한 일관된 질서 즉 하늘의 도를 존중하고 신성의 빛을 따를 때, 주(周)나라의 경우에서 보듯이, "도덕은 개혁되었고/ 덕은 번성하였다"(Les mœurs furent réformées,/ la vertu fleurit)(85/551). 이러한 정의로운 사회에서는 "새들과 거북이 하(夏)나라 아래서 [평화롭게] 살았고/ 짐승과 물고기도 질서를 유지했으며/ 홍수와 화재도 지나치게 일어나지 않았다"(Birds and terrapin lived under Hia,/ beast and fish held their order,/ Neither flood nor flame falling in excess)(85/545).

이렇듯 한 나라에 평화롭고 조화로운 질서를 세우기 위해서는 통치자가 스스로 신성, 즉 하늘의 뜻을 깨우치는 것이 필요하다.

> 그 모든 것 아래 태양:
> 공손함과, 지혜의, 정의로움
> 웨이 허우(惟后),   지혜
> 가리워진 풀이 바라는구나, 추에(厥), 합쳐지라.
> (아니, 그건 언어학적인 것은 아니다)

> The sun under it all:
> Justice, d'urbanté, de prudence
> wei heou,   Σοφία
> the sheltered grass hopes, chueh, cohere.
> (No, that is not philological) (85/544)

"그 모든 것 아래 태양"은 한자어 "지(智)"를 풀이한 것인데, 태양이 하늘에서 모든 것을 비추는 것이 상식적인 표현이라고 볼 때, 여기서 파운드는 신성의 빛이 만물에 내재되어 있음을 형상화하고 있다고 할 수 있다. 또 위의 인용구에서 "웨이 허우(惟后)"는 『서경』「상서」 <탕고(湯誥)>에 나오는 문구[3]로서 지혜와 병치되어 있는데, 이것은 만물에 내재된 질서의 빛을 깨닫는 것이 지혜이고 그러한 지혜는 군주가 지녀야 할 필수적인 덕목의 하나라는 것을 나타낸다. 그러나 그것만으로는 충분하지 않다. 군주는 그 내재된 질서를 깨닫되 교만하지 않아야 한다. 군주가 공손함과 지혜를 겸비하여 나라를 다스릴 때 비로소 그 사회는 정의로운 사회가 될 것이다. 파운드는 비록 언어학적인 정확한 것은 아니나 이 부분의 의미에 알맞게 한자어 "궐(厥)"을 "가리워진 풀이 바라는 구나"로 풀이하여, 덕을 갖춘 군주의 보호를 받는 백성들은 희망을 갖고 살 수 있다고 말하고 있다.

그런데 통치자의 깨우침은 "사물을 숙고하여"(To think things over), 만물에 내재되어 발현되는 신성의 빛을 명상(CONTEMPLATIO)함으로써, "마침내 덕을 완성하는"(k'o/tchoung/iun/te:克終允德) 데서 이루어진다(85/546). 파운드는 한자어 "덕(德)"을 "마음을 이렇게 똑바로 들여다보는 것에서 나오는 행위"(the action resultant from this straight gaze into the heart)(C 21)라고 풀이했는데, 통치자는 덕을 운 좋게 얻는 것이 아니라(Not serendipity) 내면의 수양을 통해 체득하

---

3) 이 부분의 원문은 다음과 같다.

위대한 하느님께서 낮은 백성들에게 올바름을 내리시어 언제나 올바른 성품을 가진 사람을 따르도록 하였으니, 그분의 길을 따를 수 있다면, 임금 노릇을 제대로 할 것이오.

惟皇上帝 降衷于下民 若有恒性 克綏厥猷 惟后 (車相轅 117)

는 것이며 그렇게 쌓은 덕은 백성들을 감화시켜 애쓰지 않고도 저절로 전파되는 것이다(but to spread 德 thru the people)(85/548).

덕을 지닌 통치자는 만물에 내재되어 숨어 있는 신성의 빛을 "완벽하게 명료한" 상태로 들여다 볼 수 있다.

> "서쪽에서 온 군자들이여,
>   하늘의 도는 아주 일관되고
>   그 요점은 완벽하게 명료하도다.

현   시엔.

> "Gentlemen from the West,
>   Heaven's process is quite coherent
>   and its main points perfectly clear.

顯   hsien. (85/552)

위의 인용구는 『서경』「주서(周書)」 <태서 하(泰誓 下)>에 나오는 구절, "나의 서쪽 땅 군자들이여, 하늘에는 밝은 도가 있어 그 종류가 분명하니"(我西土君子 天有顯道 厥類惟彰)(車相轅 175)를 인용한 것으로서, 중국의 서부에서 나라를 세운, 주의 무왕이 자신의 신하들에게 상나라를 무너뜨리는 것이 하늘의 뜻임을 설파하는 시작부분이다. 그런데 파운드는 『시편』의 다른 곳에서도 "현"을 "뻗어나는 빛"(tensile light)(74/429)으로 형상화하고 있다. 여기서 파운드는 하늘의 도가 일관되게 우주 만물에 내재해 있으며 그것은 신성의 빛으로 발현하는 것으로 묘사하고 있다. 올바른 군주는 그러한 밝은 하늘의 뜻을 살펴, "그것 즉 명(命)이 백성의 지지에 이르기까지 뻗치리라는

것을, 그것이 어떤 방식으로 백성과 연계된다는 것을"(It 命 could extend to the people's subsidia,/ that it was in some way tied up with the people)(85/558) 아는 사람이다. 따라서 덕을 갖춘 군주는 "법을 억압의 수단으로 삼지 않고"(nor laws as a means of oppression) 관용으로 덕을 확대시켜야 한다(iou ioung te nai ta)4)(85/558).

파운드가 이처럼 군주의 덕을 강조하는 것은 군주가 우주 만물에 존재하는 유기적 질서를 파악하고 내면의 질서를 세우는 것이 한 사회의 도덕적 질서를 세우는 첫걸음이라고 보았기 때문이다. 그러한 유기적 질서를 보지 못할 때 가치관은 분열되고 그 사회의 정의는 실현되지 못한다.

> 만장일치가 아니었다
>> 아테나가 균형을 깨었으니,
> 배심원이 6 대 6으로 갈려
>> 아테나가 필요했다.
> 상나라에서, 그 모든 것은, 올바랐으니
>> 아테네에 있었던 일은 빼고.
> 이 인, 오셀루스, 에리게나:
>> "모든 것은 빛이로다."
> 에리게나의 시구에 나온 그리스 문구.

> Was not unanimous
>> Ἀθάυα broke tie,
> That is 6 jurors against 6 jurors
>> needed Ἀθάυα.
> Right, all of it, was under Shang
>> save what came in Athens.

---

4) 有容德乃大: 관용이 있어야 덕이 확대될 것이다.

Y Yin, Ocellus, Erigena:

    "All things are lights."

    Greek tags in Erigena's verses. (87/571)

여기서 파운드는 오레스테이아(Oresteia)의 끝 부분을 예로 들어 아테네에서 있었던 이 재판을 배심원제도가 서구에 처음 도입된 사건으로 보고서 그 재판의 공정성에 의문을 제기하는 한편, 가치관의 분열을 조장하는 사회제도가 서구문명에 관행화되는 것을 비판하고 있다. 이 것은 "모든 것이 빛"으로 발현되어 유기적 질서가 명백히 존재하는 것을 깨닫지 못하는 데서 시작된 것이다. 그와 반대로 중국의 상나라에서는 이성과 질서의 빛을 존중하여 모든 것이 올바른 사회를 이루었다는 것이다. 중국 상 왕조 때 나라의 통치원리를 세운 이윤이나, "빛을 건설하라"(94/642)며 사회에 정의를 실행하도록 촉구한 기원전 5세기 피타고라스학파 철학자 오셀루스, "모든 것이 빛이로다"라고 만물에 내재한 신성의 빛을 강조한 중세 신학자 에리게나는 모두 그러한 이성과 질서의 빛, 즉 유기적 질서가 올바른 사회를 세우는데 기초가 되는 것을 알고 있는 사람들이었다.

지금까지 『록-드릴』 시편의 전반부에서 파운드의 건전한 국가에 대한 생각이 빛의 이미지로 형상화되면서 전개되는 것을 살펴보았다. 여기서 나타나는 신성의 빛은 이상사회를 구성하는 유기적 질서이자 그 질서를 포착하는 이성의 빛에 다름 아니다. 이러한 빛의 이미지는 「시편 85」를 중심으로 인용되었는데 이것은 우연한 일이 아니다. 전체적으로 『록-드릴』 시편의 전반부는 「시편 85-6」까지는 『서경』에 나타난 중국고대사를 중심으로 나라의 흥망성쇠를 그 사회의 도덕적 질서 유지 여부와 관련시켜 살피면서 서구문명을 부분적으로 대비시키고 있으며, 「시편 87-89」에서는, 앞에서 제시한 『서경』의 교훈을 대비시켜, 미국사 중에서도 특히 경제질서의 혼란과 관련된 현대문명의 타락상을 비판하고 있다. 그런데 파운드는 중국의 유교사상에 나타나는 질서관을 사회의 유기적 질서를 세우는 이상적 이데올로기로 보고 있기 때문에, 「시편 85」에서 지상낙원으로서 이상사회의 모델을 집중적으로 검토하고, 다른 부분에서는 서구문명이 역사적으로 경험한 가치관의 혼란을 기존의 시편에서 다룬 대로 반복하고 있다.

『록-드릴』 시편의 전반부에 나오는 이성의 빛으로서의 빛의 이미지는 『록-드릴』 시편의 후반부에도 지속된다고 볼 수 있다. 그것은 질서와 조화가 있는 지상낙원에 대한 꿈을 파운드가 포기하지 않는 한 불가피한 일이다. 그러나 그러한 꿈을 안고 무솔리니의 파시스트 정부를 지지하다가 피사의 수용소에 갇히고 그 후 반역죄로 기소되었다가 정신병원에 수용된 상황에서 쓴 『록-드릴』 시편에서 이상사회에 대한 꿈을 그리는 것은 어느 정도 자신의 과오에 대한 합리화의 측면이 있는 것이 사실이다. 그런데 이러한 자기합리화는, 비록 그가 이 시기에 상대적으로 안정되어 있기는 했지만, 아직도 고통스런 시인 개인의 처지가 환기되는 상황에서 한결 같이 유지될 수는 없는 것이다. 『록-드릴』 시편의 후반부에는 그러한 심상(心像)의 변화가 나타난다. 이제부터는 빛의 이미지가 전반부의 이성의 빛, 신성의 빛에서 채색이 되어 구원의 빛, 사랑의 빛으로 전환되는 것을 살펴보기로 하자.

3. 구원의 빛으로서의 사랑

「시편 85」가 『록-드릴』 시편 전반부의 핵심적인 주제인 이상적 질서의 기본원리를 탐구하고 있듯이, 『록-드릴』 시편의 후반부를 여는 「시편 90」은 천국 시편의 하나로서 인간사회에서 그러한 지상천국이 어떻게 가능할지를 보다 적극적으로 탐색하고 있다. 물론 전반부에서도 중국고대사를 통해서 사회의 질서가 유지되거나 유지되지 않음에 따라서 이상사회가 성립되고 몰락하는 것이 강조되었다. 그러나 후반부는 천국으로의 상승욕구가 서정적 가락을 타고 진행된다는 점에서 개인적이고 직접적이다. 「시편 90」의 제사(題詞)는 그러한 변화가 일어날 것임을 예고하고 있다.

> 인간의 영혼[자체]는 사랑이 아니니,
> 사랑은 거기서 흘러나오는 것이라,
> 영혼은 그 자체에 대한 생각에서가 아니라
> 　　　　거기서 흘러나오는 사랑에 기뻐한다.

> Animus humanus amor non est,
> sed ab ipso amor procedit, et
> ideo seipso non diligit, sed amore
> 　　　　qui seipso procedit. (605)

파운드는 곧이어 자연사물은 제각기 고유의 특성을 지니고 신성의 빛을 발하고 있으며(From the colour the nature/ & by the nature the sign), 그것은 우주의 나무인 이그드라실(Ygdrasail)[5]로 상징되는 유기적 질

---

5) 북유럽 신화에 나오는 우주에 뻗쳐 있는 나무로서 유교에서 말하는 도(道: the process, the way) 와 통한다(Terrell 470).

서를 이루고 있다고 묘사한다. 그런데 여기서 파운드는 신성을 경건하게 받드는 사원을 세우되, 대리석이 아니라 현악기를 타서 테베의 성벽을 세운 엠피온처럼 세우라고 말한다(Templum aedificians, not yet marble,/ "Amphion!"). 이것은 인간의 정신 속에 화석으로 존재하는 신성을 모실 것이 아니라 음악처럼 생동하는 현실로서 그러한 질서를 느끼라는 것으로 볼 수 있다. 인간에게 그러한 신성이 감성(sensibility)으로 느껴지는 것은 동료 인간에 대한 애정을 통해서이다. 그런 점에서, 존재의 조화로운 질서 속에서 축복받은 영혼들이 한데 합쳐지는 기쁨을 누릴 때(Beatific spirits welding together)(605), 그것은 단순히 그러한 질서를 깨우치는데서 이루어지는 것이 아니다. 영혼의 깨우침이 사랑으로 실행될 때 비로소 그러한 존재의 어우러짐이 가능한 것이다. 따라서 파운드는, 자신의 노예를 아무 조건 없이 풀어준 버지니아 출신 18세기 미국 정치가 란돌프(Randolf)의 자비(liberavit masnatos)와, 누가복음 7장 47절에 나오는, 예수의 발을 씻어준 죄 많은 여인의 극진한 사랑(ἠΥάπησεν πολύ)(606)을 예로 들어, 사회정의의 바탕에 동정심과 관용의 정신이 필수적이라는 것을 강조하고 있다. 그리고 연이어 파운드가 개인적 구원의 염원을 담은 시상(詩想)을 전개하는 것은 자연스러워 보인다.

> 달빛 같은 카스탈리아
> > 물결은 오르내리며 출렁이는구나,
> 에비타, 맥주 집들, 움직임의 씨앗,
> > 바싹 마른 풀에 이제 비가 오는 구나
> 습성으로 인해 교만한 게 아니라,
> > 앎으로써 격분하였으니,
> > > 시빌라여,

부서진 돌 더미 아래로부터
　　　　　그대는 나를 들어올렸구나
고통이 지나쳐 무디어진 모서리로부터
　　　　　그대는 나를 들어올렸구나
땅속 깊이 놓여 있는 에레부스 밖으로
　　땅 밑에서 부는 바람으로부터,
　　　　　그대는 나를 들어올렸구나
답답한 공기와 먼지로부터,
　　　　　그대는 나를 들어올렸구나
훌쩍 날아오름으로써,
　　　　그대는 나를 들어올렸구나
　　　　　　　　　아이시스 쿠아논
　　　초승달의 끝으로부터,
　　　　　그대는 나를 들어 올렸구나

Castalia like the moonlight
　　　　　and the waves rise and fall,
Evita, beer-halls, semina motuum,
　　　　　to parched grass, now is rain
not arrogant from habit,
　　but furious from perception,
　　　　　　　　　Sibylla,
from under the rubble heap
　　　　　m'elevasti
from the dulled edge beyond pain
　　　　　m'elevasti
out of Erebus, the deep-lying
　　from the wind under the earth,
　　　　　m'elevasti
from the dulled air and the dust,
　　　　　m'elevasti
by the great flight,

m'elevasti

Isis Kuanon

from the cusp of the moon,

m'elevasti (90/606)

카스탈리아는 델피의 파르나서스 산에 있는, 아폴로에게 헌정된 샘으로서 시적 영감을 일으킨다. "물결이 오르내리며 출렁이는" 것은 파운드의 시상이 활기를 띠기 시작하는 것을 말해준다. 처음에 그의 시상은 『라이프』(*Life*) 지에서 읽은 에바 페론에 대한 기사, 젊은 시절 드나들던 맥주 집들을 배회하다가, "움직임의 씨앗", 즉 시인 자신의 지난 날의 행동과 현재의 처지를 떠올리는 시상의 핵심에 들어선다. 그것은 바싹 마른 풀에 비가 내리듯 축복으로 다가온다. 그는 지난 날 동료 시인들을 가혹하게 비판하고 서구문명 전체를 무차별적으로 공격하던 자신의 행동이 습관적인 교만함 때문이 아니라 그 단점과 모순을 깨닫고 개선시키고자 하는 충정에서 나온 것이라고 스스로를 변호한다. 자신의 지나쳤던 행동의 결과로 정신병원에 수용되게 된 현재의 처지는 부서진 돌 더미 밑에 깔려 있어 고통마저 느낄 수 없을 만큼 무디어져 있는 상태이다. 그것은 땅속 깊은 곳, 하계(下界)의 길목에 있는 에레부스의 어둠에 싸여 있는 것과 마찬가지이고, 궁극적으로는 시인 파운드의 시적 영감은 초승달의 끝에 걸려 있듯 위태롭게 된 것이다. 여기서 파운드는, 델피의 여사제 시빌라의 예언력과 신곡의 천국편에서 단테가 베아트리체에게 한 말("그대는 나를 들어올렸구나")에 암시된 구원의 축복을 결합시켜, 지난날의 자신의 과오에 대한 용서와 자비를 구하는 염원을 드러낸다. 그것은 이집트 농업의 신 아이시스를 통한 재생에의 기원과 관음보살을 통한 자비와 동정심에 대한 열망으로 강화된다. 그런데 이러한 시상의 전개는 구원을 향한 시적 영감의 태동이 "달빛 같은 카스탈리아"에서 시작되어 "초승달의 끝으로부터/ 그대는 나를 들어올렸구나"로 이어지고 있다. 여기서 시적 영감은 "훌쩍 날아오름으로써" 시인에게 구원을 가져다주는 동기가 되고 있다는 점에서, 달빛은 시적 영감의 빛이자 자비로운 구원의 빛이라고 할 수 있을 것이다. 그것은 「시편 91」에서 달의 여신 다이아나에게, "고귀하신 다이아나여, 내가 필요로 할 때 나를 도우소서/ 눈길을 끄는 어떤 땅으로/ 어디로 가야할지/ 나에게 솜씨 좋게 가르쳐 주소서"(Heye Diana, help me to neode/ Witte me thurh crafte/ whunder ich maei lidhan/ to wonsom londe)(613)라고 기원하는 데서도 확인이 된다.

에레부스의 어둠으로부터 들어올려지는 상승의 이미지는 빛의 이미지와 관련되어 반복해서 출현한다. "깊은 곳의…/ 인어처럼, 위쪽으로/ 허나 수직의 빛이, 위쪽으로"(De fondo…/ like a mermaid, upward,/ but the light perpendicular, upward)(90/607)와 같은 구절에서는 빛의 이미지가 깊은 어둠을 뚫고 상승하는 것으로 묘사된다. 또한 "하계에서 구원받은 자들,/ 티로와 알크메네는 이제 자유로워져, 솟아오르며…/ 더 이상 그늘이 없으니/ 그들 사이에는 불붙은 불빛들"(out of Erebus, the delivered,/ Tyro, Alcmene, free now, ascending…/ no shades more,/ lights among them, enkindled,)(90/608-9)과 같은 구절에서는 하계에서 구원을 받은 영혼들이 상승을 통해 축복과 구원의 빛의 세례를 받는 것으로 묘사된다. 그러한 상승의 욕구는 기본적으로 지옥의 상태와 같은 현대문명의 타락에서 벗어나 이상적 질서와 조화를 지향하는 지상낙원에 대한 파운드의 이념적 갈증을 드러내는 것이지만, 영혼 자체는 "사랑이 아니라 그것으로부터 사랑이 흘러나오는"(Not love but that love flows from it)(90/609) 것이라는 리차르두스(Richardus)의 문구가 다시 확인된다는 점에서, 개인적 구원의 희구와 밀접히 관련되어 있다. 여기서 "사랑은 신의 혈관에서 나오는 분비액"(ichor, amor)(91/611)으로서 신성의 빛을 의미하지만, 신성의 빛에서 사랑을 강조하는 것 자체가 파운드의 변화를 보여주는 것이기 때문이다.

구원을 향한 파운드의 시상은 또한 재생의 이미지와 결부되어 여행의 모티프로도 반복된다.

> 수정의 물결은 함께 짜여져 거대한 치유를 향해 나아가고
> 영혼들의 **꿰뚫는 빛**
> 라-셋 공주는 올라갔으니
> 거대한 돌 무릎으로,
> 그녀는 보호막에 들어서고,
> 거대한 구름이 그녀 주위에 있구나,
> 그녀는 수정의 보호막에 들어섰구나
> 사랑을 행함으로써 마음이
> 움직이는 건 당연한 것

> Crystal waves weaving together toward the gt/ healing
> Light *compenetrans* of the spirits
> The princess Ra-Set has climbed
> to the great knees of stone,
> She enters protection,
> the great cloud is about her,
> She has entered the protection of crystal
> convien che si mova
> la mente, amando (91/611)

여기서 라-셋은 이집트 신화의 태양신 "라"와 달의 신 "셋"을 조합하여 파운드가 창조해낸 빛의 여신으로서, 우주의 일관된 조화를 상징하는 이성과 질서의 신이자(Nassar 108) 아이시스-쿠아논과 연결되는 재

생과 자비의 신이다(Terrell 549). 그것은 나중에 "돛이 아니라, 노에 의해 움직이는/ 황금빛 태양의 배/ 제단 옆에서 별들을 움직이는 사랑/ 제단 경사지 옆/ '타무즈! 타무즈!'"(The golden sun boat/ by oar, not by sail/ Love moving the stars παρά βώμιον/ by the altar slope/ 'Tamuz! Tamuz!')(612)라는 묘사에서, 태양신 라의 여행이 달의 여신 다이아나가 사랑한 아도니스(타무즈)를 통한 재생에의 기원과 연결되는 데서도 확인될 수 있다. 이러한 라-셋의 여행 모티프는 『록-드릴』 시편 후반부의 곳곳에 편재되어 나타난다. 그런데, "수정 위로...움직이는 라-셋"(Ra-Set over crystal... moving)(91/612), "수정의 강 위에서 라-셋은 이제 자신의 배를 타고/ 깊은 사파이어 너머로"(On river of crystal Ra-Set in her barge now/ over deep sapphire)(92/618), "라-셋의 배는 태양과 함께 움직인다"(The boat of Ra-Set moves with the sun)(94/641)와 같은 구절에서, 라-셋은 수정 또는 사파이어의 물결 위를 움직인다. 위의 인용구에서도 "수정의 물결은 함께 짜여져 거대한 치유를 향해 나아가고" 그 물결 위를 여행하는 라-셋은 "수정의 보호막" 속에 들어선다. "거대한 수정"(The Great Crystal)(611)이 원초적인 창조력의 근원인 "빛의 거대한 도토리"(the great acorn of light)라는 점에서(Terrell 548), 결국 그 물결은 빛의 물결이며 라-셋은 찌를 듯이 강렬한 영혼들의 빛 속을 여행하면서 낙원의 빛으로 된 보호막 속에 들어선 것이다. 이렇듯 낙원의 빛 속에 구원되는 축복은 "사랑을 행함으로써 마음이 움직이는" 데서 가능하다. 그리고 인간 개개인이 그러한 낙원에 도달하는 것은 착한 본성을 기르는데 있다(A man's paradise is his good nature)(93/623)고 할 수 있다. 그렇게 되면, 마음의 낙원에서는 사랑과 자비가 "해악 위에/ 증오 위에/ 흘러넘치는, 빛 위에 겹쳐지는 빛"(Over harm/Over hate/ overflooding, light over light)(91/613)으로 충만

할 것이다. 이런 관점에서 위의 인용구에 나타나는 라-셋은 이성과 질
서의 신에서 사랑과 자비의 신으로 전환되고 있다고 할 수 있다. 파운
드가 남성 신인 라와 셋을 합쳐서 여신으로 창조해 놓은 것도 사랑과
자비의 여신으로서의 라-셋 여신의 특성을 강조하기 위한 것이라고 할
수 있겠다.

　파운드는 라-셋의 여행 모티프와 함께 율리시스의 해난(海難) 모티
프를 병행시켜 보다 직접적으로 시인 자신의 구원을 향한 열망을 드러
낸다.

> 어떠한 두건도 묶어놓지 못할 빛나는 매,
> 불에 능숙한 이들은
>
> 　　　읽으리라 　단　 탄, 새벽
>
> 오묘한 신비를 조금도 포기하지 않으면서
> 　　　(자신을 지켜줄 마음을 지니고서)
> 카드무스의 딸 갈매기가 오디세우스에게 말했듯이
> 카드무스의 딸
> 　　　　　"잡다한 것들을 버리라"
> 　　　　　　　고통

> Bright hawk whom no hood shall chain,
> They who are skilled in fire
>
> 　　　shall read 　日　 tan, the dawn
>
> Waiving no jot of the arcanum
> 　　　(having his own mind to stand by him)
> As the sea-gull Κάδμου θυγάτηρ said to Odysseus
> KADMOU THUGATER
> 　　　　　"get rid of parapernalia"

어둠을 가르며 밝아오는 새벽 빛과 같이 이성과 질서의 빛은 명료하
고 투명하여 그것을 읽고자 하는 사람들에게 확연히 드러난다. 파운드
자신은 바로 그러한 엄연히 존재하는 질서의 빛을 찾아 일생의 여정을
걸어오다가 정신병원에 갇히는 신세가 되었다. 비록 자신의 사상을 실
행하는 과정에서 과오를 범했지만 자신의 사상 자체는 정당하다는 믿
음을 그는 여기서 다시 한 번 되풀이하고 있다. 몸은 갇혔으나 정의로
운 사회에 대한 그의 꿈은 묶어둘 수 없는 것이며, 그러한 지상낙원의
꿈이야말로 자신을 지켜줄 것이다. 들쑥날쑥하여 파악하기 어렵기는
하나, 낙원은 인위적인 게 아니라(Le Paradis n'est pas artificiel/ but is
jagged)(92/620) 우리 옆에 항상 존재하는 것이다. 그러나 이렇듯 파운
드가 마음을 다잡아보지만 고통스런 현재의 처지[6]는 구원에의 열망을
촉발시킨다. 위의 인용구에 나오는 카드무스의 딸 레우코테아
(Leucothea)는 뗏목을 타고 표류하던 오디세우스가 물에 가라앉을 위
기에 처했을 때 갈매기의 모습으로 나타나 베일을 전해주면서 다른 물
건들을 버리라고 하여 그를 구해주었다. 오디세우스를 통해 파운드는
정의로운 사회를 꿈꾸며 여정(periplum)을 떠났다가 조난을 당한 자신
의 구원에 대한 열망을 투영하고 있는 것이다.

레우코테아의 모티프는 『록-드릴』 시편의 마지막 시편인 「시편 95」

---

6) 위의 인용구에 이어지는 시행들에서 파운드는 아폴로니우스(Apollonius)의 일화를 소재로 쓰
고 있다. "여기가 목욕탕인가요?.../ 법정인가요?"(Is this a bath-house?.../ Or a Court House?)(91/616)
라는 구절은 아폴로니우스가 편협한 도덕주의자였던 1세기 로마의 도미티안 황제에 의해 재
판을 받게 될 때, 한 관리가 법정에는 아무 것도 소지하고 들어가지 못한다고 하자 재치 있게
대답한 말에서 나온 것이다. 이것은 레우코테아의 "잡다한 것들을 버리라"는 문구에서 연상
된 것이기도 하지만, 죄 없이 재판을 받게 된 아폴로니우스가 변신을 통해 구속의 위기를 벗
어나 자유의 몸이 된 것을 상기하면서 파운드가 현재의 자신의 처지를 투사하고 있는 것이라
고 볼 수 있다.

에서 보다 집중적으로 나타난다. 레우코테아는 "내 비키니는 당신의 뗏목만한 값어치는 있지요"(My bikini is worth yr/ raft)(645)에서처럼 오디세우스-파운드에게 장난기 섞인 어투로 구원의 메시지를 암시하기도 하고, "비치는 투명함[베일]으로 빛을 가져오는/ 카드무스의 딸"(Κάδμου θυγάτηρ/ bringing light *per diafana*)(644)에서처럼 구원의 빛을 노래하기도 한다. 그리고『록-드릴』시편을 마무리하면서도 파운드는, "파도가 부딪쳐서, 뗏목을 휘감고, 그 후에는/ 그의 손에서 노를 떼어버리고,/ 돛과 가로돛 활대를 부숴뜨렸다/ 그는 물결 아래로 쓸려 들어갔고,/...그때 레우코테아가 불쌍히 여겼도다"(That the wave crahed, whirling the raft, then/ Tearing the oar from his hand,/ broke mast and yard-arm/ And he was drawn down under wave,/...Then Leucothea had pity)(647)라고 오디세우스-파운드의 난파와 레우코테아의 구원을 전면적으로 노래한다. 레우코테아의 연민을 통한 이러한 구원의 가능성을 파운드는 앞의 시편들에서 예비해 왔다. 「시편 94」에서 그는 "그렇다, 감염된 사람들에게는 연민을,/ 그러나 방부상태는 유지하라/ 빛이 쏟아지게 하라"(pity, yes, for the infected,/ but maintain antisepsis,/ let the light pour(635)라고 하여 이성과 질서의 빛을 존중하되 연민이 사회의 중요한 덕목임을 강조하고, 「시편 93」에서는 "나는 다른 이들에게 동정심을 보여왔다./ 충분치 않구나, 충분치 않구나"(J'ai eu pitié des autres./ Pas assez! Pas assez!)(628)라고 하여 연민과 동정심이 부족했던 자신을 반성하고 있다. 그러한 반성의 공간은 "비쳐나오는 [신성한] 빛,/ 성모,/ 나는 기도하노라"(Lux in diafana,/ Creatrix,/ oro.)(628)라는 구절에 나타나듯이 구원을 향한 간절한 기도와 긴밀하게 연결되어 마련된 것이다. 따라서 구원의 빛에 도달하려는 파운드의 정신적 여정이 레우코테아의 연민을 통한 구원의 가능성을 열어놓은 채로 마무리되는 것은 지극히 합당한 일이라고 여겨진다.

4. 맺는 말

『시편』 전체에서 파운드가 인류문명에 대한 자기 나름의 정신적 편력을 기록하고 있다고 할 수 있다면, 『피사시편』에서는 서구문명의 타락을 비판하며 지상낙원을 이룩하고자 하던 자신의 꿈과 좌절을 담고 있다고 할 수 있다. 피사 수용소에 갇혀 재판을 앞두고 그는 죽음의 공포에 시달리는 실제적인 위기감을 느끼는 한편, 로마 라디오 방송을 통해 무솔리니 정부를 지지한 결과로 자신의 언어행위 전체에 대한 진실성이 의심을 받는 상황에 처해 있었다. 그런 만큼, 『피사시편』에서 그가 지상낙원에 대한 자신의 꿈을 피력하면서 지난날의 자신의 과오를 변호하게 되고 자비와 구원에 대한 열망을 토로하는 것은 어쩌면 당연하다고 할 수 있다. 피사 시절의 혹독한 시련을 겪고 난 뒤 씌어진 『록-드릴』 시편에서도 파운드는 지상낙원에 대한 자신의 꿈을 되살리며 그 꿈의 정당성을 옹호하고 변명하는 동시에 구원을 위한 상승의 열망을 드러내고 있다. 피사시절에 비해 상대적으로 마음의 안정을 얻었으나 여전히 갇혀있는 상황에서 그는 이상사회의 꿈과 예술적 구원이라는 주제에 대해 보다 차분하면서도 본격적이며 집중적인 탐구를 필요로 했던 것으로 보인다[7].

『록-드릴』 시편에서 파운드는 유교경전인 『서경』을 중심으로 중국

---

[7] 마이클 알렉산더는 이 시편이 『록-드릴』이라고 이름 붙여진 것은 파운드가 이 시편에서 대중의 몰이해와 자기 자신의 절망을 헤치고 "천국의 옥좌"(Thrones of Paradise)로 가는 길을 뚫고 있는 것이기 때문이라고 말하고 있다(212).

고대국가의 역사를 점검하면서 도덕적 질서가 유지되는 정의로운 사회를 이룩하기 위하여 필수적인 기본적 원리들을 제시하는 한편, 미국 역사를 중심으로 한 유럽문명의 공과(功過)를 그것과 대비시키고 있다. 여기서 이상 사회의 이념적 기반으로서의 유교사상을 찬양하고 문명타락의 원흉으로 지목되는 고리대금업을 비판하는 것은 기존의『시편』에 나타나는 주제를 반복하는 것에 불과하다. 그러나 질서의 추구라는 주제가 반복된다고 해서 그것이 의미 없는 창작행위라고 볼 수만은 없다. 그것은 구원을 향한 토대의 마련이라는 심리적 동기에서 출발한 것이기 때문이다.『록-드릴』시편에서 파운드는, "당신은 왜 생각에 질서를 세우려 합니까?"라는 무솔리니의 질문에 대하여, "내 시를 위해서"라고 답변한 일화를 떠올리고 있는데(87/569, 93/626), 이것은 이 시편이 총체적 사회질서의 추구라는 사상 자체로서 의미를 지닌다기보다는 그 사상이 초래한 창작의 위기에서 벗어나 예술적 구원을 받기 위한 변명의 공간으로서 의미가 있다는 것을 알려준다.

『록-드릴』시편의 전반부에서 파운드는 지상낙원을 가능하게 할 이상적 질서를 신성한 빛의 이미지로 형상화하고 있다. 이상사회를 이루기 위하여 인간이 도달하여야할 신성의 빛은 인간의 깨달음이 전제되는 만큼 이성의 빛과 일치하여 나타난다. 그런데 이 시편의 후반부에서 파운드가 자료제시의 특성을 지닌 전반부의 리듬을 벗어나 서정적인 가락을 타면서 빛의 이미지는 이성의 빛에서 구원의 빛으로 전환되어 나타난다. 전반부에서 지상낙원에 대한 자신의 믿음을 집중적으로 다뤄 자기변호의 토대를 마련한 파운드는 후반부에서 여전히 난파상태인 자신의 현재 상황을 극복하기 위해 자비와 구원에의 열망을 노래하고 있다. 그러한 노래야말로, 질서의 추구라는 반복되는 이데올로기에 대한 집착을 넘어서서, 회한과 반성을 통한 자기구원의 열망을 시

속에서 드러내게 됨으로써, 시인 파운드에게 예술적 구원의 가능성을
열어놓는 것이라고 하겠다.

2부

『피사시편』: 유교사상과 위기상황 속의 파운드

I. 파운드와 유교사상

에즈라 파운드의 시와 산문에는 유교에 대한 언급이 많이 나온다. 「시편 13」과 「시편 52-61」에서는 유교사상이 독립된 주제로 다루어지고 있으며, 『피사시편』(*The Pisan Cantos*), 『록-드릴』(*Rock-Drill*) 시편, 『쓰로운즈』(*Thrones*) 시편 등에서 유교사상은 더 큰 비중을 차지하게 된다. 시 뿐만 아니라 산문에서도 유교사상은 중요한 위치를 차지하고 있는데, 파운드는 1918년에 「상상의 편지」(Imaginary Letters)에서 공자의 언행을 언급한 이후, 문화시평, 편지, 인물론 등에서 자신의 논지를 전개하기 위한 일종의 준거틀로 유교사상을 이용하고 있다. 또한 1927년에 『대학(大學)』(*Ta Hio or The Great Digest*)을 번역한 것을 시작으로 하여, 『중용(中庸)』(*The Unwobbling Pivot*), 『논어(論語)』(*The Analects*), 『시경(詩經)』(*The Classic Anthology Defined by Confucius or The Confucian Odes*) 등 다수의 유교경전들을 번역하였다.

파운드가 최초로 유교사상을 알게 된 시기가 언제인지는 확실하지 않다. 쿡선(Cookson)은 1914년 이전에 그가 유교에 관한 서적을 읽었을 것으로 추정하며(*SP* 16), 데이비(Davie)는 파운드가 공자와 맹자의 사상에 익숙한 문인이자 출판업자인 앨런 업워드(Allen Upward)와 1911년에 만난 예를 들어 그가 유교사상을 알게 된 시기를 앞당기고 있다(*Pound* 41-2). 그러나 유교사상에 대한 파운드의 최초의 공식적인 언급은 1918년의 「상상의 편지」에 나오며, 이것은 1924년에 「시편 13」에서 시(詩)로 나타난다. 그 후 그의 시와 산문에서 유교사상이 차지하는 비중은 점차 커져 간다. 1937년에는 「공자의 즉각적 필요성」(Immediate Need of Confucius)에서 "서양은 서구의 최상의 통찰을 망가뜨리기 위해 이미 눈에 띌 정도로 전력을 다해 왔다"(The Occident has already done its apparent utmost to destroy the best Western perceptions)면서 서구사회의 타락을 지적한다. 그리고 그 동안 서구문명을 지탱해 왔던 "공인된 기독교정신은 시궁창 상태이다. 가톨릭정신은 밑바닥에 도달했다"(Official Christianity is a sink. Catholicism reached nadir....)(*SP* 91)고 비판하면서, 유교사상을 대안으로 제시한다. 1940년에는 중국사를 다룬 "중국사 시편"(Chinese History Cantos)과 미국사를 다룬 "아담스 시편"(Adams Cantos)으로 구성된 『시편 52-71』(*Cantos LII-LXXI*)을 발표하는데, 중국왕조의 흥망성쇠가 유교윤리의 존재여부에 따라 좌우되는 것으로 묘사된 "중국사 시편"은 물론이거니와, 존 애덤스(John Adams)가 이상적 지도자로 그려져 있는 "아담스 시편"도 유교사상의 영향 아래서 씌어졌다고 할 수 있다. 1927년에 이태리어로 『대학』을 처음 번역했던 파운드는 1940년대에 이르러 영어로 다시 번역하였고, 피사 근처의 군 형무소에 갇혔을 때, 그리고 재판을 받고 쎄인트 엘리자베쓰 정신병원에 갇혔을 때도 계속해서 『중용』, 『논어』, 『시경』 등을 다시 번역하였다. 피사 감옥에서 유교경전을 번역하는 한편 그는 과거에 대한 추억, 이상사회에 대한 꿈, 자신의 과오에 대한 회한 등을 담은 『피사시편』을 썼는데 여기에서는 유교경전에서 나온 구절들이 그의 시상(詩想)의 곳곳에 눈에 띌 만치 혼재되어 나타난다. 그 후『록-드릴』시편(1955)에서는『서경』을 근간으로 중국사와 미국사의 중요시기가 활발하게 다루어지며『쓰로운즈』시편(1959)에서는 유교윤리를 준거틀로 삼아 유럽사를 다루고 있다.

이렇게 보면『시편』(The Cantos)은 전체적으로 파운드가 유교사상에 동화해 가는 오랜 과정의 기록으로 생각될 수도 있겠는데, 그렇다면『시편』에서 유교사상은 어떤 의미를 지니고 있는가? 1962년 도널드 홀(Donald Hall)과의 파리(Paris) 인터뷰에서 그는『시편』의 착상이 이미 1904년에 시작되었으나 유교사상을 알게 된 후에야 씌어 질 수 있었다고 술회하면서 다음과 같이 말했다.

대담자: 공자에 대한 당신의 관심은 1904년에 시작되었습니까?

파운드: 아니오, 처음의 문제는 이랬습니다. 하나로 꾸려지지 않았던 여섯 세기가 있다는 것이었지요.『신곡』이 씌어 질 때는 존재하지 않았던, 자료를 어떻게 다루어야 하는가 하는 바로 그 문제였습니다. 위고는『세기의 전설』을 엮어냈습니다만, 그것은 가치평가의 문제가 아니라 단순히 역사의 편린을 주렁주렁 연결해 놓은 것이었지요. 문제는 현대정신을 중세정신으로 이끄는 일종의 준거의 영역을 형성하는 것이었습니다. 르네상스 이후 중세정신 위에 고전문화가 반복해서 밀어 닥쳐서 형성된 그 중세정신으로 말이지요. 그것은 심리상태에 불과하다고 하는 분도 있겠지요. 어쨌거나 자신의 주제를 다루기는 해야 했으니까요.

Interviewer: Had your interest in Confucius begun in 1904?

Pound: No, the first thing was this: you had six centuries that hadn't been packaged. It was a question of dealing with material that wasn't in the *Divina Commedia*. Hugo did a *Légende des Siècles* that wasn't an

evaluative affair but just bits of history strung together. The problem
was to build up a circle of reference taking the modern mind to be the
mediaeval mind with wash after wash of classical culture poured over it
since the Renaissance. That was the psyche, if you like. One had to deal
with one's own subject. (Schulman 27-8)

파운드는 여기서 단테와는 달리, 무질서의 상황 속에서 공통의 가치기
준이 상실된 시대에 사는 시인으로서의 고뇌를 토로하면서, 자신에게
유교사상이 왜 필요했는가를 설명하고 있다. 윗글에서 주제를 다루기
위해 "[문화적] 준거의 영역을 형성할"(to build up a circle of reference)
필요를 느꼈다는 진술은, 『시편』에서 유교사상이 시적 형상화의 터전
이 되는 윤리적 기준으로 쓰이고 있다는 것을 시사해 준다. 따라서 휴
케너(Hugh Kenner)의 다음과 같은 논평은 타당한 일면이 있다.

> 『시편』의 윤리가 맨 처음부터 유교적이라는 것, 또는, 공자와 이미
> 지즘 선언의 병치에 함축되어 있듯이, 파운드의 미학적 정직성의
> 개념이 처음부터 개인과 정부의 정직성에 대한 개념들, 그리고 문
> 화와 문명의 도덕적, 정서적 특질에 대한 점검과 내적으로 연계되
> 고 있다는 것을 보여주는 데는 아무런 어려움이 없을 것이다.

> There would be no difficulty in showing that the ethos of the *Cantos* is
> Confucian from the very first, or that, as our juxtaposition of Confucius
> and the Imagist Manifesto has implied, Pound's conception of aesthetic
> honesty showed from the first an intrinsic alignment with concepts of
> personal and governmental honesty, and with inspection of the moral
> and emotional quality of cultures and civilizations. (*Poetry* 286)

케너는 파운드의 초기 시론에서 엿보이는 미학적 정직성이 『시편』의
윤리적 토대로 존재하는 유교사상과 맥이 닿아 있는 것으로 보고 있

다. 그리고 곧이어 케너는, "유교 원리의 효용성을 파운드가 열렬히 확신한 것은 전혀 의심할 수 없다. '공자는 다른 어떤 철학자보다도 정부, 그리고 정부의 행정에 필요한 것들에 더 많은 관심을 두고 있다'"(There can be no doubt of Pound's passionate conviction of the utility of Confucian doctrine. 'Confucius is more concerned with the necessities of government, and of governmental administration than any other philosopher.')(*Poetry* 288)고 말하여, 유교사상에 대한 파운드의 관심이 국가관으로 향하고 있음을 강조한다. 케너의 이러한 견해를 한편으로 수긍하면서도, 유교문화의 전통 속에서 살아온 우리는 당혹감을 느끼지 않을 수 없다. 왜냐하면 케너는, 파운드가 유교의 국가관에 매료된 것을 설명한 뒤, 같은 맥락에서 무솔리니에 대한 파운드의 찬양을 설명하고 있기 때문이다.

> 무솔리니가 파운드가 상상한대로 완벽한 행동파 지성은 전혀 아니었다고 할지라도, 파운드가 그를 발명해 낼 필요가 있었다고 말할 수 있을지 모른다.
>
> If Mussolini was not altogether the seamless factive intelligence Pound imagined him to be, it was necessary, we may say, for Pound to invent him. (*Poetry* 301)

케너가 지적하듯이 파운드가 무솔리니를 찬양한 것은 사실이고, 그러한 찬양이 유교사상이 지니고 있는 전체주의적 국가관에서 비롯된 것도 사실이다. 그러나 케너와 같은 서구 비평가들은 전체주의적 국가관이 유교사상의 일면에 불과하다는 사실을 간과하고 있다. 유교 자체에 대한 파운드의 이해가 올바르지 못한 부분이 있을 뿐 아니라 유교가 불교와 도교의 영향을 받아 많은 변화를 겪어 왔음에도 불구하고, 그러한 상황은 무시되고 있다. 따라서, 유교사상은 곧 전체주의적 질서라는 파운드의 편협한 생각을 그대로 받아들여, 그가 무솔리니를 추종하게 된 사상적 토대를 유교사상에서 찾으려는 시도는 오류의 가능성을 내포하고 있다. 케너와 같은 서구비평가들이, 무질서한 세계를 인식한 시인 파운드가 창조를 위한 질서를 필요로 할 때 유교사상이 그러한 예술적 필요성을 충족시켜 준 것이라면서, 유교사상과 무솔리니 사이의 유사성을 지적하는 것은 유교를 시인 파운드의 속죄양으로 삼으려는 숨겨진 의도가 있지 않나 의심케 한다. 그것은 데이비의 견해에서도 나타난다. 데이비는 파운드에게 깃들어 있는 두 가지 미국적 성향, 미국 동부의 지적 성향과 시골의 떠버리 철학자(cracker-barrel philosopher) 성향을 언급하면서, 후자의 미국적 성향이 그를 파시즘이라는 해결책으로 향하도록 밀어부쳤다(Another America... also impelled him toward the Fascist solution)고 지적한다. 그리고는 곧이어 공자를 떠버리 현자(the cracker-barrel sage)로 평가절하하면서, 계몽 전제군주 시대에나 있을 법한 시대착오적인, 격언식의 교훈을 주는 파운드의 성향을 유교사상이 강화시켰을 뿐(his Confucianism only strengthened this predisposition toward maxim)이라고 말한다(*Pound* 111-2). 그러나, 파운드에게 있어서 유교사상의 진정한 예술적 의미는, 파운드가 유교사상을 이해 또는 오해하는 과정에서 그리고 때로 의도적으로 왜곡하는 과정에서 형성된 사상적 특징을 통해서 드러나지 않는다. 그의 예술적 성취를 평가하기 위해서 중요한 것은, 그렇게 형성된 사상적 오류 때문에 그가 겪게 된 개인적 좌절과 시인으로서의 위기감의 극복이라는 문제가 어떻게 유교사상과 연관되어 있는지 살펴보는 것이라고 할 수 있다.

에머리(Emery)는, 그리스 신화, 오비드(Ovid)의 『변신』(*Metamorphoses*), 신플라톤주의(Neoplatonism), 기독교 사상의 몇몇 요소들(certain elements of Catholic thinking)과 함께 파운드의 유교사상을 하나의 범주로 묶음으로써, 유교사상과 서구의 사상들이 갖는 가치 체계(a hierarchy of values)의 유사성을 지적한다(15). 그러나 에머리는 파운드가 오랜 기간 동안 유교사상에 동화해 가면서 그것에서 받아들이는 의미가 변해 가는 과정을 무시하고 일반화시켜 버리는 오류를 범하고 있다. 결과적으로 그는 유교사상이 시인 파운드의 예술과 삶에 미친 중요한 영향, 즉 피사 감옥에 갇혀 위기에 빠진 파운드의 삶과 예술의 구원의 모티프(motif)가 된 역할을 간과하고 있다. 1928년에 T. S. 엘리엇이 "파운드 씨는 무엇을 믿는가?"(What does Mr. Pound believe?)라고 질문한 것에 대해, 파운드는 2년 후인 1930년에 발표한 「신조」(Credo)라는 글에서 "나는 수 년간 질문자에게 오비드와 공자를 읽으라고 말함으로써 그러한 물음에 대답해 왔다"(I have for a number of years answered such questions by telling the enquirer to read Ovid and Confucius)(*SP* 53)라고 말했다. 그러나 1934년에 이르러 그는 "나는 『대학』을 믿는다"(I believe the *Ta Hio*)라고 공언하여(Kenner *Era* 447) 유교사상을 유일한 관심사로 삼는다. 불과 4년간의 차이를 두고 있지만, 이후 그는 『대학』에 관심을 쏟게 됨에 따라 본격적으로 중국어를 연구하게 되며 (Cheadle *Translations* 50-1), 무솔리니의 파시스트 정권에 적극적으로 동조하게 된다. 이러한 사상적 관심의 변화는 유교에 대한 그의 관심이 시기적으로 차이를 보이고 있다는 것을 알려 준다. 따라서 에머리의 설명은 오랜 기간에 걸쳐 그에게 영향을 준 유교사상의 의미를 변별하지 못한 한계를 노출하고 있는 것이다. 이같이 유교사상을 일반화된 전체적 관점에서만 보게 될 때 유교사상과 관련되어 『피사시편』에 나타나는 구절들은 단지 파운드의 사상을 설명하는 도구로서 독립적으로, 단편적으로 이용될 뿐이다. 그리고 결과적으로『피사시편』이『시편』전체 중에서도 가장 개인적 정서가 풍부함에도 불구하고 시인의 정서에 밀착된 이해를 시도하지 못하게 된다.『피사시편』에서 유교사상이 주요한 모티프가 되고 있다는 스톡(Stock)의 합당한 지적에도 불구하고(*Reading* 80-1), 장야오신(Chang Yao-Hsin)이『파운드와 유교』(*Pound and Confucianism*)에서『시편』전체에 걸쳐 유교를 논하면서도 유교사상과 관련된『피사시편』의 어느 부분도 구체적으로 언급할 필요를 느끼지 못하는 것(Smith & Ulmer 86-112)도 파운드의 시에 나타난 유교사상을 사상적 측면에서만 접근하는 비평조류를 추종한 데서 비롯된 것이라고 할 수 있다.

한편 다른 관점에서 의문을 제기해 볼 필요가 있다. 파운드가 실제로 처음부터 끝까지 유교사상을 그의 윤리적 기준으로 삼아 지상천국(paradiso terrestrial)을 꿈꾸었다고 가정한다고 하더라도, 시인 자신에게 허용된 상황이 달라진 것과 상관없이 유교사상이 그의 시에 언제나 변함없이 동일한 영향을 주었다고 할 수 있는가? 그렇지 않다면 시인 파운드에게 있어서 유교사상이 갖는 의미 자체도 상황에 따라 달라진 것이 아닌가? 이러한 의문을 가질 때 우리는 유교사상을 수용하는 그의 태도가 특히『피사시편』에서 차이를 보이고 있다는 점에 주목하지 않을 수 없다.

『피사시편』이전의 파운드는 서구문명의 타락을 비판하면서 서구의 기존의 가치체계로는 서구문명을 소생시킬 수 없음을 인식하고 유교사상을 통해서 그 치유의 가능성을 찾았다. 이때 유교사상에 대한 그의 관심은 유교의 국가관에 집중되었다. 이상사회에 대한 파운드의 꿈은『피사시편』에서 유교의 질서관을 통해 여전히 지속되지만, 그 이상사회 건설의 현실적 가능성으로 존재하던 무솔리니 정부가 몰락하고 시인 자신은 반역죄로 감옥에 갇혀 있던 상황에서 유교사상에 대한 그의 관심은 유교에서 강조하는 개인적 덕목, 즉 겸손, 동정심, 인간에 대한 사랑, 자기성찰 등으로 향한다. 그것은, 유교의 질서관이 왕정체제의 봉건사회에서 형성되었고 그러한 체제의 유지라는 기본목표를 수행하려는 관료체제 아래서 변화하면서 발전되어 왔기 때문에 유교사상에서 국가관이 중심이 되기는 했으나, 그 근본에는 늘 완벽을 향한 개인의 수양(修養)이 전제가 되고 있는 것과 일맥상통한다. 물론 파운드도 유교가 개인과 사회의 조화를 기반으로 한 질서관을 마련한 것으로 보기 때문에 처음부터 유교사상에 매력을 느낀 것이기는 하지만, 『피사시편』 이전의 파운드는 추상화된 개념으로서의 유교사상을 논할 뿐 내면화된 의식으로서, 생활의 일부로 체험될 수 있는 생활윤리로서의 유교의 가능성을 보지 못한다. 그렇기 때문에 그는, 서구사회에서 기독교가 도그마화한 것에 대한 혐오감을 드러내며 유교사상에 매료되지만, 실상 동양사회에서도 국가의 기초로서의 질서를 강조하게 될 때 유교 또한 서양의 기독교에 못지 않은 하나의 도그마가 되어 왔음을 간과하게 된다. 생활윤리로서 유교의 진정한 의미는 인간의 완성에 있으며, 그것은 끊임없는 수양을 통해서 가능하다. 이것은 시대와 공간을 뛰어넘어 추구될 수 있는 보편적 목표가 될 수 있기에 현대의 동양에서는 여전히 유지되는 문화적 가치이다. 파운드는, 서구의 가치체계인 기독교가 유일신 사상을 중심으로 하고 있기 때문에 도그마에 빠질 가능성을 지니고 있다고 보았는데, 유교도 또한 질서를 유지한다는 의도적 목표에 치중될 때 봉건시대의 동양에서 보듯이 도그마화했던 것이 사실이다. 아이러니하게도 『피사시편』 이전의 파운드는 유교의 질서관에 주목하면서 유교사상을 도그마로 삼는 결과를 볼 수 있다. 그러나『피사시편』을 쓸 무렵 그는 주변의 상황이 자신의 예측과는 정반대 방향으로 변화되고 진행됨에 따라 그의 시에서 회오와 반성의 공간, 아니면 적어도 변명의 공간을 마련하도록 강요를 받게 되었다. 그와 같이 자신을 되돌아 볼 기회를 갖는 것은, 사실 그가 감옥에 갇히지 않았더라도, 이상세계에 대한 자신의 기대가 허물어지는 것을 보면서 자신의 축이 무너지는 것을 경험한 파운드 자신으로서도 절실한 부분이었으리라고 여겨진다. 그런데 이처럼 자신을 되돌아보지 않을 수 없는 내적 필요성이 고조된 시점에서, 그는 피사 감옥에 갇혀 곧 사형 당하게 될지도 모른다는 절박감에 빠지게 되었다. 그러한 절박감을 극복하기 위해 그가 유교경전을 번역하는 일에 매달리면서 한편으로는 시를 쓰고 있었다는 사실을 감안할 때,『피사시편』에서의 유교사상은 한결 근본적인 의미에서 그의 시적 상상력에 핵심적 역할을 했을 것이라는 추정이 가능하다. 물론 여기서도 그가 서구문명의 타락을 인식하고 유교사상을 통해서 그것을 소생시키려는 목적을 보인다는 점에서 서구중심적인 사고를 완전히 벗어나지 못한 것도 사실이다. 그러나 여기서 그의 시상(詩想)은 유교사상을 중심으로 움직이며, 유교사상을 통해 시인 자신의 행위를 성찰하고 궁극적으로는 유교를 자신의 갱생을 가능케 하는 약(medicine)으로 파악하고 있다. 그런 면에서『피사시편』에 나타난 유교사상은 유교 본래의 왜곡되지 않은 중요한 (오늘날에도 유효한) 일면에 한결 근접한 것이라고 할 수 있다.

물론 이러한 자기성찰은 동양적 사고에만 존재하는 특성이 아니며 서양의 기독교나 교양인의 개념에서도 존재한다. 실제로『피사시편』에서 시인으로서의 자신의 활동 공간이었던 서구사회와 동료 예술가들을 다룰 때, 파운드는 유교적인 가치라기보다는 서구적인 가치를 적용하는 부분이 없지 않다. 그러나 혼재되어 있는 두 세계의 가치를 면밀히 조사해 볼 때 파운드의 시적 상상력을 지탱하는 무게중심은 기본적으로 유교사상에 주어져 있으며, 『피사시편』에서 엿보이는 그의 자기성찰은 유교의 동양중심적 가치를 근간으로 삼고 있다고 할 수 있다. 이러한 차이를 간과한다면 그가 유교사상을 수용하는 과정을 시기에 따라 변별적으로 파악한다고 하더라도, 치들(Cheadle)처럼 "파운드가 유교사상을 신플라톤 학파의 사상을 통해 조명했다"(Pound Neoplatonized Confucianism)(*Vision* 124)고 말하여 서구사상과의 유사성을 다시 확인하는 데서 그치고 마는 한계를 지니게 된다.

『시편』에 나오는 다른 시편들과 마찬가지로, 『피사시편』도 "역사를 담은 시"(a poem including history) 라고 볼 수 있다. 그러나 『피사시편』은 문명의 타락에 대한 위기의식에 앞서 시인 개인의 위기의식이 창작의 동기를 이루고 있다는 점에서 다른 시편들과 구별된다. 이러한 개인적 동기는 시에 그대로 반영되어 나타나며 그 결과, 시 속에서 시인의 목소리가 직접적으로 드러나는 것을 피하던 파운드의 평소의 태도와는 달리, 『피사시편』에서는 시인의 주관적 감정이 시 속에 그대로 드러나고 있어 이전의 시들과 양식상의 차이를 보여주고 있다.

그렇다면 유교사상이 사용되는 방식에 있어서도 『피사시편』은 다른 시편들과 다를 것이라고 예측할 수 있을 것이다. 『피사시편』이외의 시편들에서 파운드는 시창작의 목표를 정해 두고 유교사상을 그것과 대비시키는 반면에, 『피사시편』에서는 추억과 회상을 통해서 시상을 전개해 가는데 이때 그러한 시상들은 파운드의 정신 속에 내면화된 유교사상에로 반복적으로 회귀한다. 그 결과, 『피사시편』에서 유교사상은 자신의 구원을 열망하고 자비를 기원하는 시상의 모티프로 나타나는 동시에 자기성찰의 과정에서 시창조의 위기감을 극복하는 원동력이 되고 있다.

이어지는 2장에서는『피사시편』이 씌어지기 이전에 파운드가 유교사상을 파시즘의 전체주의 이데올로기와 동일시하는 과정을 살펴본 뒤, 그러한 문제점이 유교사상 자체의 특성에서 유래한다기보다는 유교사상에 대한 파운드의 왜곡된 수용에서 나온 것이라는 점을 밝히기 위해, 파운드의 사상에 나타나는 이성중심적 자연관과 차등적 인간관을 살펴보기로 한다. 3장에서는, 유교사상의 국가관과 질서관에 치우쳐 유교사상에서 중시되는 수양(修養)의 의미를 내면화하지 못했던 파운드가,『피사시편』이 씌어지던 특수한 상황 아래서 수양의 의미를 체험함으로써, 유교의 본질적 의미에 한층 다가가게 되는 과정을 추적해 보기로 한다. 그러기 위해서,『피사시편』에서 유교사상이 그의 정서에 밀착되어 구원과 자비의 모티프로서 반복적으로 나타나는 양상을 추적한 뒤, 자신의 과거를 되돌아보는 자기성찰의 과정에서 유교사상이 그의 상상력의 모태로 작용하고 있다는 것을 살펴보기로 한다. 끝으로 4장에서는, 그의 시와 사상에서 유교사상이 갖는 의미를 전체적으로 조명하면서『피사시편』에서 유교사상이 파운드 시의 예술적 형상화에 미친 독특한 역할을 지적해 보기로 한다.

II. 파운드의 유교사상

동양에서의 유교사상은 추상화된 사상으로서 존재하는 것이 아니라, 생활화된 윤리체계이다. 그것은 개인의 수양을 기초로 하여 사회의 안정과 질서를 추구한다. 봉건주의 시대에 발생한 사상으로서 지배층과 피지배층을 나누고 지배층이 피지배층을 다스리는 원리를 담고있다는 점에서, 유교가 집권층의 국가 이데올로기로서 이용될 소지를안고 있었던 것은 사실이다. 유교경전에 나오는 군자와 소인은 본래공자시대의 지배층과 피지배층의 개념에서 비롯되었다. 그러나 그것은 지배자 중심의 봉건주의적 한계를 안고 있었기 때문에 그러한 구분을 수용한 것에 불과하다. 수양을 통한 자신의 완성을 통해서 누구나군자가 될 수 있으며 이런 인물이 사회를 올바르게 이끌 수 있다는 것이지 생래적인 군자가 있어서 사회를 이끄는 것이 아니다. 출신이 지배계층이라도 행동이 못 미치면 소인에 불과한 것이다. 이런 점에서유교경전에 나오는 군자와 소인의 구분은 시대를 초월하여 인간 개개인에게 적용되는 윤리적 개념으로서 중시되고 있다. 따라서 유교사상은 차등적 세계관에서 출발하는 것이 아니라 모든 인간이 평등하다는 세계관에서 비롯된다고 할 수 있다. 그리고, 유교의 질서관에서 질서 자체가 존중되는 것이 아니라 백성의 평화로운 삶을 보장하는 한에서의 질서가 강조되고 있다는 점은, 유교사상이 인간에 대한 참다운 사랑에 뿌리를 두고 있음을 보여준다. 그렇기 때문에 동양 삼국에서는 봉건사회가 지난 현재에도 유교가 생활윤리로서 여전히 중요한 일부분을 차지하고 있는 것이다.

그런데 파운드는 동양사상인 유교사상을 찬양하면서 무솔리니의 파시즘이라는 정치적 이데올로기를 옹호하는 전체주의적 원리로 제시하였다. 역사의 흐름 속에서 파시즘이 인간을 억압하는 이데올로기로 낙인찍힌 지금, 파시즘을 열렬히 지지하던 파운드가 "유교시인"(a Confucian poet)으로 지칭되는 현실은, 아키코 미야케(Akiko Miyake)가 토로하듯이, 동양인인 우리를 당혹스럽게 한다(*Between* vi). 왜냐하면 그를 파시즘에 빠지게 한 책임의 일부분이 유교사상에 있다는 유추가 가능하기 때문이다. 그러나 무솔리니 시절 그가 유교의 질서관을 지나치게 강조하여 폭압적인 전체주의 이데올로기에 빠진 것은 그 자신의 엘리트의식과 서구인으로서의 시각이 유교사상에 대한 올바른 이해를 가로막았기 때문이었다.

1. 전체주의 이데올로기로서의 유교사상

치들은 유교사상에 대한 파운드의 관심이 초기에는 개인적 덕목에서 출발하여 1930년대 중반 이후 전체주의적 질서관으로 향하게 되었다고 말한다(*Translations* 48-50). 그러나 그가 유교사상에 관심을 갖기 시작한 초기에 씌어진, 다른 시편들에 비해 상대적으로 짧은 「시편 13」("공자 시편")(1925)에서 "order"라는 단어가 열 번이나 사용되고 있는 것(Froula 148)은 그가 초기부터 유교사상을 질서유지라는 사회적 덕목에 치중하여 받아들이고 있음을 보여준다. 나중에 더 자세히 살펴보겠지만, 『논어』「선진(先進)」25에 나오는 공자와 네 제자의 대화를 「시편 13」에서 인용하면서도, 공자가 지도자에게 있어서 겸양이 수양의 정도를 알려주는 것이라며 강조한 대목을 그는 의도적으로 삭제하기까지 한다. 캐러쓰(Carruth)가 지적하듯이, 파운드에게 유교사상이 중요했던 것은 무엇보다도 그가 그 속에서 "정의로운 현세적 질서의 이상"(the ideal of a just secular order)(Juan 100)을 발견했기 때문이었다. 이러한 지적을 통해서도 우리는 파운드가 초기부터 사회질서의 유지에 관심을 두고 유교사상에 접근했다는 것을 알 수 있다.

그런데, 수양과 질서를 중시하는 유교사상을 균형 있게 수용하지 못하고 파운드가 초기에 이처럼 질서관에 치우치게 된 직접적 원인은 무엇일까? 그 원인은 최고의 예술을 추구하는 것에 가치를 두고 예술 활동을 벌였던 런던생활에서 좌절을 겪은 시기와 그가 유교사상을 만나게 된 시기가 일치하는 데서 찾을 수 있다. 런던을 떠난 지 얼마 후에 씌어진 「시편 13」에서 그는 "왕이 주변에 학자와 예술가를 모두 모아놓을 때/ 그의 부는 충분히 이용되리라"(When the prince has gathered about him/ all of the savants and artists, his riches will be fully employed)는 『중용』에 나오는 공자의 말씀, "경대신즉불현...래백공즉재용족"(敬大臣則不眩...來百工則財用足: 대신들을 공경하면 곧 현혹되지 않게 되고...모든 공장(工匠)들이 오면 곧 재물의 쓰임이 족하게 된다)(『대학·중용』258)를 인용한다. 이것은 파운드가 질서를 세움에 있어 예술가가 존중되는 사회를 꿈꾸고 있음을 보여 준다. 그는 예술의 타락이 예술 자체의 문제에 그치는 것이 아니라 사회 전체에 걸쳐 만연된 타락과 관련된다는 깨달음을 런던생활에서 얻게 되었고, 따라서 그에게는 문명의 갱생을 가져올 질서관이 절박하게 요구되었다. 그리고, 1부에서 이미 살펴보았듯이, 고리대금업이 사회의 혼란을 초래하는 주범이라고 생각하고서 그는 그 극복 가능성을 유교의 질서관에서 찾게 되었다.

런던을 떠난 후 얼마 되지 않은 시점에서, 그는 런던을 소재로 현대의 지옥을 묘사하고 있는 소위 "지옥 시편"(The Hell Cantos: Cantos XIV-XV)을 썼는데, 여기서 고리대금업은 "백 개의 다리를 가진 짐승"으로 구체화되어 사회혼란의 주범으로 묘사되어 있다. 이 시편들이 앞의 "공자 시편"과 대비되어 있다는 점(Juan 88)은, "공자 시편"이 씌어진 1920년대 초에 이미 파운드가 유교의 질서관에 관심을 집중하면서 유교사상을 받아 들였다는 것을 알려준다. 1920년대 후반과 1930년대 초까지 서구문명의 타락상에 대한 비판을 강화해 가면서, 그는 『대학』에 나타난 공자의 국가관, 질서관을 최상의 이데올로기로 찬양하게 되었다. 무솔리니에 완전히 빠져 들었던 1938년에 이르러서는, 『대학』 "첫 장의 46 개 한자(漢字)의 지혜"(the wisdom of the forty-six ideograms of the first chapter) (SP 93)가 서구문명을 구원해 줄 유일한 사상을 담고 있다면서 개인으로부터 사회에 이르기까지 유기적 질서를 강조하는 공자의 "수신제가치국평천하"(修身濟家治國平天下)의 이념을 찬양했다.

유교의 국가관 중에서도 파운드는 특히 고리대금업에 맞서는 개념으로 정명(正名) 사상을 주목하였다.[1] 고리대금업에 대한 그의 공격

---

1) 공자의 정명론에 대한 보다 자세한 논의는 이 책 66-8 참조.

은 "고리대금업 시편"(Usury Canto)으로 불리는 「시편 51」에서 절정에 이르는데, 그 말미에 그는 정명(正名)이라고 한자(漢字)로 써놓고 있다. 마치 겹침 수법(superpositive method)처럼 이미지로 내세워, 그는 정명사상을 고리대금업이 초래하는 사회의 혼란을 바로잡을 원리로 삼고 있음을 보여주고 있다. 물론, 정명사상 외에도, 그는 게젤(Gesell)의 화폐개혁론과 더글러스의 사회신용론(Social Credit)을 고리대금업에 기반을 둔 현대의 금융제도를 대체할 실천적 경제이론으로 제시하고는 있다. 그러나, "현대문명의 암적 요소인 고리대금업을 도려 낼 정부는 파시스트 정권"(USURY is the cancer of the world, which only the surgeon's knife of Fascism can cut out of the life of nations)(*SP* 270)이라면서, 좋은 정부(Good Government)를 위해, "이태리를 위해서 할 수 있는 최상의 유용한 서비스"(the most useful service that I could do for Italy)로 정명사상을 제안하는 것에서(*SP* 302-3), 우리는 고리대금업을 극복하는 데 있어서 그가 정명사상을 유교의 질서관의 핵심으로 삼고 있는 것을 알 수 있다.

파운드가 서구문명의 총체적 타락을 고리대금업으로 집약시켜 공격하는 것은 고리대금업이 가치의 전도현상을 대표한다고 진단하기 때문이다. 화폐는 본래 물물교환의 불편을 덜기 위한 수단으로서 생겨났다. 그럼에도 불구하고 악화가 양화를 몰아내는 통화의 흐름에 따라 사용가치가 줄어들고 교환가치만 늘게 된다. 결국에 가서는 잉여산물의 축적이 부의 축적이 되는 대신에 돈의 축적이 곧 치부의 표징이 되며, 궁극적으로는 돈이 재산증식을 위한 수단이자 목적이 된다. 그는 고리대금업이 자연산물로서의 재화의 가치와는 상관없이 화폐의 교환가치를 토대로 부를 낳는다는 점에서 올바른 가치를 왜곡시킨다고 보았다(Childs 294). 그렇기 때문에, 그는 고리대금업을 자연의 풍요

(the abundance of nature)를 해침으로써 가치의 혼란을 가져오는 뱀
(neshenk)(52/257)이며 괴물(Geryon)로 묘사하고 있으며 반(反)자연
(Contra Naturam)으로 규정짓고 있다(51/251). 그리고 그러한 자연의
왜곡은 언어의 혼란에서 극명하게 드러난다고 보고 있으며, 바로 그
때문에 그는 정명론을 고리대금업을 치유할 질서관으로 중시하였던
것이다.

1920년대 초에 씌어진 "지옥 시편"(「시편 14-15」)에서 이미 파운드
는 문명의 타락이 언어의 혼란, 자연 상태의 왜곡, 고리대금업의 횡행
으로 나타나고 있다고 묘사하고 있다. 그런데 그러한 타락현상들은,
프로울라(Froula)가 지적하듯이, 서로 연관되어 있다.

> 지옥 시편들에서 언어, 자연, 그리고 돈을 왜곡시키는 자들은 서로
> 도와서 지상의 지옥을 만드는 자들로 그려지고 있다. 파운드는,
> [그 지옥에] 이목을 집중시킴으로써, 그 지옥을 변화시키고자 했
> 다.
>
> The Hell Cantos portray perverters of language, of nature and the
> body, and of money as the mutual creators of an earthly Inferno which
> he hoped, by noticing, to help change. (151)

현대문명을 지옥으로 만드는 이러한 현상들은 서로 상승작용을 일으
키며 가치의 전도현상을 일으키는 것이다. 그의 이러한 인식은 "고리
대금업 시편"인 「시편 51」에서는 더욱 심화되어 나타난다.

> 고리대금업으로 인해 어느 누구도 돌로 만들어진 좋은 집을
> 가질 수 없고, 교회 벽에 낙원을 가질 수도 없으니
> 고리대금업으로 인해 석공이 돌로부터 멀어지고

베짜는 이는 자신의 베틀에서 멀어진다 고리대금업으로 인해
양모가 시장에 나오지 못하고
농부는 제 곡식을 먹지 못하는구나
아가씨의 바늘이 그녀의 손에서 무디어지고
베틀이 하나씩 하나씩 숨을 죽인다
수만 개씩 수만 개씩
두치오는 고리대금업으로 생겨난 것이 아니었고
라 칼루니아 도 그렇게 그려진 것이 아니었다.
암브로지오 프레디스도 안젤리코도
고리대금업으로 솜씨를 얻은 것이 아니었으며
생 트로핌의 회랑도 그렇게 얻어진 것이 아니며,
생 일레르의 균형미도 그렇게 얻어진 것이 아니다.
고리대금업은 사람과 그의 끌을 녹슬게 하며
장인(匠人)을 파멸시키고, 손기술을 파멸시킨다.
담청색이 암에 걸리는구나. 에메랄드 빛을 낼
멤링 같은 화가는 이제 없나니
고리대금업은 자궁 속의 아이를 죽이고
젊은이의 구애를 꺾어버리니
고리대금업은 젊음에 노년을 몰고 온다, 신부와
신랑 사이에 드러눕는다
고리대금업은 자연의 증식을 가로막는다.
엘류시스에 온 창녀들,
고리대금업 아래에서는 어떤 돌도 매끄럽게 깎이지 않고
농부는 자신의 양떼로부터 이득을 보지 못한다.

With usury has no man a good house
made of stone, no paradise on his church wall
With usury the stone cutter is kept from his stone
the weaver kept from his loom by usura
Wool does not come into market
the peasant does not eat his own grain
the girl's needle goes blunt in her hand

The looms are hushed one after another
ten thousand after ten thousand
Duccio was not by usura
Nor was 'La Calunnia' painted.
Neither Ambrogio Praedis nor Angelico
had their skill by usura
Nor St Trophime its cloisters;
Nor St Hilaire its proportion.
Usury rusts the man and his chisel
It destroys the craftsman, destroying craft;
Azure is caught with cancer. Emerald comes to no Memling
Usury kills the child in the womb
And breaks short the young man's courting
Usury brings age into youth; it lies between the bride
and the bridegroom
Usury is against Nature's increase.
Whores for Eleusis;
Under usury no stone is cut smooth
Peasant has no gain from his sheep herd. (250-1)

고리대금업에 의해 파괴되는 문명의 가치는 사회 전체에 미치는 것으로 묘사되고 있는데, 그 가치전도의 내용은 세 가지 범주로 묶을 수 있다. 첫째는 고리대금업으로 인해 온전한 예술의 가능성이 가로막힌다는 것이며, 둘째는 고리대금업으로 인해 농업의 생산결과가 생산자인 농부에게로 가지 않는다는 것이며, 셋째는 고리대금업이 자연의 생명력을 해친다는 것이다. 고리대금업이 사회에 끼치는 해악의 결과들 중에서 세 번째의 것은 앞의 두 가지를 포괄하는 원인의 성격을 동시에 지니고 있으며, 이는 그의 언어관에서 드러나는 뿌리 깊은 자연중시사상을 확인시켜 준다. 「시편 51」에서 그가 공자의 정명사상과 고리대금업을 대비시키고 있다는 것은 앞에서도 언급했지만, 그는 원래 "중국사 시편"의 서곡이라 할 수 있는 「시편 52」에 위치했던 "正名"이란 한자어를 「시편 51」의 끝으로 이동시켰던 것이다. 그런데, 「시편 52」에서 그는 고리대금업을 자연을 왜곡시키는 것으로 격렬히 공격한 뒤에 『예기(禮記)』에 나오는 구절들을 이용하여 자연의 순환에 따른 조화로운 삶을 이상으로 제시하고 있다는 점에서 정명(正名)은 그의 자연중시사상의 일부를 이루고 있다. 이렇게 볼 때, 그가 유교의 질서관으로서 정명사상을 중시한 것은, 그것이 언어의 올바른 사용을 토대로 언어, 정치, 경제 등 사회의 모든 요소들이 자연 상태의 유기적 질서를 유지하게 해주는 이상적 원리라고 생각했기 때문이다.

파운드가 그의 자연중시사상을 축으로 해서 유교의 정명사상으로 집약되는 유기적 질서관을 형성하게 된 것은 그 나름대로 의미 있는 문제의식을 보여준 것이라고 하겠다. 그러나 그 과정에서 그는 정치적 전체주의를 찬양하는 오류를 범하고 있다. 그는 『문화 안내』(*Guide to Kulchur*)에서 유교사상이 전체주의적이라고 반복해서 말하며, 「맹자」 (Mang Tsze)에서도 그리스 철학과 비교하여 "유교사상이 전체주의적이라"(The Confucian is totalitarian)(*SP* 86-7)고 말하고 있다.[2] 파운드가 이렇게 유교를 파시즘과 함께 전체주의 이데올로기로 받아들이는 것은 『피사시편』을 썼던 1945-6년 이전에는 일반적인 것이었다.

파운드는 자연의 생명력에 대한 온당한 관심에서 출발하여 유교사상을 추종하게 되었다. 그러나, 타락한 서구문명의 치유를 절박한 문제로 인식하여 기존의 서구정신을 대체할 이데올로기로서 유교사상에 접근함으로써, 그는 유교사상을 질서관에 치중하여 받아들이게 되

---

2) 유교를 그리스 철학과 비교한 파운드의 글에 대한 논의는 이 책 72-4를 참조.

었다. 이처럼 자신이 정해 놓은 목표가 이미 있었기 때문에, 그는 유교를 자신의 관심에 맞춰 평면적으로 이해할 수밖에 없었다. 따라서 봉건적 한계를 안고 있는 유교사상이 지니고 있는 시대착오적 성격을 무시한 채, 유교사상을 무솔리니의 전체주의와 동일시하여 오히려 자연의 생명력을 파괴하는 쪽으로 치달았다. 자연의 생명력을 강조하면서 유교사상에 관심을 보였던 그가 그것을 해칠 수 있는 전체주의에 빠진 것은『피사시편』이전에 그가 가지고 있던 자연에 대한 생각이 모순을 내포하고 있는 데서 먼저 그 원인을 찾을 수 있다.

2. 이성 중심적 자연관

파운드에게 있어서 자연은 "소생과 생존의 토대"(basis of renewals, subsistence) (20/92)이다. 따라서 문명의 타락은 반자연을 그 속성으로 하고 있다고 판단하는 그는 자연이라는 근원으로의 복귀를 이상으로 삼고 있다.

> 근원으로의 회귀는, 그것이 자연과 이성에로의 회귀이기 때문에 활기를 준다. 근원에로 돌아가는 사람은, 그가 영원히 분별 있게 처신하고자 하기 때문에 그렇게 한다.

> A return to origins invigorates because it is a return to nature and reason. The man who returns to origins does so because he wishes to behave in the eternally sensible manner. (*LE* 92)

그런데 여기서 파운드가 자연과 이성을 근원에 회귀할 대상으로 동일시하고 있는 것에 주목할 필요가 있다. 위의 문맥만을 따라갈 때 올바른 인간행동의 규범을 위해 이성이 자연에 대한 균형 잡힌 해석능력으로서 강조되고 있다고 볼 수 있기는 하다. 그러나 근원에로의 복귀욕구가 기본적으로 자연의 생명력을 기반으로 하고 있지만, 자연에 대한 해석이 가해질 때, 그 해석은 이성적으로 통제받게 됨을 의미한다. 따라서 이때의 자연은 해석자인 인간에 의해 변형되지 않은 자연 그대로의 자연으로서 의미를 갖는 것이 아니라 인간의 의지에 따라 굴절될 위험성이 있는 자연이다. 그리고 자연에 대한 이성 중심적 해석은 실제로 『피사시편』 이전에 파운드가 자연에 대해 드러내는 태도의 전형을 이루고 있다.

『피사시편』을 기점으로 드러나는 자연에 대한 파운드의 인식의 차이는 서양에서의 자연에 대한 태도와 동양에서의 자연에 대한 태도의 차이와 상응하고 있다. 상식적으로 말해서 동양에서의 자연관은 자연을 관조의 대상으로 보며 인간과 자연의 조화를 이상으로 삼고 있다고 알려져 왔다. 이에 반해 서양에서는 자연이 극복의 대상이며 분석의 대상이다. 자연은 절대자인 신이 인간의 지배를 허용한 창조물이다. 동양에서는 신을 의미하는 하늘은 때로 인격신을 의미할 경우가 있지만[3], 대개의 경우 자연에 내재한 신성에 대한 경외감의 다른 표현에 불과하다. 따라서 동양에서는 자연과 인간 사이에 절대적 영향을 끼치는 존재를 상정하지 않으며, 자연에 인간의 의식을 투영한다고 해도 인간의 의식은 자연 상태를 변형하려고 하지 않고, 총체적인 자연현상의 일부로서, 그 흐름에 귀일하는 것을 이상으로 삼고 있다. 그러나 서양에서는 절대자를 매개로 하여 인간과 자연의 관계를 조정하며, 그것

---

3) 동양사상에서의 하늘의 여러 개념에 대해서는 金谷治 51-76 참조.

은 필연적으로 자연에 대한 인간중심적 해석과 변형을 가져 온다.『피사시편』이전에 이미 자연에 대한 동양적 태도와 서양적 태도의 차이를 파운드가 의식하고 있었으며 동양적 태도가 이상적이라고 느끼고 있었다는 것은, "일곱 호수 시편"(The Seven Lakes Canto)으로 알려진 「시편 49」에서 드러난다.4)

> 가을 달, 호수 주위에 솟아오른 언덕들
> 석양을 배경으로
> 저녁은 구름 커튼과 같구나,
> 잔물결 위의 몽롱함, 그 사이로
> 계수나무의 못처럼 날카롭고 긴 가지들,
> 갈대 사이엔 차가운 노랫가락.
> 언덕 뒤편으로는 바람에 실려 오는
> 수도승의 종소리.
> 돛단배가 4월에 이곳을 지나쳐 갔으니, 10월에 돌아오려나
> 조각배는 은빛으로 사라지는구나, 서서히,
> 강 위에는 반짝이는 햇빛뿐.

---

4) 파운드와 유교의 관계를 논할 때 발생하는 어려움 중의 하나는, 파운드가 유교라고 생각한 것이 동양 삼국에서의 유교와 어느 정도로 부합하는가 하는 점이 규명되지 않았다는 점이다. 케너가 지적하듯이, 파운드는 흔히 도교사상도 유교사상으로 잘못 알고 시에서 사용하고 있기 때문이다(Era 455). 또한 파운드가 도교와 불교를 "중국사 시편"에서 빈번히 비판하고 있지만 그의 글 어디에서도 도교와 불교에 대한 이해의 흔적을 찾기 어렵다는 점은, 유교의 학설이 역사적으로 도교와 불교에 영향을 받으며 발전해 나왔다는 사실에 비추어 볼 때, 그가 유교적 이상향으로 생각한 것이 반드시 유교적 가치관의 범주 내에서 고찰될 것이 아니라 때로는 동양사상이라는 보다 넓은 범주에 포괄되어 논의할 필요가 있다는 것을 말해 준다. 파운드가 유교의 국가관을 사상적 기반으로 삼고 무솔리니 정부에 지지를 표명하던 시절 씌어진 「시편 49」는『시편』전체의 "정지 점"(still point)으로서 이상사회의 전형으로 그려지고 있는데, 그 시편의 토대가 된 동양화가 도교적 이상향을 그린 것이라는 점은 유교에 대한 파운드의 개념이 기타의 동양 사상들과 혼재되어 있음을 반증한다. 유교 자체도 초기의 공자사상이 수천 년의 중국 역사의 흐름 속에서 다른 사상의 영향을 받아 왔으며 시대에 따라 강조점이 다른 다양한 학설들을 낳았다. 그럼에도 불구하고 파운드는 그러한 학설들의 시기적 차이에 대해서는 물론이거니와, 유교와 도교, 불교 등의 동양 사상들의 차이에 대해서도 관심을 보이지 않으면서 그 자신이 이상적인 것으로 판단하는 동양의 특질을 유교적인 것으로 간주하는 특징을 보이고 있다. 따라서, 여기서 「시편 49」에 나타난 이상적 세계를 유교적 이상향으로 간주하여 논의하는 것이 무리는 아닐 것이다.

술집 깃발이 석양에 걸리는 곳
뜨문뜨문 있는 굴뚝들이 교차되는 빛 속에서 연기를 피운다

강 위엔 눈발이 날리고
세상은 비취로 뒤덮히는데
조그만 배들은 초롱불처럼 떠다니고,
흐르는 물은 추위 탓인 듯 엉기는구나. 산음현(山陰縣)
사람들은 한가로운 사람들.
기러기들은 모래톱에 내려앉고,
열린 창문 주위엔 구름들이 모여 든다
널따란 호수 물, 기러기들이 줄지어 가을과 어울린다
떼까마귀들은 어부들의 초롱불 위에서 시끌벅적하구나,
한 줄기 빛이 북녘 하늘 위에서 움직이는구나,
어린 소년들이 작은 새우를 잡으려 돌을 쑤셔대는 곳.
일천 칠백 년에 청(淸) 강희제(康熙帝)가 이 언덕 호수로 왔다.
한 줄기 빛이 남녘 하늘 위에서 움직이는구나.

Autumn moon; hills rise about lakes
against sunset
Evening is like a curtain of cloud,
a blur above ripples; and through it
sharp long spikes of the cinnamon,
a cold tune amid reeds.
Behind hill the monk's bell
borne on the wind.
Sail passed here in April; may return in October
Boat fades in silver; slowly;
Sun blaze alone on the river.

Where wine flag catches the sunset
Sparse chimneys smoke in the cross light

Comes then snow scur on the river
And a world is covered with jade
Small boat floats like a lanthorn,
The flowing water clots as with cold. And at San Yin
they are a people of leisure.
Wild geese swoop to the sand-bar,
Clouds gather about the hole of the window
Broad water; geese line out with the autumn
Rooks clatter over the fishermen's lanthorns,
A light moves on the north sky line;
where the young boys prod stones for shrimp.
In seventeen hundred came Tsing to these hill lakes.
A light moves on the south sky line. (244-5)

파운드는 여기서 인간과 자연이 조화를 이루는 동양의 이상향을 묘사하고 있으며, 그의 말을 빌리자면, 여기에 나타난 정경(情景)은 "천국을 들여다 본 순간"(a glimpse of Paradiso)(Palandri "Seven" 51)이다. 자연풍경을 묘사한 이 시행들에서 기러기, 떼까마귀, 어린 소년들, 강, 구름은 모두 그 풍경의 일부로 존재하며 어우러져 있다. 한 폭의 동양화에서처럼 이러한 묘사 속에서 인간은 자연의 일부로서 남아 있으며 대상으로 부각되지 않는다(Jang "Nature" 121-122). 그러나 인간이 자연의 일부로 어울려 사는 동양적 이상세계에 대한 그러한 긍정적 인식에도 불구하고, 그 세계에 대한 그의 진단은 여전히 서구적 관점에 뿌리를 두고 있다. 파운드의 목소리를 담은(Froula 182) 마지막 두 행은 앞에서 묘사된 동양적 이상향의 속성을 다음과 같이 말한다.

사차원: 고요의 차원.
그리고 야생동물에 대한 지배력.

The fourth; the dimension of stillness.
And the power over wild beasts. (49/255)

여기서 이 두 행에 대한 장야오신의 논평을 먼저 살펴보자.

> 분위기는 여전히 유교적이다. 순(舜) 황제 그리고 백성의 땀을 생각
> 하며 옥좌에 조용히 앉아 있던 (「시편 53」) 상(商)왕조의 건국자가
> 그러했듯이, 덕치(德治)는 가만히 앉아서 아무 것도 하지 않는 것이
> 라고 중국 철학자는 주장한다. 유교경전에서 덕은 항상 거의 초자
> 연적 차원을 나타내며 어떤 인간적 노력으로도 닿을 수 없는 힘으
> 로서 숭배되고 신비화된다. 이러한 네 번째의, 또는 초인간적인 차
> 원에서, 덕은 질서와 조화로 이어지고, 질서와 조화는 번갈아 덕에
> 품위 있게 하고 교화시켜주는 신성한 힘을 준다.

> The mood is still Confucian. The Chinese philosopher holds that to rule
> by virtue is to sit still and do nothing, as did Emperor Shun, and the
> founder of the Shang dynasty who considered the people's sweats and
> sat calm on the throne ("Canto 53"). Virtue is always apotheosized and
> even mystified in Confucian classics as a force assuming an almost
> supernatural dimension and generating powers no human effort can
> achieve. In this fourth, or superhuman, dimension, virtue leads to order
> and harmony, and order and harmony in turn endow virtue with a
> divine ennobling and civilizing power. (Smith and Ulmer 94)

파운드가 4차원의 고요로 묘사한 이상향을, 장야오신은 덕치로 질서
와 조화가 이루어진 유교적 이상향의 상태로 보고 있다. 앞에서 파운
드가 "해가 뜨면 일하라/ 해가 지면 쉬고,/ 우물을 파서 물을 마시라/

들을 갈아서 곡식을 먹으라"(Sun up; work/ sundown; to rest/ dig well and drink of the water/ dig field; eat of the grain)(49/245)라고 유교에서 가르치는--자연과 어우러지는--삶의 방식을 언급했기 때문에, 장야오신의 그러한 논평은 더욱 설득력을 지닌다. 그러나, 곧이어 파운드가 "황제의 힘이란? 우리에게 그것은 무엇일까?"(Imperial power is? and to us what is it?)(49/245)라고 되물은 직후, 바로 위에 인용된 두 행을 적고 있는 것을 주목할 필요가 있다. 이때 고요의 차원에 도달하는 것을 야생동물에 대해 인간이 지배력을 갖는 것과 동일시하는 것은, 장야오신이 말하듯 덕을 가진 왕이 다스림의 의지를 드러내지 않아도 저절로 감화되어 다스려지는 조화와 순응의 상태를 보여 주는 것이 아니라, 오히려 프로울라가 말하듯 파시즘의 제국주의적 지배력에서 그러한 동양적 조화의 상태를 찾고 있는 것임을 보여 준다(183).

파운드가 절대적 지배 권력을 통해 낙원의 고요 즉 평화를 찾는 것은, 동양정신 속에 깃들어 있는 조화의 참다운 의미를 왜곡시키는 것이라고 할 수 있다. 왜냐하면 그는 낙원 속에서도 자연 사물에 대한 인간의 지배를 정당화하고 있기 때문이다. 앞에 나온 인용문의 두 번째 행(And the power over wild beasts)은 그가 이상으로 삼고 있는 디오니소스(Dionysus)적 세계에 대한 언급인데, 그 특징적 가치는 야생동물에 대한 지배력으로 표현된다. 여기서 디오니소스는, 「시편 47」의 마지막 부분에서 보이듯이, 아도니스-타무즈(Adonis-Tammuz) 재생신화와 연결되어 있는데(Kai Moirai' Adonin/ that hath the gift of healing,/ that hath the power over wild beasts)(239), 재생신화가 드러내는 자연에 대한 서구적 상상력이야말로 자연에 대한 인간의 이성적 통제를 전형적으로 보여주는 예라고 할 수 있다. 왜냐하면 그리스-로마 신화에서, 특히 그가 "성전"(the sacred book)이라고 부르는 오비드의 『변신』

(Metamorphoses)에서, 자연 사물은 있는 그대로 나타나지 않고 신성의 재현으로 나타나는데, 그러한 신성의 재현은 자연 사물의 인간화에 다름 아니며 인간의 이성적 통제가 빚어낸 산물이라고 할 수 있기 때문이다. 아이들을 위한 교리문답의 형식으로 구성된 다음의 글에서 나타나듯이, 서구 신화에 대한 파운드의 관점은 서구적 인식의 소산이다.

> 신들은 어떻게 나타나지요?
> 형체를 띠고 나타나기도 하고 형체없이 나타나기도 하지.
> 형체가 있을 땐 어디에 나타나지요?
> 비전을 느끼는 감각에.
> 형체가 없을 때는요?
> 지식을 느끼는 감각에....
> 이러한 제식(祭式)의 신들은 누군데요?
> 아폴로, 어떤 의미에선 헬리오스, 변화상 중 몇 단계에서의
> 다이아나, 또 키데라의 여신[아프로디테]
> 그들의 제식과 조화되고 관련되어, 향을 피우는 것은
> 다른 어떤 신들에게 알맞는가요?
> 코레와 디미터, 또 조상신과 산의 요정들
> 그리고 몇몇 정령들....
> 이것들은 동양에서도 마찬가지인가요?
> 이 제식은 서양을 위해 만들어진 거란다.

> In what manner do gods appear?
> Formed and formlessly.
> To what do they appear when formed?
> To the sense of vision.
> And when formless?
> To the sense of knowledge . . . .
> What are the gods of this rite?
> Apollo, and in some sense Helios, Diana in some of her

phases,also the Cytherean goddess.
To what other gods is it fitting, in harmony or in
adjunction with their rites, to give incense?
To Koré and to Demeter, also to lares and to oreiads and to
certain elemental creatures . . . .
Are these things so in the East?
This rite is made for the West. (*PD* 99-100)

여기서 경배의 대상이 되는 신은 빛과 관련된 신이며 빛은 파운드에게
있어서 이성을 의미하는데, 코레(Koré, Persephone)와 데메터(Demeter,
Ceres)를 아폴로(Apollo)와 다이아나(Diana)에 비해 차선의 경배대상으
로 삼고 있는데서 그가 자연물에 대해 차등을 두고 있음을 알 수 있다.
아폴로와 다이아나는 해와 달로 표상되며 코레와 데메터는 대지에 소
생하는 초목들로 인지되기 때문이다. 이렇게 자연 사물에 차등을 두고
인식하는 것은 그의 말대로 서구적 발상인 바, 자연을 있는 그대로 인
식하는 것이 아니라 자연에 이성적 변형을 가하는 것이라고 할 수 있
다. 물론 동양적 사고에서도 하늘과 땅의 어우러짐이 강조되는 가운데
서도 하늘이 경외감의 주대상이기는 하지만, 물, 산, 초목 등이 하늘이
나 땅과 차등적 존재로 인식되는 것이 아니다. 동양에서의 자연은 서
양의 자연처럼 신의 의지에 의해 창조된 자연이 아니라 있는 그대로의
자연, 다시 말하면 의지가 개재된 당위의 자연이 아니라 존재의 자연
이다. 따라서 하늘은, 사물의 본성을 그대로 받아들이며 그 본성을 인
식하는 것을 최선으로 삼는 동양의 인식행위가 궁극적으로 지향하는
목표가 아니라, 그러한 인식을 정당화하는 수단이라고 할 수 있다. 신
성에 대한 서구적 개념과 동양적 개념의 이러한 차이를 서양인이 구별
하기는 극히 어렵다는 것은, 파운드가 "중국사 시편"에 삽입한 다음의

시행들에서도 드러난다.

유럽 지식인들은,
중국인의 제사가 공자를 모시는 거다
하늘 등에 제물을 바치는 거다
그리고 그들의 의식(儀式)이 이성에 토대를 두고 있다는 말을 듣고서
이제 그 진정한 의미와 특히 용어들의 의미를
알고자 묻는다, 예컨대 실제의
하늘(天)과 상제(上帝)가 뜻하는 것은? 하늘의 통치자?
공자의 혼백(魂魄)이
제물로 바쳐진 곡식, 과일, 비단, 향을 받아들이는가?
　　또한 공자가 그의 위패(位牌)에 들어오는가?

European litterati
having heard that the Chinese rites honour Kung-fu-tseu
and offer sacrifice to the Heaven etc/
and that their ceremonies are grounded in reason
now beg to know their true meaning and in particular
the meaning of terms for example Material
Heaven and Changti meaning? its ruler?
Does the manes of Confucius
accept the grain, fruit, silk, incence offered
　　and does he enter his cartouche? (60/329-330)

그러나 이같은 상황은 파운드의 경우에도 마찬가지이다. 물론 그는 서구의 일신론적인 기존 종교관을 비웃으며 다신론을 주장해 왔으나 그의 다신론 역시 그의 자연관과 관련지어 생각해 보면 동양에서의 하늘-인간-자연의 관계와는 다르다. 동양에서의 경천사상은 하늘을 인격신으로 보아 하늘 자체를 목적으로 삼는 것이 아니라, 하늘 곧 자연이라는 등식을 성립시키는 것이 의외가 아닐 만큼 자연의 이치에 부합하

는 것을 이상적으로 생각하는 특징을 갖고 있다. 따라서 하늘은, 인간이 외부사물을 인식하기 위한, 다양한 자연을 포괄하는 개념적 총체이며, 그러한 인식행위의 토대 위에서 행동하는 인간의 수양을 위한 지침이다. 여기서 동양적 자연관의 전형으로서 다음의 예를 보도록 하자.

> 자연에 순응한다는 것은 예로부터 중국적인 사유의 현저한 특징의 하나이다.... 그런데 구체적으로 감각될 수 있는 면만을 중시하고, 게다가 만물은 인간에 의해서만 존재한다고 생각하는 사유경향은 객관적인 자연에 순응하는 사유경향과 합쳐져서 저절로 인간 속에 존재하는 자연의 이법을 존중하게 된다. 중국에서 예로부터 존재해왔던 하늘[天]이라는 관념은 본래 인간과의 밀접한 연관을 가지고 있었다. 周나라 초기의 시를 보면, 하늘이 인간을 낳았으므로 하늘은 인간의 조상인 동시에 인간이 항상 순종해야 할 도덕률을 결정하여 준다고 생각하였다. 孔子는 이러한 사상을 받아들였다. 그는 하늘의 명을 아는 것을 중시하였는데, 그것은 하늘로부터 부여받아 우리들 인간에게 갖추어져 있는 도덕성에 따르는 것이었다.... 인간의 본성에 따라야 한다는 주장은 孔子와는 다른 의미지만 고대 중국의 다른 학자들도 가지고 있었다.... 孟子는 마음에 따라 움직여서, 자연에 어긋나지 않는다고 하여, 사람의 성품은 선하나 다만 물욕에 유혹되면 악이 생기므로 수양하기에 힘써서 본성을 발휘하여야 한다고 가르쳤다.... 자연의 본성으로 돌아간다는 것은 중국사상사를 일관하고 있는 전통적인 흐름이라 하겠다. (中村元 189-191)

이렇게 볼 때 동양의 경천사상에서 인간은 사유의 주체로서 중시되지만, 사유의 대상인 하늘은 정해져 있는 절대선을 규정해주는 것이라기보다는 자연의 섭리를 따르는 것 자체이므로, 열린 사고를 할 수 있는 가능성을 지니고 있다. 그 가능성을 현실화하는 것이 수양이다. 그에 반해 파운드의 상상력은, 비록 그가 다신론을 주장하지만, 더 나아가 그가 신의 존재를 믿지 않았다는 주장이 오히려 설득력 있는 것이지만, 서구적 사유방식에 익숙해 있어서 절대선을 추구하는 닫힌 사고를 지향하고 있다[5]. 물론 『대학』에서도 지어지선(止於至善)이 강조되나 이것은 최선을 다하는 마음의 자세를 강조한 것이지 최상의 것을 정해 놓는 것이 아니다. 한자에 대한 조예가 깊지 못함으로써 생긴 오해이기는 하나, 丕(클 비)에 대한 파운드의 이해는 그런 점에서 주목된다.

영 감성

비 비

화살은 두 개의 점을 향하지 않는다

靈 sensibility

丕 p'i

The arrow has not two points (85/555-6)

파운드는 비(丕)의 윗 횡선을 하늘로 보고 아래 횡선을 땅으로 생각하고서, 이 한자를 화살이 지상에서 하늘로 향하는 모양을 나타낸 것이라고 보았다. 이것은 현실의 부정적인 면이 부각될 때(the dead

---

5) 서구의 이분법적 사고는 지옥과 천국을 상정하는 것에서 대표적으로 드러난다. 유교적 사고에는 서구의 지옥과 천국의 개념이 없으며 따라서 육체와 영혼의 이분법적 갈등구조는 성립되지 않는다. 조상신에 대한 경배의 전통도 산 자의 삶의 규범과 수양을 위한 것이며 산자와 죽은 자의 교감을 그 정신적 바탕으로 하고 있지 존재의 초월을 목표로 하고 있는 것이 아니다. 또 우주에 대한 철학적 설명으로 유교에서 이(理)와 기(氣)를 들어 설명하고 논쟁을 벌여왔지만, 그것은 이분법적인 나눔의 철학이 아니라 사물의 이치와 현상적 실재를 설명하는 상호보완적, 통합적 개념이다. 음양오행설은 동양사상에서 그러한 통합적 세계관을 반영하고 있다.

walked/ and the living were made of cardboard)(115/794) 그의 상상력이 자신이 믿는 절대선을 지향하는 특징을 드러내게 될 것임을 단적으로 보여 준다[6]. 파운드의 이러한 성향은, 그가 자연의 조화에서 이상적 낙원을 발견하고서도, 조화 자체보다는 조화가 보여 주는 질서에 현혹되어 이성적 통제에 한층 더 무게중심을 두게 됨으로써 정치적 전체주의를 찬양하게 된 것을 설명해 준다. 위의 인용문에 뒤이어 파운드가 『서경(書經)』「다사(多士)」에 나오는 "불이적"(不貳適:두 군주를 섬기지 않는다. 貳를 two directions로 해석하고 있음)을 인용한 것에서, 그의 이성 중심적 자연관이 무솔리니와 같은 독재자를 긍정하는 정치적 태도로 직결됨을 알 수 있다. 다시 말해서, 그의 자연관에 숨어 있는 서구적 발상, 즉 질서를 위해서는 자연을 이성적으로 통제하는 것이 가능하다는 서구적 발상이, 질서를 위해서는 강력한 힘을 지닌 지도자에게 인간에 대한 통제를 맡기는 게 불가피하다는 영웅숭배주의로 연결됨을 알 수 있다.

3. 차등적 인간관

파운드의 이성 중심적 자연관에는 18세기적 존재의 사슬에 나타나는 차등적 인간관이 숨어 있다고 볼 수 있다. 다음 항목들은 인간이 창조한 가치가 일시적인가, 지속적인가, 영속적인가에 따라서 분류한 것인데, 일시적인 물품 속에 신선한 야채가 포함되어 있는 것이 이채롭

---

6) 여기서 유교에 익숙한 중국인의 현실관을 비교해 보자. 중국인은 현실 속에서 완전을 찾으며 현실을 극단적으로 부정하지 않는다는 것이 통설이다. 그러한 현실관은 현실 속에서 절대선도 절대악도 상정치 않게 되며, 따라서 유교에서는 하늘 즉 자연의 이치에 순응하여 현실 속에서 최선을 다하는 성(誠)을 군자의 최상의 덕목으로 강조하게 되는 것이다.

다.

일시적인 것과 영속적인 것을 구별하지 못하는 경제학자들에 의해서 많은 양의 쓰레기가 방출된다. 이것들 사이에는 차등이 있다.
1. 일시적인 것: 신선한 채소들
　　　　　　사치품들
　　　　　　날림 건축물들
　　　　　　모조 예술
　　　　　　가짜 책들
　　　　　　전함들.
2. 지속적인 것: 잘 건축된 건물들, 도로들, 공공 토목공사, 운하들,
　　　　　　탁월한 조림(造林).
3. 영속적인 것: 과학적 발견들
　　　　　　예술작품들
　　　　　　고전들

[A] great deal of rubbish is emitted by 'economists' who fail to distinguish between transient and permanent goods. Between these there are gradations.
1. Transient: fresh vegetables
　　　　　　luxuries
　　　　　　jerry-built houses
　　　　　　fake art,
　　　　　　pseudo books
　　　　　　battleships.
2. Durable: well constructed buildings, roads, public works,
　　　　　　canals, intelligent afforestation.
3. Permanent: scientific discoveries
　　　　　　works of art
　　　　　　classics (*SP* 184-5)

"신선한 채소들"이 속성상 일회성을 지닌 물품이므로 일시적인 것에 포함되어 있는 것은 당연한 분류이기는 하다. 그러나 일시적인 항목에 들어 있는 다른 물품들이 부정적 가치를 띤 것에 주목할 필요가 있다. 파운드는 모조 예술, 가짜 책들, 전함들 등의 물품들을 지속적인 것과 영원한 것에서 제시되는 물품들과 대비하여 부정적 가치를 강조하고 있다. 그런데 여기에다, 아마도 무의식적으로, "신선한 채소들"을 포함시키고 있다. 이것은 그가 신선한 야채를 부정적인 가치를 지닌 것으로 보고 있는 것은 아니라고 하더라도 적어도 큰 가치를 둘 수 없는 것으로 의식하고 있음을 알려준다. 이러한 태도는 자연 사물의 다양한 양상을 있는 그대로 받아들이는 것이 아니라 존재하는 사물들을 차등적으로 받아들이는 데서 비롯된 것이라고 할 수 있다. 자연물에 대한 그의 상상력은, 하찮은 자연 사물도 태양이나 달, 산, 강과 마찬가지로 자연의 일부로 조화를 이루는 것이라고 생각하는 동양적 인식과는 달리, 기본적으로 18세기적 존재의 사슬의 범주에 속해 있다. 이러한 차등적 세계관은 인간에 대해서도 그대로 연결되는데, 위의 분류에는 농부와 같은 보통사람들이 야채를 생산하는 행위는 예술가나 과학자의 창조행위에 비해 상대적으로 열등한 행위라는 인식이 담겨 있는 것이다.

진정한 예술가라면 누구나 자신의 창조행위에 대해 긍지를 가질 것이다. 어떻게 보면, 그러한 긍지야말로 예술작품이 지니는 독창성의 원천이라고 하겠다. 파운드의 경우에도 초기에서부터 후기에 이르기까지 그러한 독창성은 곳곳에서 번득인다. 따라서 최고의 예술을 꿈꾸며, "나는 대중을 위해 글을 쓰지 않겠다"(*Letters* 8)고 했을 때 거기에 나타난 엘리트 의식은 별로 문제가 되지 않는다. 그러나 그의 엘리트 의식이 차등적 인간관과 결부되어 영웅숭배의 특성을 드러내면서 파시즘이라는 특정한 정치체제를 찬양하게 될 때, 그의 엘리트 의식은 이미 개인으로서나 예술가로서의 영역을 벗어나 반역사적 범죄를 구성하는 원인으로 지탄받게 된다. 왜냐하면 정치적 개혁을 추구함에 있어 그는 인간에 대한 애정보다는 자신의 이데올로기로서 파시즘의 억압적 질서를 더 중시했기 때문이다.

파운드의 엘리트 의식은 남에게 교훈을 주려는 태도에서 두드러지게 나타난다. 파시즘을 지지하던 1940년대에 이르러서도 그는 자신의 발언 중에서 훈계하는 내용을 띤 것은 없다고 강변한 적이 있지만, 1922년 쉘링(Shelling)에게 보낸 편지에서 이미 그는, "교훈적이지 아닌 체 하는 예술은 모두 쓰레기다. 계시는 언제나 교훈적이다"(It's all rubbish to pretend that art isn't didactic. A revelation is always didactic) (*Letters* 180)라고 공언한 바 있었다. 소위 "에주버서티"(Ezuversity)에 참여하여 그에게서 문학수업을 받았으며 후에 그의 저서를 독점출판하게 된 뉴 디렉션즈(New Directions) 출판사의 경영자 제임스 래플린(James Laughlin)은 교사로서의 그를 다음과 같이 말한다.

비록 교수가 될 운명은 아니었을지라도, 파운드는 타고난 교사였다. 그는 가르침을 주지 않고는 못 배겼다. 이런 저런 방식으로... 그는 항상 가르치고 있었다. 시편들 자체도 일종의 가르침이다.... 그것은 우리를 감동시키고, 기쁘게 한다. 그러나 무엇보다도 그것은 우리를 가르친다.

Pound was a born teacher, even if not destined to be a professor. He could not keep himself from teaching. In one way or another... he was always teaching. The Cantos themselves are a kind of teaching.... They move us, they delight us, but above all they teach us. (1)

그가 사람들에게 뭔가를 가르치려는 열정을 지닌 것 자체는 문제될 것이 없다. 그러나 "가차 없는 교사"(relentless pedagogue)(Laughlin 26)의 역할을 수행하면서, 그가 자신의 판단이 옳은가 그른가에 대한 성찰을 하지 않은 것은 문제로 삼지 않을 수 없다. 자신의 판단에 대해 절대적 가치를 두고 스스로를 되돌아보지 않으면서 남을 가르치려는 태도는 독단을 낳기 때문이다.

파운드의 독단적 성격은 개인의 자유에 대한 그의 모순된 태도에서 두드러지게 나타난다. 「적으로서의 지방주의」(Provincialism the Enemy)(1917)에서 그는 지역주의가, "자신의 마을, 교구, 또는 국가 바깥에서 살고 있는 사람들의 풍습, 관례, 그리고 속성에 대한 무지"(An ignorance of the manners, customs and nature of people living outside one's own village, parish, or nation)와 "다른 사람들을 강요해서 단일하게 만들려는 욕망"(a desire to coerce others into uniformity)(*SP* 159)을 특징으로 하고 있다고 공격한다. 그리고 그것이 다른 인간에 대해 행해지는 "잠재적 악의"(latent malevolence)(*SP* 160)라는 점을 강조하면서 다음과 같이 말한다.

> 이것[지역주의]은 마스토돈의 뼈이며, 이것은 병의 징후이다. 이것은 인간이 국가의 노예이며, 단위이며, 기계의 부품이라는 생각과 완전히 일치한다.
>
> This[Provincialism] is the bone of mastodon, this is the symptom of the disease; it is all one with the idea that the man is the slave of the State, the unit , the piece of the machine. (*SP* 161-2)

지역주의가 인간을 한낱 기계부품으로, 국가의 노예로 전락시키고 만다는 이와 같은 격렬한 비판을 보면서, 일단 우리는 개인의 사상과 행동의 자유를 억누르는 지역주의에 대한 파운드의 공격이 일리가 있다고 수긍을 하게 된다. 그러나 그와 동시에 전체주의적 이데올로기가 일반적으로 인류에게 동일한 잘못을 범하고 있음에도 불구하고, 그가 파시스트 정권의 억압적 성격은 어째서 간과했던 것일까 하는 의문을 느끼게 된다. 그가 개인의 자유를 강조하지만 그것은 다른 사람의 자유를 고려한 것이 아님은 무솔리니를 찬양하던 시절의 언론관에서 드러난다. 『제퍼슨과/혹은 무솔리니』(*Jefferson and/or Mussolini*)(1935)에서 그는 언론을 통제한다는 비난을 받던 파시스트 정권을 적극 옹호하면서 책임 있는 언론은 이태리에서 자유를 누리고 있다(43-4)고 강조한 뒤, 다음과 같이 말한다.

> 무책임한 자들도 어떤 의미에서는 자유로울 수 있을지 모른다. 허울 좋은 그 정부가 어떤 것이건, 혹은 정부란 것이 아예 없을지라도, 그들 자신의 무책임의 결과에서 항상 자유로운 것은 아니지만 말이다. 그러나 그들의 자유는 18세기 설교사들이 말하는 이상적 자유는 아니다.
>
> The irresponsible may be in a certain sense free though not always free of the consequences of their own irresponsibility, whatever the theoretical government, or even if there be no government whatsoever, but their freedom is NOT the ideal liberty of eighteenth-century preachers. (44)

언론의 자유에 대한 이와 같은 견해는 언론에 대한 국가의 통제를 가능하게 하는 대표적 논리라고 아니할 수 없다. 언론의 자유에 책임이 따르는 것은 당연한 일이지만, 문제는 특정한 정치체제가 자체의 논리에 따라 언론을 통제하는 것을 파운드가 정당화해 주는 데 있다. 곧이어 그는, "무솔리니는 정의를 이룰 만큼 충분히 강한 정부를 세울 것을 우선적으로 강조해 왔다는 점에서 아마도 정당하다"(Mussolini has been presumably right in putting the first emphasis on having a government strong enough to get the...justice)(J/M 45)고 말한다. 개인의 자유를 소중하게 생각하면서도,[7] 한편으로는 국민 개개인의 자유를 통제할 수 있도록 파시스트 독재정권을 옹호하는 파운드의 모순된 태도는 다른 인간에 대한 자신의 우월성을 전제로 한 것이다. 그의 태도에는 자신과 자신이 찬양하는 무솔리니와 같은 영웅은 자유를 누릴 자격이 있지만, 어떤 사람들은 그만한 자격을 갖추지 못했다는 독단적인 판단이 들어 있기 때문이다. 카브카(Kavka)가 지적하듯이, "그렇게 격렬하게 자신의 개인적 자유를 옹호했던 파운드가 실행 과정에서 병적으로 또 치명적으로 다른 사람들의 삶을 간섭하는 이데올로기를 조장하고 있었다는 것은 아이러니라고"(It is ironic that Ezra Pound, who so fiercely defended his own personal freedom, would have fostered ideologies which in their implementation morbidly and mortally intruded upon the lives of others)(527) 아니할 수 없다.

그러한 우월의식이 의식의 밑바탕에 깔려 있었기 때문에 파운드는 개인의 수양을 토대로 사회의 질서를 이룩하고자 하는 유교사상에서 강조되는 수양의 의미를 체득하지 못한다. 그에게 있어서 "유교경전

---

7) 파운드가 지역주의를 격렬하게 공격하고 개인의 자유를 적극적으로 옹호하게 된 것은, 미국을 떠나기 직전 워버쉬대학(Wabash College)의 전임강사직에서 스캔들로 해고된 것과 관련이 있을 것으로 생각된다. 파운드가 여고생과 관계를 맺은 적도 있지만, 직접적인 해고원인은 밤길을 가던 중 길가에서 추위에 떨고 있던 젊은 여인을 집으로 데려와 침대에서 재우고 자신은 소파에서 잤던 일 때문이었다. 이 경우 그의 행동은 오히려 자비심에서 나온 것이었지만, 보이드(Boyd)는 파운드가 엄격한 목사들로 구성된 대학당국자들의 심기를 거슬리는 여러 가지 신중치 않은 행동(indiscretion)을 이미 저질렀던 것이 해고의 근본원인이었다고 말한다(47).

은 교육의 기초"(The Confucian Anthology was the basis of an education)(*CC* 321)였지만, 그것은 서구문명의 타락 속에서 갈피를 못 잡는 다른 서구인들에게 해당되는 것일 뿐 자기 자신과는 동떨어진 것으로 생각했던 것이다.

유교사상을 받아들이면서 파운드가 수양의 중요성을 도외시한 채 자신의 관심사인 서구문명의 질서 확립에만 관심을 가져 유교사상을 왜곡시키고 있다는 증거는 여러 곳에서 나타난다. 앞에서 언급한 파시스트 정권의 언론통제를 옹호하는 부분에서 그는, "공자가 뿌리와 가지를 구분하는 법을 배우라고 우리에게 제안한다"(Confucius suggests that we learn to distinguish the root from the branch)(*J/M* 45)면서, 정의를 시행할 강력한 국가를 만드는 게 우선이기 때문에 무솔리니의 언론통제는 정당하다는 얼토당토않은 논법을 편다. 「프로레고메나」 (Prolegomena)(1927)에서도 파운드는 미국인의 생활방식에서 나타나는 끔찍한 점이, "공사를 구별하지 못하고"(the loss of all distinction between public and private affairs), "자기 자신의 문제에, 그리고 자신의 생각 속에 질서를 세우기도 전에 다른 사람들의 문제에 개입하려는 경향"(the tendency to mess into in other peoples' affairs before establishing order in one's own affairs, and in one's thought)이라고 공박한다. 그리고, "선의 원리가 공자에 의해 선언되었으니, 그것은 자신 속에 질서를 세우는 것에 있다"(The principle of good is enunciated by Confucius; it consists in establishing order within oneself)(*SP* 186)라고 하면서 유교사상을 빌어서 서구인들에게 교훈을 주고 있다. 그러나 공자의 말씀이 완전한 인격체가 되기 위한 수양을 강조하는 것인데 반해, 여기서 파운드는 그 의미를 인간 품성의 계발보다는 자기 나름의 통일된 사상을 확립하는 것으로 보고 있다. 공자가 말한 "덕에 의한 감화"를 언급하고 있지만(This order or harmony spreads by a sort of contagion without specific effort)(SP 186), 파운드는 수양을 "생각 속에 질서를 세우는 것" 정도로 생각하고 있다.

유교사상을 받아들일 때 비록 파운드가 유교에서 개인의 성찰, 반성 등의 수양의 덕목이 강조되고 있다는 것을 인식했다고 하더라도 그 중요성을 심각하게 생각하지 않았다는 것은, 「시편 13」의 다음 구절에서 드러난다.

> 공자가 산책을 나가
>   임금의 사원을 지나
> 삼목 숲으로 들어 갔다가,
>   아래 강가로 나왔다,
> 함께 간 제자들은 염유(冉有), 공서화(公西華),
>   그리고 낮은 소리로 얘기하는 증석(曾晳)
> 공자 말씀하시기를, "우리는 무명의 존재이니,
> 너는 전차 모는 일을 할 것이냐?
>   그러면 너는 이름이 알려질 것이니라.
> 또는 내가 전차 모는 일을 해야만 할까, 활쏘기를?
> 또는 대중연설을?"
> 자로(子路)가 답했다, "저는 나라 지키는 일을 정비하고 싶습니다."
> 염유는 말하기를, "제가 지방 군주라면
> 나라를 지금보다 더 잘 다스리겠습니다."
> 공서화가 말하길, "저는 그보다 조그만 산사를 갖고 싶습니다,
> 의식을 질서 있게 지내고,
>   제식을 적절하게 지내면서."
> 증석이 악기의 현을 퉁기니
> 그의 손이 현을 떠난 이후에도
>   낮은 음은 이어졌고,
> 그 음은 나뭇잎 아래에서 연기처럼 솟아 올랐다,
> 그는 음에 조심하면서 말했다,

"오래 된 수영터,
소년들은 판자를 철썩 던져대거나,
덤불 아래 앉아 만돌린을 치고 있네."
　공자는 이들 모두에게 똑같이 미소 지었다.
증석은 알고 싶었다,
　"누가 올바른 대답을 한 것입니까?"
공자 이르기를, "그들 모두 올바르게 대답한 것이니,
말하자면, 각각 제 본성에 따른 것이니라."

Kung walked
　　　by the dynastic temple
　　and into the cedar grove,
　　　　and then out by the lower river,
And with him Khieu, Tchi
　　　　and Tian the low speaking
And "we are unknown," said Kung,
"You will take up charioteering?
　　　　Then you will become known,
"Or perhaps I should take up charioteering, or archery?
" Or the practice of public speaking?"
And Tseu-lou said, "I would put the defences in order,"
And Khieu said, "If I were lord of a province
I would put it in better order than this is."
And Tchi said, "I would prefer a small mountain temple,
"With order in the observances,
　　　　With a suitable performance of the ritual,"
And Tian said, with his hand on the strings of his lute
The low sounds continuing
　　　after his hand left the strings,
And the sound went up like smoke, under the leaves,
And he looked after the sound:
　　　　"The old swimming hole,

"And the boys flopping off the planks,
   "Or sitting in the underbrush playing mandolins."
            And Kung smiled upon all of them equally.
   And Thseng-sie desired to know:
      "Which had answered correctly?"
   And Kung said, "They have all answered correctly,
   "That is to say, each in his nature." (58)[8]

이 일화를 취사선택함에 있어서 파운드는 공자가 개성에 따른 자유로
운 사고를 권장한 것으로 표현하고 있다. 그러나, 나라를 지도할 자리
에 있게 된다면 어떻게 다스리겠느냐고 묻고 나서 공자가 자로, 염유,

---

8) 『논어』 「선진(先進)」 25에 나오는 원문은 다음과 같다.

자로와 증석과 염유와 공서화가 공자를 모시고 있었다. 공자 이르시길, 내가 너희들보다 몇
해 연장이라 하여 주저하지 말라. 너희들은 평소에 남이 알아주지 않음을 탄하더니, 만약 남
이 너희들을 알아 써준다면 무엇을 하려 하느냐? 자로가 얼른 대답하여, 천승의 나라가 대국
사이에 끼여 전쟁의 화를 입고, 기근에 시달림이 있어도 제가 이들을 다스린다면 삼년 안팎에
백성은 용기를 얻게 하며 또 도의를 알게 하리라. 공자 듣고 웃었다. 그리고 구의 뜻을 물었다.
염유 사방 육, 칠십 리 또는 오, 육십 리의 나라를 제가 삼년 안팎에 백성으로 하여금
의식에 부족함이 없게 하리라. 다만 예악의 진흥은 군자의 힘을 빌리오리다. 공자 이르시길,
공서화, 너는 어떠하냐? 공서화가 답하기를, 능하기 위해서가 아니라 배우기를 원하나이다.
종조의 일이나 혹은 제후 회동시에는 검고 단정한 예복과 예관을 쓰고 군주의 예식을 도우는
소상이 되오리다. 공자 이르시길, 증석, 너의 생각은 어떠한가? 거문고를 뜸뜸이 뜯더니 던
지고 일어서서 대답하기를, 세 사람의 생각과는 다르오이다. 공자 이르시되, 무관하다. 모두
들 저의 희망을 말할 따름이니. 증석이 답하기를, 늦은 봄, 봄옷이 되거든 어른 오, 육인과 동
자 육, 칠 인을 이끌어 기수에 목욕하고 무우에 소풍 나갔다가, 시를 읊으며 돌아오리다. 공자
가 서러운 듯 탄식하시며, 나도 증석의 뜻에 찬성한다. 세 사람이 나가고 증석이 뒤에 남아 있
었다. 저 세 사람의 말이 어떠하옵니까? 공자 이르시길, 각기 제 뜻을 이야기하였을 뿐이니
라.

子路 曾晳 冉有 公西華侍坐 子曰 以吾一日長乎爾 母吾以也 居卽曰不吾知也 如或知爾 卽何以
哉 子路率爾而對曰 千乘之國 攝乎大國之間 加之以師旅 因之以饑饉 由也爲之 比及三年 可使
有勇 且知方也 夫子 哂之 求爾何如 對曰 方六七十 如五六十 求也爲之 比及三年 可使足民 如
其禮樂 以俟君子 赤爾何如 對曰 非日能 願學焉 宗廟之事 如會同 端章甫 願爲小相焉 點爾
何如 鼓瑟希 鏗爾舍瑟而作 對曰 異乎三者之撰 子曰 何傷乎 亦各言其志也 曰 莫春者 春服
旣成 冠者五六人 童子六七人 浴乎沂 風乎舞雩 詠而歸 夫子 喟然歎曰 吾與點也 三子者出 曾晳
後 曾晳曰 夫三子者之言何如 子曰 亦各言其志也已矣 (『논어』 320-1)

증석, 공서화의 답변을 듣고 그 즉시 논평하지 않은 것은, 처음에 각자의 생각을 어려워 말고 말하라고 했기 때문일 뿐, 각기 제 뜻을 이야기했을 뿐이라는 공자의 말씀이 제자들의 답변이 모두 옳다는 뜻은 아닌 것이다. 파운드는 공자와 증석의 이어지는 대화를 생략하였는데, 그 구절은 다음과 같다.

> 증석 「왜 유(자로)를 웃었나이까?」 공자 「나라를 다스림은 예로써 해야 하거늘 그 말이 겸손치 아니한 고로 웃었노라.」 증석 「염유가 말한 것은 나라 다스리는 일이 아니오이까?」 공자 「사방 육, 칠십 리 또는 오, 육십 리 되고 나라 아님이 있으랴?」 증석 「공서화는 나라를 말함이 아니오이까?」 공자 「종묘의 제사와 제후의 회동이, 어찌 군주가 하는 일이 아니랴? 공서화가 소상(小相)이라면 누가 대상(大相)이 되겠는가?」
>
> 日 夫子何 哂由也 日 爲國以禮 其言不讓 是故 哂之 唯求卽非邦也與 安見 方六七十 如五六十 而非邦也者 唯赤卽非邦也與 宗廟會同 非諸候而何 赤 也爲之小 熟能爲之大 (『논어』 320-1)

여기서 공자는 자로의 오만을 경계하고 공서화의 겸양을 높이 평가하고 있다. 이것은 공자가 사회의 질서를 세우는 데 있어서 지도자의 인격적 완성을 중시하고 있음을 보여주는 것이다. 그 반면, 파운드가 그 부분을 생략하는 것은, 유교사상에서의 수양의 중요성은 도외시하고, 각자 나름대로 질서를 세우려는 의지를 가지는 것 자체를 중요하게 취급하고 있다는 것을 보여준다.

키언즈(Kearns)는, 파운드가 각 나라마다 그 문화와 전통에 따라 나름대로 좋은 정부를 세울 필요를 인정했으며 따라서 파시즘이 수출될 이데올로기로서 제시된 것은 아니라고 말한다(101). 그러나 그렇다고 해서, 무솔리니의 파시즘은 이태리를 위해 옳은 선택이었다면서, 무솔리니의 독재를 옹호하는 파운드가 정당화될 수는 없다. 이태리의 파시스트 정권에는 지역적 특성이 있어서 한 사람의 직관에 의존하여 계속적인 혁명을 이어나간 것이라는 파운드의 주장은 설득력이 없기 때문이다. 따라서 파운드를 위한 키언즈의 변호는 이태리 국민에 대한 모독인 동시에, 서구문명 전체를 혼돈상태로 보고 유기적 질서를 추구한 파운드의 사상의 왜곡이기도 하다. 서구문명의 갱생을 위해서 파운드는, "단테의 『신곡』 전체가 '의지의 방향'(directio voluntatis: direction of the will)에 대한 연구"(J/M 17)라면서, 절대선을 추구하는 인간의 의지, 특히 무솔리니와 같은 영웅적 지도자의 의지를 강조하였다. 그러면서 그는 유교사상의 질서관에서도 그러한 절대선을 향한 군자-지도자의 의지가 강조되는 것으로 보았다. 그것은 그가 한자어 지(志)를, "의지, 의지의 방향, 마음에 우뚝 선 관리"(The will, the direction of the will, directio voluntais, the officer standing over the heart)(C 22)로 풀이하는 데서도 나타난다. 이렇듯 질서의 확립에 있어서 의지를 강조한 것은 고리대금업과 같은 구조적인 타락현상을 즉각 바로잡아야 할 필요성을 느꼈기 때문이었다. 그가 파시즘을 지지한 것도 "파시즘이 처음부터 **즉각적** 행동을 의미했기"(fascism meant at the start DIRECT action)(J/M 70) 때문이었다. 또한 파운드가 무솔리니를 찬양한 것은 무솔리니가 사회의 환부를 도려내기 위한 조처들을 즉각적으로 행동에 옮길 의지를 갖춘 인물로 보았기 때문이었다. 파운드는 무솔리니의 천재성을 "정신의 재빠름"(swiftness of mind), "전혀 망설이지 않고 자신의 생각을 실행할 능력"(ability to carry his thought unhesitant to the root)(Kearns 102)에서 찾고 있다. 그러나 유교사상에서 질서유지는 지도자-군자의 행동의 의지를 통해서 이루어지는 것이 아니다. 유교사상에서 이상적 질서는, 파운드의 용어를 빌려 말하자면, 군자의 내면에 질서를 세우는 것이 우선이다. 그런데, 군자의 자기 확립은, 파운드가 무솔리니에게서 발견하듯이, 군자가 단순히 지적 통찰에 이르는 것만을 뜻하는 것이 아니다. 무엇보다도 그것은 수양을 통해서 덕(德)을 쌓는 것에서 시작된다. 또한 유교사상에서 사회질서의 유지는 군자가 자신의 지적 판단을 주저 없이 실행함으로써 이루어지는 것이 아니다. 유교사상에서 이상적 질서는 군자가 쌓은 덕으로 말미암아 그 사회전체가 저절로 감화를 받음으로써 이루어진다. 그것이 바로 유교의 덕치(德治)인 것이다.

파운드는 덕(德)을 자기 식으로 풀이하면서, "결과적인 것, 마음 속을 이렇게 똑바로 들여다봄으로써 나오는 결과적 행동"(What results, i.e., the action resultant from this straight gaze into the heart)(C 21)이라고 하였다. 어떻게 보면 이러한 풀이는 그가 유교사상에서 밑바탕이 되는 수양의 의미를 무시한 것은 아니라는 인상을 준다. 그러나 이어지는 설명에서 덕을 "자신에 대한 깨달음을 행동으로 옮기는 것"(The "know thyself" carried into action)으로 풀이하는 것을 볼 때, 여기서도 그는, 무솔리니와 파시즘을 찬양하면서 강조하는 요소, 즉 즉각적인 행동을 중시하고 있는 것이다. 이러한 특징은, 무솔리니의 파시즘을 유교의 이상을 실현할 이데올로기로 찬양하는 과정에서, 파운드가 유교사상의 질서관에 치중하면서도 그것의 토대인 지도자의 수양을 소홀히 다루는 경향과 일치하고 있다.

지금까지 살펴보았듯이, 파운드는 서구문명의 타락의 핵심에 고리대금업이 있다는 인식에 도달한 뒤, 그것을 치유할 이상적 질서관으로 유교의 정명론을 제시하였다. 그 과정에서 그는 공자의 유교사상과 무솔리니의 파시즘이 전체주의적 이데올로기로서 유사성을 지니고 있다는 것을 강조했다. 그러나 그는 유교의 질서관이 인간 본성에 호소하는 참다운 인간애를 바탕으로 하고 있으며 그렇기 때문에 질서의 토대로 군자의 수양을 중시하고 있는 것을 간과하고 있다. 그렇기 때문에 그는 유교사상에서 수양의 의미가 지적 능력이나 행동에의 의지에 있는 것이 아니라 덕성의 계발에 있는 것을 깨닫지 못한다. 따라서, 파운드가 무솔리니와 같은 독재자에게서 이상적인 군자-지도자상을 찾게 된 근본원인은 그의 차등적 인간관에 내재해 있었다고 할 수 있다. 그는 지적 능력이 뛰어난 지도자가 행동에의 의지만 갖는다면 새로운 문명을 건설할 수 있다는 환상에 빠졌다. 무솔리니에 대해서 가지고 있던 환상은 실상 그 자신이 지니고 있던 지적 오만의 표출에 다름 아니다. 그러나, 무솔리니의 몰락 후 피사의 수용소에 감금되고 나서, 파운드는 자신이 저지른 과오를 돌아보지 않을 수 없게 되었다. 이러한 상황의 변화는 유교사상에 대한 그의 관심에 변화를 불러온다.『피사시편』이전에는 유교사상을 질서관에 치우쳐서 받아들였던 것과 달리,『피사시편』에서 그는 유교사상의 토대인 수양의 의미를 체험한다. 그러므로『피사시편』에서 유교사상의 진정한 의미는, 파시즘과의 이데올로기적 유사성에서 찾아질 것이 아니라, 위기에 처한 시인이 자기 성찰을 하는 과정에서 유교사상이 어떤 역할을 하는가 하는 측면에서 찾아져야 할 것이다.

III. 『피사시편』: 유교사상과 위기상황 속의 파운드

파운드는 제2차 세계대전 중 로마에서 무솔리니의 파시즘을 지지하는 방송을 한 행위로 인해 전쟁이 끝나자 반역죄로 체포되어 피사의 군수용소에 8개월 동안 구금되었다. 그 후 그는 워싱턴으로 이송된 뒤에 정신이상자로 판정받아 쎄인트 엘리자베쓰 정신병원에 갇힌 채 18년을 보내야 했다. 그러한 기나긴 역경의 기간 중에서도 피사 근처의 군수용소에 갇혀 있던 시기는 육체적으로나 정신적으로나 가장 고통스런 시기였다. 그런데 이 시기에 씌어진 『피사시편』을 살펴보면, 전체적으로 내적 갈등이 지속적으로 나타나기는 하지만, 처음에는 공포와 불안감이 주조를 이루다가 후반부로 갈수록 마음의 평정이 보다 확고히 자리 잡는 모습이 드러난다. 『피사시편』에서 이처럼 마음의 평정이 회복될 수 있었던 이유는, 감방 생활 초기에 수용됐던 새장과 같은 독방에서 한결 여건이 좋은 의무실로 옮겨져 육체적 고통이 덜어졌기 때문일 수도 있고, 시간이 지남에 따라 처음에 느꼈던 것보다 정신적 충격이 완화되었기 때문이라고 볼 수도 있다. 그러나, 『피사시편』을 쓰면서 그는 곧 닥쳐 올 재판에서 사형선고를 받을 것이라는 두려움을 지니고 있었으며 그러한 두려움에서 오는 갈등은 재판이 가까워 질수록 오히려 심화되어 나타난다. 실제로 그는 『피사시편』 후반부에 서 육체의 소멸에 대한 두려움을 피력하고 있다. 정신과 의사 오버홀 저(W. Overholser) 박사는 파운드의 정신상태가 재판에서 자신을 변호 하는 데 협력할 수 있을 정도로 온전하지 못했다고 진단했는데(Terrell "Madness" 149), 그 시점은 『피사시편』이 모두 씌어 진 후였다. 따라 서 『피사시편』의 후반부에서도 정신착란이라는 판정을 받을 정도의 충격은 존재하고 있었다고 볼 수 있으며, 단순히 감옥생활의 여건이 나아졌다거나 시간이 흘러 정신적 충격이 완화되었기 때문에 마음의 평정이 나타난다고 생각할 수는 없다. 정신과 의사인 제롬 카브카 (Jerome Kavka)는, 1985년 에즈라 파운드 탄생 백 주년 기념 학술대회 에서 행한 발표를 통해, 파운드가 무솔리니의 처형을 보고 대단히 불 안해하던 차에 재판을 받게 되자 그 처형의 공포가 되살아났으며 그 때문에 정신이 정상궤도에서 벗어나게 됐다고 주장했는데(이일환 10-11n), 이러한 죽음의 공포는 『피사시편』을 쓰는 내내 파운드를 괴 롭히고 있었다. 『피사시편』에서 이러한 공포와 불안감이 지속적으로 나타남에도 불구하고 그가 비록 순간순간이나마 마음의 평정을 되찾 은 것은 무언가 내적 요인에 힘입었으리라는 추측을 할 수 있다.[1)

『피사시편』에서 파운드가 무너져 내리려는 마음을 지탱하는 순간 은 과거에 대한 추억과 반성, 피사 주변의 풍경, 수용소 안의 죄수와 병 사들의 움직임, 그리고 구원에의 비전 등을 통해 엿보인다. 그런데 구

---

1) 파운드가 정말 미쳤는가에 대해서는 줄곧 논란이 있어 왔다. 가령, 토리(Torrey)는 『반역의 뿌 리』(The Roots of Treason)에서 피사의 군수용소에 근무하던 의사들의 진찰기록을 토대로 파운드 가 정상이었다고 주장하며(9), 테렐(Terrell)은 이에 대해 오버홀저 박사의 결론이 여전히 유효 하다고 주장하는 한편 토리의 자료가 왜곡된 것이라고 반박하고 있다("Madness" 149-153). 이 러한 논란이 1945년에 제기된 이래 지금까지 결론을 얻지 못하고 계속되는 것 자체가 당시 파 운드의 정신상태가 혼란과 안정이 교차하고 있었음을 반증하는 것이라고 생각된다.

원을 열망할 때 파운드의 상상력은 유교사상을 중심으로 작용하는 것으로 보인다. 피사 시절을 회고하면서 파운드는 후에 쎄인트 엘리자베쓰 정신병원을 찾은 방문객 안젤라 팔란드리(Angela Palandri)에게 다음과 같이 말했다.

> "이 작은 책[레게의 『사서』]은 수년간 나의 성전(聖典)이었다오. 피사에서의 그 지옥 같은 시절에 내가 매달릴 수 있던 유일한 것이었지.... 내 힘을 끌어 모았던 이 책이 없었더라면, 난 정말로 미쳐 버렸을 테지... 그러니 내가 공자에게 얼마나 큰 빚을 졌는지 알만한 것이지."
> "그걸 늘 읽으시오"하고 그는 권했다. "이 책의 의미를 다 알고 나면, 아무 것도 정녕 당신의 마음을 상하게 하거나 더럽힐 수 없을 거요. 심지어 미국 문명--아니 오히려 야만이라고 하는 게 좋겠군--도 말이요."

> "This little book[Legge's *The Four Books*] has been my bible for years, the only thing I could hang onto during those hellish days at Pisa.... Had it not been for this book from which I drew my strength, I would really have gone insane... so you see how I am indebted to Kung."
> "Read it constantly," he admonished, "if you have grasped the import of this volume, nothing can really hurt you or corrupt you--not even American civilization, or rather, uncivilization." (Palandri "Homage" 305)

파운드는 공자가 정말로 미쳐 버렸을 지도 모르는 자신으로 하여금 지옥 같은 시절을 견디어 내게 해주었다는 것이다. 그렇다면 공자가, 유교사상이, 파운드에게 어떤 역할을 했기에 그처럼 지독한 역경을 시인이 극복할 수 있었을까? 먼저 우리는 의지할 데 없는 시인이 불안과 초조의 와중에서 단순히 읽을거리를 제공받은 것만으로도 위안이 됐을 것이라고 짐작할 수 있다. 실제로 파운드가 피사 수용소에서 모리스 스피어(Morris Speare) 교수가 편찬한『포켓판 시선집』(*The Pocket Book of Verse*)을 구한 것을 몹시 기뻐하는 데서도(80/513) 그것을 알 수 있다. 그러나 그가 자신의 감방을 찾아온 밤고양이 라드로(Ladro)에게 "너는 원고나 공자를 먹어서는 안된다/ 심지어 히브류 성서도"(you can neither eat manuscript nor Confucius/ nor even the hebrew scriptures)(80/498) 라고 말하는 데서, 그가 가지고 있던 몇 권의 책 중에서도 유교경전은 각별한 의미를 부여받고 있음을 알 수 있다. 따라서 우리는『피사시편』에서 파운드가 정신적 위기를 극복하는 데 있어서 유교사상이 보다 근본적인 역할을 하고 있다고 생각할 수 있다.

그런데『피사시편』에서 파운드는 무솔리니의 몰락 이전이나 다름없이 유교의 질서관에 대한 믿음을 버리지 않고 있다. 파시스트 정권이 무너진 뒤 이태리 유격대원들에게 체포되기 직전의 인터뷰를 통해서, "무솔리니와 히틀러는 공자를 더 열심히 따르지 않았기 때문에 실패했다"(they[Mussolini and Hitler] failed because they did not follow him [Confucius] more closely)(Norman 396)라고 말함으로써, 지상낙원에 대한 현실적 대안이었던 무솔리니를 포기하는 대신 그 이상으로서의 유교사상에 대한 믿음은 여전히 유지하고 있다. 이것은 "중국사 시편"에서 중국사를 조망할 때의 자신의 시각--유교의 정치철학을 존중하는 왕조는 흥했고 그것에서 멀어진 왕조는 망했다는--을 그대로 적용시킨 것으로서 유교사상에 대한 그의 절대적인 믿음을 확인시켜 주는 것이다.『피사시편』이후의『록-드릴』시편,『쓰로운즈』시편에서도 사회개혁사상으로의 유교사상에 대한 파운드의 믿음은 줄곧 유지되고 있으며, 그 자신도 말하듯 유교가 윤리적 준거틀로서의 역할을 하고 있음도 분명하다. 따라서 유교사상에 대한 신념의 유지를 통해서 그가 피사 시절 정신적 혼란을 극복했을 것이라고도 생각할 수 있다. 그러나, 달리 생각해 보면, 피사의 군수용소에서 지내던 지옥 같은 시절에 처형의 공포를 느끼면서, 정말로 미쳐 버릴지도 모른다는 생각이 들 정도로 고통을 겪은 시인이 이미 불가능해진 지상낙원의 꿈을 되풀이하는 것만으로, 『피사시편』에서 나타나는, 비록 순간적이나마 이상하다고 할 만큼 평온한 마음의 안정에 도달하였으리라고 보기는 힘들다. 대부분의 비평가들은 『피사시편』이 다른 시편들과 불연속성을 보이고 있고 그 불연속성의 주된 요인이 『피사시편』에 드러난 시인의 주관적인 감정의 토로에서 비롯된 것이라고 말하고 있다. 그렇다면, 파운드가 그토록 중시했던 유교사상이 그의 시에서 단순히 자신의 사상적 신념을 확인함으로써 변명의 공간을 마련하는 것 이상으로 구원에 대한 열망과 그것에 따른 회한과 반성이 이루어지는 정서적 반응의 공간으로 작용하고 있다고 보는 것이 한결 합리적일 것이다. 그렇게 보지 않을 경우, 『피사시편』만의 독특한 형식상의 특징마저 무시해 버려야 하기 때문이다. 뿐만 아니라, 파운드와 유교사상의 관계를 이데올로기적 측면에서만 보는 것은 유교에 대한 그의 시대착오적 복고 취미를 변호하고 그의 편벽된 고집을 두둔하는 셈이 된다. 그리고 그렇게 될 때, 현대사회의 생활윤리로서 유교가 지닐 수 있는 부분적 가치마저도 해체시키게 되며, 또한 시인으로서 파운드가 이룬 예술적 성취를 제대로 보지 못하는 결과를 낳기 쉽다.

『피사시편』에서 유교사상은 구원을 향한 파운드의 갈망과 반복적이며 또 지속적인 상관관계를 이루고 있는 것으로 보인다. 유교사상은 처형의 위기감에서 오는 공포와 불안을 해소하는 과정에서, 또 그 때까지의 시 창작행위를 되돌아보며 반성하는 과정에서 핵심적 역할을 하고 있으며, 그것을 통해 자연과 인간에 대한 파운드의 과거의 고정

관념이 깨뜨려지고 주변사물에 대한 인식이 변화하는 것이 엿보이기 때문이다. 『피사시편』 이전의 글에서 이분법적 자연관과 위계질서를 중시하는 이성 중심적 인간관을 보여 주던 파운드는 『피사시편』에서 자연과 인간에 대한 인식이 심화된 모습을 보여 준다. 이러한 심화된 인식이 주로 유교사상과 관련되어 나타나는 것은 피사의 군수용소에 갇혀서 그가 유교경전을 번역하는 동안 『피사시편』을 번역노트의 한 쪽에 쓰고 있었다는 사실과 무관하지 않을 것이다. 유교경전을 번역하면서 동시에 좌절과 회한을 노래하는 시를 쓰고 있었다는 사실은, 『피사시편』에서 유교사상이 그의 시상의 중요한 일부를 구성하고 있으리라는 추측을 가능케 한다. 실제로 유교사상을 통해 그의 정서가 표출되는 그러한 시상들이, 『피사시편』에서 반복되는 모티프로 나타나는 것에 그치지 않고, 시창조의 위기감과 그것의 극복이라는 중심주제와 밀접히 관련되어 있는 것을 볼 수 있다. 그런 점에서 『피사시편』에서 유교사상은 파운드의 상상력의 핵심을 차지하고 있다고 할 수 있을 것이다.

『피사시편』에서 유교사상이 파운드의 상상력의 핵심을 차지하고 있는 것을 살펴보기 위해서는 『피사시편』 전체에 대한 분석이 필요하겠지만, 우선 첫 번째 시편인 「시편 74」의 서두를 면밀히 검토해 보도록 하자. 마이클 알렉산더(Michael Alexander)가 지적하듯이 「시편 74」는 "『피사시편』의 축도(縮圖)"(a microcosm of the Pisan Cantos)(198)라고 볼 수 있는데다가, 그 중에서도 서두 부분에서는 파시즘의 몰락과 무솔리니의 처형을 보면서 그가 받은 충격과 그 자신이 체포됨으로써 느낀 위기감이 최초로 표현되고 있다는 점에서, 『피사시편』에서 유교사상이 상상력의 일부로서 어떤 역할을 한다면 그 방향이 이 부분에 예시되어 나타날 가능성이 높을 것이기 때문이다.

1. 「시편 74」의 서두 분석: 하나의 모델

무솔리니의 몰락 이후 파운드는 육체적 고통과 정신적 충격을 동시에 견뎌내야 했다. 파운드와 오랜 동안 교유관계를 유지했던 스톡(Stock)은 절제된 필치로, 그러나 독자로 하여금 동정심을 느끼지 않을 수 없게 하는 어조로 그 당시 시인의 고난을 다음과 같이 기록하고 있다.

> 군대 작업복을 입고서--그러나 자살을 방지하기 위해서 허리띠와 구두끈은 제거된 채-- 그는 비, 햇볕, 또는 근처 도로에서 오는 먼지를 막아 줄 적절한 지붕도 없는 자그만 옥사(獄舍)의 콘크리트 바닥을 이리저리 걸어 다녔다. 처음에 그는 담요를 덮은 채 바닥에서 잠잤으나 나중에는 소형 천막을 제공받았다. 아무도 그에게 말을 걸지 못하게 되어 있었으나 식사가 배달되거나 대소변 양동이가 비워질 때 차츰 은밀한 대화가 오갔다. 그에게는 몇 권의 책들--레게의 공자와 성경--그리고 필기용 종이와 연필 또는 펜이 허용되었다. 건강을 유지하기 위하여 그는 자기 자신을 상대로 테니스를 하였고, 펜싱과 섀도우 복싱을 하였다.

> Dressed in an army 'fatigue' uniform -- but without belt or shoe-laces, to prevent suicide -- he paced the concrete floor of his tiny cage which gave no adequate shelter from rain, sun or dust from a nearby road. At first he slept on the floor with blankets but later was given a 'pup tent'. No one was supposed to speak to him but gradually surreptitious words were passed when meals were delivered or the lavatory bucket emptied. He was allowed several books -- Legge's Confucius and a bible -- and also writing paper and pencil or pen; to keep fit he played tennis with himself, fenced and shadowboxed. (*Life* 522)

그러나 이러한 육체적 고통보다 시인에게 더욱 괴로운 것은 시인 자신의 존재의미가 사라질 정신적 위기에 처한 것이었다. 여기서 「시편 74」의 서두를 보자.

> 농부의 구부러진 어깨에 담긴 꿈의 거대한 비극
> 　　마네스! 마네스는 무두질 당하고 박제되었느니,
> 　　　그렇게 벤과 클라라는 밀라노에서
> 　　　　밀라노에서 거꾸로 매달려
> 구더기들이 죽은 황소를 파먹는구나
> 디고노스, 디고노스[두번 태어난 자], 허나 두 번 십자가에 매달렸으니
> 　　　　그 어느 역사에서 그것을 발견하리?
> 이 말을 포섬에게 하리라: 쿵이라고, 낑낑이 아니라,
> 　　낑낑대는 게 아니라 쿵하고라고,
> 별들의 색깔인 테라스가 있는 다이오시 시를 건설하려는 것.
> 온화하고, 고요한, 조롱하지 않는 눈들,
> 　　　　비 또한 과정(道)의 부분이라.
> 네가 벗어난 건 길이 아니다
> 바람에 하얗게 날리는 올리브 나무
> 양자강(楊子江)과 한수(漢水)에 씻기우니
> 그 어떤 하얌을 이 하얌에 덧붙이랴,
> 　　　　그 어떤 솔직함을?
> "그 거대한 여정은 별들을 우리 해변으로 이끌고 왔다."
> 그 기둥을 지나 헤라클레스 저 밖으로 나간 그대
> 루시퍼가 북캐롤라이나 주에 떨어졌을 때.
> 온화한 공기가 남동의 열풍에 밀려 난다면
> 오이 티에, 오이 티에? 오디세우스
> 　　　　우리 집안의 이름.

> The enormous tragedy of the dream in the peasant's bent
> 　　shoulders

Manes! Manes was tanned and stuffed,
    Thus Ben and la Clara *a Milano*
        by the heels at Milano
That maggots shd/ eat the dead bullock
DIGONOS, Δίγονος, but the twice crucified
        where in history will you find it?
yet say this to the Possum: a bang, not a whimper,
    with a bang not with a whimper,
To build the city of Dioce whose terraces are the colour of stars.
The suave eyes, quiet, not scornful,
            rain also is of the process.
What you depart from is not the way
and olive tree blown white in the wind
washed in the Kiang and Han
what whiteness will you add to this whiteness,
            what candor?
"the great periplum brings in the stars to our shore."
You who have passed the pillars and outward from Herakles
when Lucifer fell in N. Carolina.
if the suave air give way to scirocco
ΟΥ ΤΙΣ, ΟΥ ΤΙΣ? Odysseus
        the name of my family. (425)

파운드는 무솔리니의 몰락을 "농부의 구부러진 어깨에 드리워진 꿈"
이 무산되는 엄청난 비극"(The enormous tragedy of the dream in the
peasant's bent shoulders)으로 묘사하고 있다. 그런데 파운드가 무솔리
니의 몰락을 "엄청난" 비극으로 받아들이는 것은 단지 농부들의 꿈이
무산되는 것을 애통해 하는 것만이 아니다. 그 꿈의 무산은 동시에 파
운드 자신이 무솔리니의 파시스트 정권을 통해서 이 세상에 지상낙원
을 이루려던 희망이 무너져 내리는 것을 뜻했다. 그렇기 때문에, 엘리

엇의 표현구를 원용하여, "낑낑대는 게 아니라 쿵하고"(with a bang, not with a whimper)라는 표현을 써서, 그는 무솔리니의 몰락이 그에게 안겨준 충격을 토로한다. 파운드가 무솔리니를 마니교 창시자인 마네스와 비교하여, "별들의 색깔을 한 디오스 시를 건설하려다가"(To build the city of Dioce whose terraces are the color of stars) 희생당한 순교자로 묘사한 것으로 볼 때, 서구 기독교 사회에서 이단으로 몰려 처형당한 마네스를 애석하게 여겨 온 것처럼, 여기서 파운드는 무솔리니가 타락한 서구문명의 횡포에 몰려 처형당했다고 여기며 애통해 하고 있는 것을 볼 수 있다. 그러나 무솔리니의 몰락으로 그가 받은 정신적 충격이 자신이 추구해 온 이상사회의 꿈이 무너지고 말았다는 이데올로기적 좌절에 국한된 것은 아니었다. 예술행위를 하면서 정치상황에 깊숙이 관여했던 파운드는 자신의 예술과 삶 또한 한꺼번에 위협받는 위기상황에 처하게 되었다. 이러한 위기상황 속에서 그는 자신을 오디세우스(Odysseus)와 동일시하게 된다. 물론 『시편』의 여러 곳에서 이미 그가 자신을 오디세우스와 동일시해 온 것은 사실이다. 그러나 특히 『피사시편』에서 자신을 오디세우스와 동일시하며 그가 토로하는 것은 자기정체성의 상실감이었다. 온화한 바람 대신 열풍이 몰아닥친 현실 속에서, 오디세우스가 페넬로페(Penelope)가 기다리는 이타카(Ithaca)로 끝내는 귀환한 것처럼, 파운드도 언젠가는 새로운 세상이 도래할 것이라는 확신을 갖고 타락한 세상과의 기나긴 투쟁의 여정(periplum)을 거쳐 왔지만, 이제 처음으로 오디세우스라는 이름이 "no man(ΟΥ ΤΙΣ)의 변형된 의미를 지닐 수도 있음을 새롭게 인식하기에 이를 정도로 자기 정체성의 상실감을 경험하게 된다. 이러한 상실감은 피사의 군수용소에서 그가 겪은 육체적 고통과 겹쳐 정신착란에 이를 정도의 극심한 혼돈상태를 야기하였다.

파운드의 생애와 예술을 돌아 볼 때 궁극적으로 그는 그러한 위기를 극복하고 시인으로서 가장 의미 있는 업적으로 인정받는 『피사시편』을 이 시기에 남겼다. 한편 『피사시편』이 파운드의 최고의 작품이 된 것은 고난의 시기에 시인으로서 겪는 갈등과 번민이 가장 치열하게 형상화되어 있기 때문이라고 설명할 수 있을 것이다. 그러나 그 자체로는 그가 당시 자신이 처한 위기를 어떻게 극복할 수 있었는지에 대한 설명은 되지 못한다. 당시 그가 겪은 위기감은 생명의 위협으로 인한 것일 뿐만 아니라 시 창조의 근거가 되는 존재 의미 자체가 상실되는 것과 결부되어 있었다. 여기서, 『피사시편』이후 쓰어진 시들은 『피사시편』이전에 쓰어 진 시들의 연장선 상에 있으며 『시편』전체로 볼 때 오히려 『피사시편』이 불연속적이라는 비평가들의 지적을 유념할 필요가 있다.[2] 이것은 곧 어떤 의미로든 파운드가 정신적 상실감의 위기를 극복하였음을 보여 준다.

그렇다면 피사 군수용소 시절 생명의 위협을 느끼고 정체성의 상실을 겪은 파운드가 정신적 혼돈상태를 극복할 수 있었던 원동력이 된 것은 무엇일까? 이 의문에 대한 해답은 앞에서 인용한 「시편 74」의 서두에 이미 예시되어 있는 것으로 보인다. 무솔리니의 몰락에 대한 정신적 충격과 정체성의 상실감이 표현된 시행들 사이에는 다음에 인용된 시행들이 나온다.

> 온화하고, 고요한, 조롱하지 않는 눈들,
> 비 또한 과정(道)의 부분이라.

---

2) 플로리(Flory)는 『시편』전체를 "투쟁의 기록"(a record of struggle) 으로 볼 때 다른 「시편」들이 사회의 타락상과의 투쟁이라면 『피사시편』에서의 투쟁은 개인적 투쟁으로서, "완전히 다른 종류의 고통스런 투쟁"(a harrowing struggle of a quite different kind)이었다고 말한다(1). 알렉산더 (Alexander)는 『피사시편』에서 작품의 전체적인 건축계획과 연속성이 부서졌다고 지적한다 (194).

네가 벗어난 건 길이 아니다
바람에 하얗게 날리는 올리브 나무
양자강(楊子江)과 한수(漢水)에 씻기우니
그 어떤 하얌을 이 하얌에 덧붙이랴,
　　　　그 어떤 솔직함을?

The suave eyes, quiet, not scornful,
　　　　rain also is the process.
What you depart from is not the way
and olive tree blown white in the wind
washed in the Kiang and Han
what whiteness will you add to this whiteness,
　　　　what candor? (74/425)

위 인용부분의 전후 시행들에 정신적 충격이나 불안감이 나타나 있는
것과는 달리 이 시행들의 전체적 어조에는 안정감과 신념이 엿보인다.
이러한 안정감과 신념이 어디에서 나오는 것인가에 대한 의문을 풀기
위해서 우리는 위의 시행들이 유교와 밀접한 관련이 있다는 데 주목할
필요가 있다. 파운드는 여기서 공자의 도(道)에 대한 언급과 『맹자』에
나오는 삽화를 중심으로 시상을 전개하고 있다.

　위의 마지막 4행은 『맹자』 「등문공장구 상(騰文公章句 上)」 4의
일부와 관련이 있다. 송나라 사람인 진상은 그의 스승 진량이 죽은 후
등나라 문공이 선정을 베푼다는 소문을 듣고 등나라에 왔다. 등나라에
온 그는 초나라에서 등나라로 이주해 온 허행을 만나게 되고 몸소 농
사를 지으며 생활하는 허행의 가르침을 흠모하여 유학자인 스승 진량
의 가르침을 치자중심(治者中心)의 도(道)라고 여겨 버리게 된다. 진
상이 맹자를 만난 자리에서 허행을 찬양하자, 맹자는 유학을 옹호하며
허행의 행위를 비판한 뒤, 다음과 같은 예를 든다.

어느 날 자하 자장 자유가 유약이 공자와 흡사하다 해서 공자를 섬기던 것처럼 그를 스승으로 받들자고 증자에게 강요했다. 증자가 말했다. 그럴 수 없다. 장강과 한수가 세탁해 주듯, 가을볕이 쬐듯 그 희고 흰 것이 그 누구도 공자의 덕에 미칠 수가 없다.

他日子夏 子張 子游 以有若似聖人 欲以所事孔子事之 彊曾子 曾子曰 不可
江漢以濯之 秋陽以暴之 皓皓乎 不可尙已 (『논어·맹자』303-4)[3]

위의 삽화에서 맹자는 스승 진량을 저버린 진상을 증자와 대비하며 꾸짖고 있다. 파운드는, 증자가 공자의 덕을 "희고 흼(皓皓)"에 비유한 것을 위의 시에서 그대로 사용하여, 공자의 신봉자로서 공자에 대한 충성심을 다짐하고 있는 것으로 보인다. 또한 「시편 80」에서, 앞에서 희생양으로 묘사했던 베니토 무솔리니를 찬양하며 언급하면서 이 시행을 다시 한 번 인용하고 있다.

네니, 네니, 누가 계승을 할 것인가?
이 하얌에, 증자(曾子, 曾晳)가 말했나니
  "이 하얌에 무엇이 보태지리오?"
그리고 불쌍한 늙은 베니토에 관해서

Nenni, Nenni, who will have the succession?
To this whiteness, Tseng said
  "What shall add to this whiteness?"
  and as to poor old Benito (495)

---

3) 참고로, 파운드의 번역은 다음과 같다.

After Confucius' death, when there was talk of regrouping, Tsang declined, saying: "Washed in the Keang and Han, bleached in the autumn sun's-slope, what whiteness can one add to that whiteness, what candour?" (C 194)

이처럼 공자와 무솔리니 둘 다 "하얌"(whiteness)으로 비유되어 다른 그 누구도 대체할 수 없는 존재들로 묘사되고 있는데, 그것은 곧 파운드가 공자와 무솔리니에게서 공통적으로 파악하고 있는 긍정적 가치인 전체주의적 질서에 대해서 여전히 확고한 신념을 가지고 있음을 확인시켜 주는 것이다. 그러나 그러한 신념이 단순히 타락한 사회에 대한 정치윤리적 기준을 다시 한 번 제시하는 것일 뿐 아니라 개인적으로 위기에 빠진 파운드 자신의 구원과 일정한 함수관계를 가진 것임에 주목할 필요가 있다. 첫째로, 파운드는 원전에는 없는 올리브(olive) 나무를 등장시키고 있다. 원전에 나무에 대한 비유가 나오기는 한다.

> 내가 듣기로는 새들도 깊은 골짜기에서 나와 높은 나뭇가지에 옮긴다는 말은 들었어도 높은 가지에서 깊은 골짜기로 내려앉는다고 듣지 못했다. (304)

> 吾聞出於幽谷 遷于喬木者 未聞下喬木 而入於幽谷者 (『논어·맹자』 303-4)

이것은 맹자가 증자의 말을 인용하여 진상을 꾸짖은 뒤 곧 이어 진상의 배신이 사리에 맞지 않음을 나무와 골짜기에 대한 비유를 사용하여 지적한 것이다. 파운드는 『논어』 번역의 논평에서 맹자와 진상의 이삽화를 인용하면서도 사실상 위의 인용부분을 언급하고 있지는 않다. 그러나 파운드가 레게(Legge)의 『사서(四書)』(*The Four Books*) 번역본을 읽었을 뿐만 아니라, 『맹자』를 실제로 번역하지는 않았으나 번역할 계획을 할 정도로 『맹자』에 숙달해 있었다는 점을 감안할 때, 그가 이 구절을 알고 있었다고 볼 수 있다. 그러므로 시 속에서 나무에 대한 비유가 나타난 것은 자연스런 귀결이겠지만 그것이 원전과는 관계없는 올리브 나무로 구체화된 것에는 유의할 필요가 있다. 「시편 74」의 뒷부분에서 파운드는, "올리브 나무 아래/ 반짝이는 눈을 가진 작은 부엉이/ 태고 적부터의 아테네"(under the olives/ saeculorum Athenae/ Υλαύξ, Υλαυκῶπις)(438)로 묘사하여 올리브 나무를 지혜의 여신 아테네와 관련짓고 있다.4) 따라서 양자강(楊子江)과 한수(漢水)에 씻겨 하얗게 빛나는 올리브 나무는, 더 이상 "하얌"을 보낼 수 없는 공자와 무솔리니를 찬양하는 상징으로 쓰이고 있다고 볼 수 있다. 그런데 여기서 올리브 나무가 파운드의 신념을 대변하는 것에서 한 걸음 더 나아가 위기에 처한 그의 정서를 표출하는 것으로 볼 수도 있다. 올리브유(油)가 서구에서 전통적으로 상처를 치유하는 약으로 쓰였다는 사실을 상기할 때, 여기서 올리브 나무는 자신이 입은 정신적 상처의 치유를 향한 몸부림을 암시하고 있기도 하다. "온화하고, 고요한, 조롱하지 않는 눈들"이 갑작스럽게 이 부분에 등장하고 있는 것도 같은 맥락에서 이해가 가능하다. 미의 여신의 눈을 묘사하면서 "조롱하지 않는"이라는 표현을 굳이 쓴 것은 파운드가 자신의 현재의 위기상황을 개인적으로 절실히 느끼고 있다는 것을 보여준다. 즉 과거에는 미의 여신을 단순히 거명할 뿐이던 것과는 달리『피사시편』에서는 "눈"에 대한 의식을 많이 하고 있는데 그 이유는, 대체로 죄를 지은 사람은 자신을 바라보는 눈에서 공포를 느끼기 마련이며 따라서 파운드가 자신의 잘못된 행위에 대한 자의식을 강요당하고 있다는 의미가 될 수 있을 것이다. 따라서 조롱하지 않는 눈에 대한 상상적 비전은 자신에 대한 변호의 시작이요 나아가 상처의 치유에 대한 기원으로 연결되는 것이다. 그렇게

---

4) 그리스 신화에서 아테네가 제우스 신의 머리에서 나온 여신으로서 지혜를 상징하지만, 밀턴 (Milton)의 경우 사탄의 머리에서 나온 것으로 묘사하여 죄의 근원으로 변형시켜 놓았다 (Zimmerman 36). 파운드가 밀턴을 상기하고 있는 것이라면, 자신을 아테네와 동일시하여 이 시점에서 이미 자신의 과오를 돌이켜 보기 시작한 것이라고 해석할 수도 있을 것이다.

보면 하얌도 단순히 공자-무솔리니-아테네에 대한 신념의 표현을 넘어서 어둠과 대치되는 밝음을 바라는 잠재의식의 표출이라고 볼 수도 있다. 나중에 자세히 살펴보겠지만, 『피사시편』에서 자주 나오는 에리게나(Erigena)의 빛이 이성과 천국의 빛이며 곧잘 유교사상과도 연결되어 지상천국의 비전으로서 나타나는데, 그것이 철학적 이론으로서의 의미를 지닌 것 이상으로 파운드 개인의 구원에 대한 회구로 읽혀지는 것도 이와 무관하지 않을 것이다.

앞의 인용부분에서 도(道)에 대한 언급의 출전은 『중용』의 다음 구절이다.

> 하늘이 명부(命賦)한 것이 성(性)이요, 성에 따르는 것이 도(道)요, 도를 마름하는 것이 교(敎)다. 도는 잠시도 떠날 수 없으니, 떠날 수 <u>있으면 도가 아니다</u>. 그러므로 군자(君子)는 그 보이지 않고 듣기지 않는 곳을 삼가고 두려워하나니, 은암(隱暗)한 곳보다 더 드러나는 곳은 없고, 미세(微細)한 일보다 더 뚜렷해지는 일은 없다. 때문에 군자는 그 내오(內奧)를 삼가 한다.

> 天命之謂性 率性之謂道 修道之謂敎 道也者 不可須臾離也 <u>可離 非道也</u> 是故 君子 戒愼乎其所 不睹 恐懼乎其所不聞 莫見乎隱 莫顯乎微 故 君子 愼其獨也 (『논어』 126)(밑줄 첨가)[5]

여기서 공자가 말한 도는 인간의 타고난 본성을 따르는 것이며 그것은

---

[5] 참고로, 파운드의 해석은 다음과 같다.

1. What heaven has disposed and sealed is called the inborn nature. The realization of this nature is called the process. The clarification of this process (the understanding or making intelligible of this process) is called education.

2. You do not depart from the process even for an instant; what you depart from is not the process. Hence the man who keeps rein on himself looks straight into his own heart at the things wherewith there is no trifling; he attends seriously to things unheard (C 100-1)

인간이 근본적으로 선하다는 성선설을 기초로 하고 있다. 하늘을 빌어 인간이 소유한 착한 본성의 존엄성을 강조하고 있으나 하늘이 신격화된 절대자로서 인간에게 그러한 천성을 지킬 것을 강제하는 것이 아니라 고매한 인간-군자의 신독(愼篤)이 강조되고 있다. 다시 말하면 수양(修養)의 정신이 강조되고 있는 것이다. 파운드의 번역을 보면 그는 이 구절을 공자의 의도대로 이해하고 있음을 알 수 있다. 그러나 앞에 인용된 시행에 나오는, "What you depart from is not the way"에서, 경전을 번역할 때와는 달리, 도가 "the process"가 아닌 "the way"로 표현되어 있는 것에 주목할 필요가 있다. 바로 앞에 나오는 행(rain also is of the process)에서는 도가 "the process"로 표현되어 있으므로, 이렇게 표현이 바뀐 것은 의미의 차이가 생긴다는 것을 말해 준다. 그렇다면 그 차이는 무엇일까? 파운드는 도를 자기 나름대로 다음과 같이 풀이하고 있다.

> 과정(道). 머리를 운반하는
> 발자국과 발; 발을 인도하는
>
> 머리, 지성의 인도아래   도
>
> 질서 있는 움직임.
>
> The process. Footprints and the foot
> carrying the head; the head conducting
>
> the feet, an orderly movement under   道
>
> lead of the intelligence. (C 22)

여기서 파운드는, 하늘이 부여한 천성을 깨닫고 그것을 따르는 과정이라는 도의 의미를, 하나의 목표를 향해 길을 따라 지성의 인도 아래 질서 있게 걸어가는 것으로 형상화하고 있음을 알 수 있다. 그런데 도의 두 가지 풀이(the process, the way) 중에서 위의 시행 "What you depart from is not the way"는 형상화된 의미를 살리고 있으므로, 이 시행에서 파운드는 "지성의 인도 아래 질서 있는 움직임"으로 대중을 이끌던 무솔리니를 찬양하던 시절을 투영하고 있다고 생각된다. 그렇다면 여기서의 "you"는 유교경전을 번역할 때의 일반인을 지칭하는 "you"가 아니라 파운드 자신에 대한 언급이라고 생각된다. 따라서 이 시행은 "떠날 수 있으면 도가 아니다"라는 유교경전의 자구(字句) 그대로의 일반적 해석과는 달리, "네가 벗어난 건 길이 아니다"라는 의미로 새길 수 있다. 이렇게 볼 때 여기서 "네가 벗어난 건 길이 아니다"라는 표현은, 유교경전에 나오는 구절을 사용하여 파운드가 공자의 질서관을 토대로 무솔리니의 파시즘을 찬양하던 과거의 잘못을 인정하는 것이라고 할 수 있다. 그러므로 무솔리니를 희생양으로 묘사하면서 여전히 찬양하는 점이 있음에도 불구하고, 이 부분에서 파운드가 파시스트 정권을 적극적으로 홍보하던 자신의 예술활동 전반에 대한 자기성찰을 이미 시작하고 있다고 볼 수 있다. 이것은 『피사시편』에서 유교사상이, 그의 질서관을 대변하는 이데올로기의 특성을 지닐 뿐만 아니라, 정체성이 상실될 위기상황 속에서 구원과 자비를 추구하는 과정에서 그리고 자신의 과오를 되돌아보는 자기성찰의 과정에서, 그의 내면의식의 흐름을 반영하게 될 것임을 암시하고 있다.

　『맹자』의 삽화를 인용한 시행에서 "candor"라는 단어가 사용된 것도 이 시구의 개인적 성향을 입증해 주는 것이다. 프로울라(Froula)는, "candor"가 "솔직함"(frankness)의 의미 뿐만 아니라 "하얌"(whiteness)의 의미를 지닌 중의법으로 쓰였다면서, 여기서 파운드가 "하얌"의 의미를 염두에 두었다고 지적하고 있다(207). 그러나 앞에서 인용한 바 있는 『맹자』의 원문을 볼 때 그의 시와 번역에 나오는 "what candor"라는 구절에 합당한 부분은 없다. 따라서 새로이 첨가된 "어떤 솔직함을 [덧붙이랴]"라는 구절은, 물론 공자-무솔리니의 장점에 대한 언급으로 해석될 수 있지만, 파운드가 자신을 솔직하게 성찰하는 것에 대한 언급일 수 있다. 왜냐하면 이 부분의 전후에서 파운드는 자신의 정체성의 상실이라는 위기의식을 드러내고 있으므로 "솔직함"에 대한 언급을 정서노출적인 주관적 묘사로 볼 수 있기 때문이다. 그렇다면 이미 지적하였듯이 앞에 나오는 "하얌"도, 원전 그대로 공자-무솔리니에 대한 비유일 뿐 아니라, 어둠과 대치되는 밝음을 나타내면서 파운드 개인의 구원에 대한 희구를 나타낸다고 볼 수 있다. 여기서 우리는 『피사시편』의 서두에서 이미 파운드가 자신이 처한 위기상황을 솔직하게 성찰할 필요성을 의식하고 있음을 알게 된다.

파운드가 무솔리니에게 열중했던 과거를 돌이켜 보기 시작했다는 것은 공자의 가르침 중에서도 질서관, 국가관에 치중하던 그의 태도가 변화하는 것을 의미한다. 문명의 위기를 구할 수 있는 유일한 원리를 담고 있다며 공자의 『대학』을 찬양하면서 파시즘에 열중하던 시절에 파운드는 『문화 안내』(*Guide to Kulchur*)를 펴냈는데, 그 첫머리에는 『논어』「이인(里仁)」 15장에서 공자가 말한 일이관지(一以貫之)가 다음과 같이 번역되어 있다.

> 철학자는 말했다. 너는 내가 많은 것을 배워서 그것을 모두 기억하였다고 생각하느냐? 증자(曾子)가 공손하게 대답했다. 물론입니다. 그렇지 않습니까? 그렇지 않다. 나는 그 모든 것을 하나의 원리로 환원시켜 놓은 것이니라.

일
이
관
지

Said the philosopher: You think that I have learned a great deal, and kept the whole of it in my memory? Sse replied with respect: Of course. Isn't that so? It is not so. I have reduced it all to one principle.

一

以

貫

之(15)

파운드는 이 구절이 자신이 공자의 경전을 대중들에게 소개해 줄 근거를 제공해 준다는 논평(15-6)을 달고 있는데, 여기서 우리는 문명이 지닌 문제를 하나의 원리로 해명하려는 그의 태도를 읽을 수 있다. 그런데 앞에서 보았듯이, 하나의 원리로 인간세계의 복합적 양상을 파악하려는 것은 이성적 통제를 통해 인간의 삶을 전체주의적 틀로 묶으려는 위험요소를 지니고 있다는 데 문제가 있다. 파운드는 무솔리니를 개인적 책임감이 투철한 영웅으로 또 행동적인 영웅으로 신봉하였는데, 그것은 파시즘이라는 하나의 원리, 하나의 이데올로기를 추진할 의지를 갖춘 엘리트로 보았기 때문이다. 이것은 파운드의 반민주적 속성을 드러내는 것이며 그의 인간주의가 허상에 가깝다는 것을 말해 준다. 그에 반해 공자의 유교사상은 봉건주의의 한계를 안고 있을망정 근본적으로 인간적이다. 파운드는 전체주의적 질서관에 집착하면서 개인의 영웅적 행동에 관심을 두고 있는데, 그런 점을 들어 일부 비평가들은 그가 파시즘 자체보다는 무솔리니라는 영웅적 개인을 숭배한 것이라는 논지를 편다. 따라서 개인적인 판단의 착오는 있었지만 유교의 권위를 빌어 완전한 인간을 이상적인 지도자로 꿈꾸는 그의 생각 자체가 잘못은 아니었으며 오히려 그의 예술을 위해 필요했다는 것이다. 그러나 그런 식의 논지는 파운드를 변호하기 위해 유교를 희생양으로 삼는 오류를 범하고 있는 것이다. 오히려 유교사상은 그 사상이 펼쳐지던 시기가 봉건주의 시대라서 군주의 윤리를 강조했을 뿐이지 기본적 토대는 늘 백성에 두는 민본주의에 뿌리를 둔 인간중심 사상인 것이다. 따라서 공자가 백성을 위해 올바름의 원리를 세우고자 하고 있는 반면, 파운드는 백성을 위한 정치행위를 찬양하고는 있으나, 질서 자체에 매몰되어 당시 이태리 국민의 고통 받는 현실을 등한시하게 되는 것이다.[6)

파시즘이 이태리 국민에게 끼친 해악을 파운드가 실제로 몰랐다며 전쟁 시절의 파운드의 라디오 방송을 두둔하는 것은 이 경우 전혀 그에 대한 변호가 되지 못한다. 왜냐하면 그러한 무관심은 우연한 것이라기보다는 그의 사고 구조 자체에서 나오는 필연적인 결과라고 볼 수 있기 때문이다. 일이관지(一以貫之)에 대한 공자의 언급과 더불어 실

---

6) 치들이 지적하듯이, 「방문카드」(A Visiting Card)(1942) 에서 파운드는 파시스트 정권을 찬양하면서 파시스트 정권의 이상이 이미 초기부터 정치적으로 변질된 것에 대해서는 전혀 언급치 않고 있다(*Translations* 67, 90).

제의 공자의 언행을 통해 우리는 상황에 따라 유연한 사고를 하는 공자를 발견하는 것과는 달리 파운드는 경직된 사고를 벗어나지 못하고 있음을 발견할 수 있다. 앞에서 언급했듯이 유교의 도(道)를 풀이하면서 파운드는 그것에 담겨 있는 의미를, "이성의 인도에 따르는 질서있는 움직임"으로 파악하고 있는데, 이것을 그가 중시하는 "의지의 방향"과 연결지어 생각하면, 파운드가 삶에 순응하는 하나의 원리를 지향하는 것이 아니라 이성적으로 하나의 원리를 강제하는 사고방식을 지니기 쉽다는 것을 알 수 있다. 하나의 원리로 인간의 삶 전반을 해석하는 것은 일관된 삶을 유지시켜 주는 생활원리로 긍정적 가치를 지니고 있으나, 그것이 이성적 기준 위주로 편협하고 불균형 되게 적용될 경우 오히려 인간의 사고를 제약하여 사고의 유연성을 해칠 가능성이 있음을 우리는 파운드의 반유태주의(anti-semitism)에서 확인하게 된다. 초기에 그는 고리대금업으로 대표되는 영향력 있는 유태인과 일반 유태인을 구별하면서 자신이 반유태주의자가 아닌 반고리대금업자라고 주장하였다. 그러나 무솔리니의 전체주의적 세계관을 찬양하면서 그러한 구분은 사라지고 말았다. 파운드는 공자가 지니고 있는 분별을 찬양하였지만 그 자신은 그러하지 못한 오류를 범한 셈인데, 그의 경직된 사고는 결국 자신을 파멸의 구렁텅이에 빠지게 하는 재난의 씨앗이었다고 할 수 있다.

무솔리니 시절, 도를 전체주의적 국가관이나 질서관으로 귀결되는 하나의 원리를 지향하는 이성적 의지로 파악했던 파운드가 과거에 대한 성찰을 하면서 변화를 보이고 있음은, "비 또한 도의 일부이다"(rain also is [a part] of the process)라는 구절에서도 드러난다. 여기서 특히 "also"라는 단어를 사용하여 파운드는 전체주의적 질서의 성립에 도움이 되어 온 공자의 가르침(국가윤리)에 대한 여전한 믿음을 드러내는 한편, 유교사상에 대한 파운드 자신의 확대, 심화된 이해의 출발을 보여주고 있다. 『피사시편』에서의 자연묘사나 인물묘사가 흔히 주변상황의 관찰과 직결되어 있는 것이 많은데, 여기서 언급된 비는 실제로 피사 수용소 주변에 내리고 있는 비로, 실제의 자연현상을 언급한 것이라고 볼 수 있는 동시에, 비를 통해 파운드는 위기에 처한 자신의 상황을 투영시키고 있는 것으로 볼 수 있다. 따라서 자연현상이기도 하고 감옥에 갇힌 자신의 불행한 처지를 반영하기도 하는 비를 보면서 그것 또한 도의 일부라는 깨달음을 보이는 것은, 충격과 분노, 슬픔과 상실감의 와중에서도 그가 일찌감치 자기성찰의 문턱에 들어서고 있음을 말해 준다. 한편 이처럼 자연현상으로서의 비, 또 실제의 자신의 처지를 투영한 비를 도로 풀이하고 있는 것은 그가 유교사상을 생활에도 적용하고 있는 것이라고 하겠고, 그렇게 보면 여기서 그는 과거와는 달리, 유교경전을 자구(字句)대로만 해석하는 단계를 벗어나 자신의 경험과 밀착시켜 정서적 반응을 보이는 단계에 이르렀다고 할 수 있다. 이것은 『피사시편』에서 유교사상이 단순히 이데올로기로서만이 아니라 생활윤리로서 내면화되어 나타날 것임을 예고하고 있다. 정체감의 상실을 토로한 위의 인용문 바로 뒤에서, 파운드는 곧 이어, "바람 또한 도의 일부이다"(the wind also is [a part] of the process)라고 말하며 다시 한 번 도를 자연현상에 확대하여 적용하고 있다. 이 부분을 "온화한 대기가 열풍에 밀려나면"(if the suave air give way to scirocco)이라는 시행과 관련지어 생각하면, "scirocco"가 아프리카의 뜨거운 열기를 싣고 이태리 남동부로 불어오는 열풍이라는 것을 상기할 때, 비의 경우와 마찬가지로 열풍은 파운드 자신이 겪고 있는 현실의 위기상황을 투영하고 있다. 따라서 바람 또한 도의 일부라는 인식은 그가 이성의 통제 아래 인위적으로 상황의 변화를 추구하는 것이 아니라 현실을 있는 그대로 수용하고 있다는 것을 보여 준다. 이와 같은 태도의 변화가 『피사시편』에서 유교사상을 통해 나타나는 것은, 유교사상이 시인의 상상력의 구심점이 되는 내적 의식을 구성하고 있기 때문이라고 하겠다. 다시 말하자면, 파운드는 이제 유교사상을 사회나 국가에 대한 분석과 문제 해결의 수단으로서만 인식하는 것이 아니라 자신을 성찰하는 개인의 생활윤리로서 체득하게 되었다고 할 수 있다. 이러한 변화는 자연과 인간에 대한 인식의 전환이 유교사상을 통해 나타나는 데서도 확인된다.

　『피사시편』에는 앞에서 언급한 바 있는, 자연현상에 대한 심화된 인식뿐만 아니라 자연사물에 대한 동양적 공감과 유교정신에 일치되는 인간에 대한 애정이 밀도 깊게 나타난다. 그럼에도 불구하고 비평가들은 『시편』에 나타나는 유교사상에 대한 연구에서 이데올로기 분석에 그치고 있다. 스톡(Stock)은 「시편 74」를 예로 들어 유교가 파운드의 심층의식을 구성하고 있음을 지적하고 있지만(Reading 81) 그것이 앞의 시편들에서 사용된 것과 어떻게 다른지 파악하지 못하기 때문에 다음과 같이 말하고 만다.

　　있는 그대로의 목록을 대는 것 이외에, 파운드가 공자에 의존한 정도를 완전히 밝힐, 이 시점에서의 어떤 다른 방도를 나는 알지 못하는데, 이와 같이 모르고 지나게 된다는 건 참 화나는 일이리라. 알고자 하는 연구자들은 자기 자신의 길을 찾아야 하리라.

　　I see no other way at this point of bringing home the full extent of Pound's dependence on Confucius than by a bare list, and this would be intolerable. The student who wants to know will make his own. (Reading 85)

그러나 스톡의 바람에도 불구하고, 유교사상이 파운드의 사상에 끼친 영향에 대한 연구는 많으나 유교사상이 그의 정서에 어떠한 영향을 끼쳤는지에 대한 연구는 없는 것으로 보인다. 이데올로기로서의 유교사상에 대한 분석은『피사시편』을 제외한 다른 시편들의 연구에는 그만한 가치가 있다고 하겠으나,『피사시편』의 경우 파운드의 개인적 정서가 그대로 드러나는 경우가 많으므로 유교사상이 그에게 끼친 영향을 제대로 밝히는 데 한계를 가질 수밖에 없다.

『피사시편』에서 파운드는 유교경전에 나오는 구절들을 빈번히 언급하고 있다. 그러나 그러한 구절들은 단순히 공자의 사상이 시인 파운드의 사상을 대변할 수 있기 때문에 의미 있는 것이 아니다. 물론 그는 유교사상을 접한 이후 관심을 높여 왔고 무솔리니의 몰락 이후에도 공자에 대한 찬양을 지속하면서 유교사상의 전파를 위해 전력을 다했다. 그러나『피사시편』에 나타나는 유교경전의 구절들은, 시인의 사상을 아는 것이 시 이해의 토대가 된다는 점에서 사상적 맥락 속에서 파악하는 것이 여전히 유효하기는 하지만, 피사의 감옥에 갇힌 위기상황 아래서 자비와 구원을 희구하는 시인의 정서를 표출하는 역할을 하고 있다는 점에 진정한 의미가 있다. 파운드는 유교사상을 통해 한층 깊어진 내면적 성찰을 이루어 냄으로써 정신착란으로 이어질 수도 있을 정도의 정신적 위기를 극복했기 때문이다.

『피사시편』에서 그러한 위기극복의 양상이 유교사상과 관련하여 어떻게 전개될 것인가는『피사시편』의 첫 부분에 대한 지금까지의 분석에서 이미 예시되어 있는 것으로 보인다. 첫째, 미의 여신의 눈이 유교사상에 대한 심화, 확대된 이해와 대비되고 있는데, 이것은 유교사상을 통해서 드러내는 인간과 자연에 대한 파운드의 인식의 변화가 시 창작 행위에 대한 자기성찰로 확산될 것임을 예고해 준다. 둘째, 유교의 국가윤리와 무솔리니의 파시즘에 집착했던 것에 대한 반성이 나타나는 것에서 생활윤리로서의 유교에 대한 새로운 관심이 드러날 것임을 알 수 있다. 셋째, 공자의 가르침에 대한 확고한 믿음과 올리브 나무의 비유에서 드러나듯이 유교사상을 통해서 정신적 상처의 치유와 구원을 향한 기원이 나타날 것임을 알 수 있다.『피사시편』에서 이와 같은 유교사상의 역할을 확인하기 위해서,『피사시편』의 각 부분에서 유교사상이 독립적으로 또는 연계된 움직임으로 시인의 정서적 반응이나 심화된 인식을 일으키면서 시상의 모티프로 나타나는 경우와, 유교사상이『피사시편』11편을 전체적으로 잇는 주제인 시창작의 위기감과 그 극복이라는 핵심적인 문제와 결부되어 파운드의 자기성찰을 환기시키는 경우로 나눠서 검토해 보도록 하자.

2. 구원과 자비의 모티프로서의 유교사상

『피사시편』의 첫 부분에 대한 분석을 통하여 우리는 유교사상이 파운드의 자기성찰에 중요한 자리를 차지하고 있음을 살펴보았다. 이 같은 특징은『피사시편』전체에 걸쳐 나타나면서 위기에 빠진 자신의 구원을 향한 개인적 갈망을 투영하고 있다. 물론,『피사시편』에서도 유교사상이 이전의 시에서처럼 이상적인 이데올로기로서 윤리적 준거들로 기능하는 것도 사실이다. 그 대표적 예들은 "표의문자적 기법"(the ideogrammic method)으로 사용된 명(明)(84/538), 중(中)(77/464, 84/540), 도(道)(78/482) 등이다. 파운드는 이러한 기법을 사용하여 이상사회 구현에 필수적인 원리와 현대문명의 타락원인을 대조하고 또 그러한 원리에 상응하는 역사상의 노력을 대비시킴으로써 질서를 향한 신념을 전파하고자 하는 자신의 시적 목표를 표현한다. 이러한 이성적 신념의 표현이 지속되는 것으로 보아 파운드가 『피사시편』에서도 유교사상에 대한 신념을 여전히 유지하였고 때로는 유교사상을 무솔리니에 대한 자신의 찬양을 변명하는 주춧돌로 삼았던 것을 알 수 있다.

그러나, 『피사시편』에서 시인 자신의 위기상황에 대한 인식과 더불어 나타날 때 유교사상은, 파운드의 이념적 주장과 관련된다기보다는, 개인적 경험 양상이 시적 표현으로 수렴되는 정서 표출의 매개체가 되고 있다. 『피사시편』에서 유교사상이 이처럼 독특하게 사용되는 것을 다음의 예에서 알 수 있다.

> 군대의 똥구멍이라 명명된 것 사이
> 태산 아래 텐트로부터의 거대한 영혼의 밤
> 의견을 지닌 보초병들. 말하자면
> 홍조를 띤 요염한 장의사의 딸들을 꿈꾸는 것
> 지나가는 시간의 하얀 날개와 더불어 공부하는 것
> 　　　이는 우리의 기쁨이 아닌가
> 친구가 먼 지방으로부터 찾아오는 것
> 　　　이는 우리의 즐거움이 아닌가
> 우리가 명성을 날리지 못한다 해도 신경쓰지 않는 것 또한?
> 　　　부모에 대한, 형제에 대한 애정은 인간성의 뿌리
> 　　　도의 뿌리
> 꾸민 말이나 능란한 민첩성은 그렇지 않도다
> 　　　사람들을 적절한 때에 맞춰 쓰라
> 　　　그들이 추수할 때는 쓰지 말 것

nox animae magna from the tent under Taishan

amid what was termed the a.h. of the army
the guards holding opinion. As it were to dream of
morticians' daughters raddled but amorous
To study with the white wings of time passing
            is not that our delight
to have friends come from far countries is not that pleasure
nor to care that we are untrumpeted?
            filial, fraternal affection is the root of humaneness
            the root of the process
nor are elaborate speeches and slick alacrity.
      employ men in proper season
         nor when they are at harvest (74/437-8)

『논어』「학이(學而)」 1-5장에서 취사선택된 경구들이 무질서하게 보일 정도로 나열되어 있는 위의 인용문에 대해 파운드 비평가들은 여러 가지 논평을 해왔다. 우선, 비평가들은 파운드 번역의 시각적 효과를 찬양한다[특히 "습"(習)을 "하얀 날개"(white wings)로 풀어 해석한 것]. 그러나 파운드가 의도적으로 시각적 효과를 노렸다면 나중에 출판된 논어 번역에서는 왜 "하얀"(white)이라는 단어의 흔적조차 없이 번역하였을까하는 의문이 남는다. 또 비평가들은 여기서 사용된 구절의 의미를 유교경전과 대조하여 밝히려는 노력을 하고 있다. 그러나, 그러한 노력은 개별적인 경구의 의미를 밝혀 파운드의 사상적 편향을 드러낼 수는 있겠으나, 지금 이 부분에서 이 구절들이 왜 갑작스럽게 함께 돌출되어 나왔는지는 설명하지 못하고 있다. 여기서 우리는 『논어』가 후대에 공자의 말씀을 있는 그대로 취합한 것이며, 『대학』과 『중용』처럼 초점이 하나로 모아진 것이 아니기 때문에, 각각의 경구들이 서로 밀접한 상관관계를 지니고 있지 않다는 점을 상기할 필요가 있다. 이처럼 상호연관성이 박약함에도 불구하고 파운드가 이 구절들을 자동기술적으로 나열한 것 자체가 이 구절들의 전체적 의미를 푸는 해답을 제공해 주는 것으로 볼 수 있다. 이러한 가설을 가지고 인용문을 살펴보면, 파운드가 여기서 유교경전에서 나온 경구들을 주술적으로 사용하고 있는 것이라고 생각할 수 있다. "거대한 영혼의 밤"(nox animae magna)은 자신을 둘러싸고 있는 세계를 파운드가 경건하고 엄숙하게 받아들이는 것을 보여 주는 동시에, 십자가의 성 요한(St. John of the Cross)의 "영혼의 어두운 밤"(dark night of the soul)을 연상시킴으로써, 그와는 대조적으로 철장에 갇혀 있는 파운드가 자신이 처한 현재의 위기상황을 절실히 인식하고 있음을 보여 준다. "장의사의 딸들"(morticians' daughters)에 대한 언급은 그러한 위기상황이 죽음의 속성을 지니고 시인 자신을 위협하고 있음을 보여 준다. 이러한 절박감이 시인으로 하여금 기도문을 외듯이 "학이시습지불역열호 유붕자원방래불역락호 인부지이불온불역군자호"(學而時習之不亦說乎 有朋自遠訪來不亦樂乎 人不之而不溫不亦君子乎)라는 공자의 말씀을 무의식적으로 연호(連呼)하게 하는 것이다. 이렇게 보면, "학이시습지불역열호"를 이 부분에서는 "지나가는 시간의 하얀 날개와 더불어 공부하는 것/ 이는 우리의 기쁨이 아닌가?"(To study with the white wings of time passing/ is not that our delight)라고 번역하고, 나중의 논어 『번역』에서는, "날개짓 쳐서 지나가는 계절과 더불어 공부하는 것, 이것은 즐겁지 아니한가?"(Study with the seasons winging past, is not this pleasant?)(C 195)로 번역한 것의 차이를 설명할 수 있다. 위의 시에서 "하얀"(white)이 나타난 것은 시각적 효과를 노린 의식적 번역이라기보다는, "영혼의 어두운 밤"의 어둠과 대비되어 빛을 갈망하는 파운드의 잠재의식이 주술적 기원 속에서 표출되어 나온 것이라고 볼 수 있다. 『논어』 번역에서 그것이 사라진 것은 상대적으로 그가 안정된 상태에 놓여 있는 것이 반영된 것이라고 생각된다.

　앞의 인용문에 나오는 경구들이 모두 『논어』에서 나온 것이라는 점은, 『피사시편』에서 파운드의 유교사상에 대한 관심이 전체주의적 질서관에서 개인의 윤리로 변화하였음을 보여 주는 또 다른 예이다. 무솔리니를 찬양하던 시절에는 유교의 경전 중에서 국가경영의 원리를 담은 『대학』을 유독 중시했던 파운드는 이제 개인의 수양과 인간의 도리를 다룬 『논어』로 관심을 돌리고 있는 것이다. 그런데, 『피사시편』에서 드러나는 관심의 변화는 단순히 경전 자체에 대한 관심의 변화에 머무르는 것이 아니다. 그러한 변화는 경전에 나오는 중심개념을 해석하는 데서도 나타나고 있다. 하나의 예로, 앞의 인용구에 나온 중심개념인 효(孝)가 『피사시편』에서 어떻게 다루어지고 있는지 살펴보자. 질서를 강조하던 시기에 씌어진 「시편 13」에서, 파운드는 공자가 인륜을 중시한 것을 질서를 확립하기 위한 수단으로 인식할 뿐 효가 인간성의 뿌리라는 공자의 말씀을 깊이 있게 인식하지 못한 것으로 생각된다. 「시편 13」의 시점에서 질서와 효의 대립적 딜레마가 담긴 『논어』의 한 구절은 다음과 같이 변형되어 나타난다.

　　　그들이 묻기를, 살인을 저지른 이가 있다면
　　　　　그의 아비는 그를 보호하고, 숨겨 주어야 합니까?
　　　공자왈,
　　　　　숨겨 주어야 하리라.

　　　and they said: If a man commit murder
　　　　　Should his father protect him, and hide him?
　　　and Kung said:
　　　　　He should hide him. (13/59)

이것을 『논어』「자로(子路)」 18에 나오는 원전과 비교해 보자.

> 섭공(葉公)이 공자에게 말했다. 우리 마을에 직궁(直躬)이란 자가 있
> 어 마음이 바르고 곧아 그 아비가 양(羊)을 훔치자 아들 스스로 고
> 발하였습니다. 공자가 말했다. 우리 마을의 곧은 자는 그 같지 아니
> 하여 아비는 자식을 위하여 숨기고 자식은 아비를 위하여 숨깁니
> 다. 진실로 곧음이란 그 가운데 있습니다.

> 葉公語孔子曰 吾黨有直躬者 其父攘羊 而子證之 孔子曰 吾黨之直者 異於
> 是 父爲子隱 子爲父隱 直在其中矣 (『논어』 189)

공자는 국가나 사회의 질서 유지를 위해서는 비인간적 냉혹성마저도
허용하는 전체주의적 논리를 배격하고 인간애를 바탕으로 사회의 질
서를 유지하여야 한다는 인간중심적 사상을 가지고 있었다. 그런 점에
서, 공자의 질서관은 전제군주 시대에 발생한 한계를 안고는 있지만
참다운 휴머니즘을 기반으로 하고 있다고 하겠다. 공자가 효를 인간애
의 뿌리라고 『논어』에서 말한 것도, 육친 간의 애정이 모든 인간애의
출발이라는 인식에서 비롯된 것이라고 할 수 있다. 따라서, 공자는, 위
의 인용문에서 제기된, 사회질서의 유지를 위해 법을 우선해야 하는
가, 효를 우선해야 하는가라는 대립적 문제에 대해 인륜인 효를 우선
해야 한다는 명백한 입장을 밝히고 있다. 그런데, 원전과 달리 파운드
는 범죄행위에 대한 고발과 숨김의 대립을 제거해 놓고 있다. 물론, 도
둑질이 아닌 살인으로 상황을 강화시키고 있다는 점에서, 도덕적 딜레
마는 더욱 첨예하게 제시된 것이라고 볼 수도 있다. 그러나, 고발과 숨
김의 대립을 제거하고 숨김의 행위만 제시한 것은, 파운드가 부자간의
의무로서의 도덕적 행위를 언급하는 데 머무르려는 의도에서 비롯된

것이 아닌가 생각된다. 그 대신, 보호라는 적극적 행위와 숨김이라는 소극적 행위를 함께 제시한 뒤, 파운드는 숨김의 행위만을 언급하고 있다. 조지 데커(George Dekker)가 지적하듯이, 이것은 보호의 행위가 아들의 범법행위에 아버지가 가담하게 되는 반사회적 성격을 띠기 때문일 것이다(Juan 86). 이것은, 중국역사를 통해서 공자의 말씀이 존중되던 시기는 질서가 유지되고 그렇지 않은 시기는 혼란의 시기였다라고 진단하면서, "공자와 중국의 관계는 물과 물고기의 관계와 같다"(Kung is to China as is water to fishes)(54/285)며 공자의 질서관을 중시하는 파운드가, 그 질서관에 손상을 주지 않으려고 법과 효의 대립을 회피한 것으로 볼 수 있다. 앞에서도 언급했듯이 2면이 조금 넘는 「시편 13」에서 "order" 라는 단어가 열 번이나 나올 정도로 파운드가 질서에 집착하고 있다는 것을 감안한다면, 여기서의 변용은 원전에 나타난 사회윤리와 개인윤리 사이의 첨예한 대립을 피하여 가볍게 처리함으로써 전체주의적 질서의 확립이라는 명제가 손상되지 않게 하려는 그의 의도에서 비롯된 것이라고 생각된다.

효의 개념을 이해함에 있어서도 질서를 우선하는 파운드의 이러한 편향이 『피사시편』에서는 변화를 보이고 있다.

> 요(堯)는 순(舜)을 오래 다스렸던 자리에 뽑았으니
> 그는 극단적인 것들과 반대되는 것들을 손아귀에 잡아 넣어
> 그것들 사이에 진정한 길을 유지하였고
> 사람들이 잘못하지 않도록 막았으며
> 그들이 발견한 선함에 매달렸고
> 모르타르로 붙이지 않은 듯 제국을 손에 쥐고 있었으니
> 현혹되지도 않았다
> 아마도 그의 아버지, 그 노인을 어깨에 둘러 메고
> 어떤 메마른 해변가로 사라졌으리라

> Yaou chose Shun to longevity
> who seized the extremities and the opposites
> holding true course between them
> shielding men from their errors
> cleaving to the good they had found
> holing empire as if not in a mortar with it
> > nor dazzled thereby
> wd/ have put the old man, *son pere* on his shoulders
> > and gone off to some barren seacoast (74/442)

여기서 파운드는 먼저 고대중국의 순 임금이 베푼 선정을 묘사하고 있다. "중국사 시편"에서 파운드는 요, 순, 우를 공자와 동렬로 놓음으로써(Yao, Shun, Yu, Kung)(56/303) 요, 순, 우의 시대를 나라의 질서가 확립된 이상적인 정치가 이루어진 시대로 자주 제시해 왔다[7]. 그러나, 마지막 두 행에서는, 비록 가정된 상황이기는 하지만, 국가와 아버지 사이에서 선택을 강요하는 딜레마에 빠진다면 순 임금이 아버지를 택했을 것이라는 맹자의 말씀을 인용하여 대비시키고 있다. 『맹자』「진심장구 상(盡心章句 上)」35에 나오는 원문은 다음과 같다.

　　도응(桃應)이 물었다. "순(舜)이 천자로 있고 고요(皐陶)가 형관(刑官)
　　으로 있었을 때 (舜의 父) 고수(瞽瞍)가 사람을 죽였다면 어떻게 하

---

[7] 테이 윌리엄 슈-삼(Tay William Shu-Sam)은 공자가 그 임금들을 찬양한 동기가 구체적이지 않다고 주장하면서, 드 마일라(de Maila)의 『중국의 일반역사』(Histoire Generale de la Chine)를 읽고서 파운드는 세 임금들이 질서를 회복시키고 안정을 유지했을 뿐만 아니라 실용적 기술들과 다양한 관심을 지녔다는 점에서 훌륭한 통치자라고 생각하게 됐다고 한다(109). 이러한 지적은 중국사를 다룬 시편에서 파운드가 요, 순, 우의 치적을 묘사할 때 "요, 순, 우, 물을 다스린 분/ 다리를 지은분, 길을 만든 분"(YAO, CHUN, YU controller of waters/ Bridge builders, contrivers of roads) (56/302)에서처럼 흔히 구체적인 묘사를 하는 특징을 이해하는 데 도움이 될 수 있다. 그러나 공자가 그들을 찬양한 이유가 구체적이 아니라는 것은 사실이 아니다. 『논어』「태백(泰伯)」19-22에서 공자는 요, 순, 우가 성군(聖君)인 이유를 각각 들고 있다(『논어·맹자』101-2).

였을까요?"

맹자가 말했다. "그를 집행할 따름이다."

"그렇다면 순은 금하지 않겠습니까?"

"순이 어떻게 그것을 금할 수 있겠는가? 이어 받은 대법(大法)이 있는데."

"그렇다면 순은 어떻게 하였을까요?"

"순은 천하를 내던지기를 헌 짚신 버리듯이 하고, 몰래 (父를) 업고 달아나 해변가로 가서 살면서 죽을 때까지 흔연히 즐거워하면서 천하를 잊을 것이다."

桃應 問曰 舜 爲天子 皐陶爲士 瞽瞍殺人卽如之何 孟子曰 執之而己矣 然卽舜 不禁與 曰 夫舜 惡得而禁之 夫有所受之也 然卽舜 如之何 曰 舜 視棄天下 猶棄敝蹝也 竊負而逃 遵海濱而處　終身訢然樂而忘天下 (『孟子』303)

『논어』「자로」18에서 공자가 부딪친 법과 효의 갈등상황이 여기서도 똑같이 제기되는데 맹자도 공자와 마찬가지의 해답을 내놓고 있다. 다만 행위의 주체가 보통사람에게서 황제로 바뀌었으며 따라서 국가윤리와 개인윤리 사이의 갈등은 더욱 첨예하게 제시되었다고 할 수 있다. 파운드는 앞의 인용문에서, 「시편 13」과는 달리, 순임금의 선정(善政)과 효의 딜레마를 정면으로 다루고 있다. 이것은 적어도 『피사시편』에서 그가 전체주의적 질서관에 매몰되어 인간애의 뿌리인 효를 소홀히 하지는 않게 되었음을 보여 주는 동시에, 보다 적극적으로 말하자면, 사회의 질서와 안녕을 확립하는 기반이 인간애요, 인간에 대한 사랑의 바탕은 피와 살을 나눠 가진 가족 간의 사랑에서 비롯된다는 공자의 사상에 한 걸음 더 다가간 것이라고 할 수 있다. 그리고 파운드가 순임금의 치적을 『시편』의 여러 곳에서 묘사하고 있지만 『맹자』에 나오는 이 삽화를 『피사시편』의 이 부분에서만 언급하고 있는 것은, 비록 가정된 상황이기는 하지만, 대법(大法)의 어김없는 심판을 목전에 둔 순 임금의 아버지 고수의 처지가 파운드의 공감을 불러 일으켰기 때문일 것이다. 고수와 마찬가지로, 파운드 자신도 60세가 넘어 피사의 철장에 갇혀 반역죄의 심판을 기다리는 상황에 처해 있었던 것이다. 파운드의 묘사에서 고수는 **"그의 아버지, 그 노인"**(the old man, *son pere*)이라고 반복되고 있는데, 원전에는 생략된 호칭이 그와 같이 표기된 것은 목적어를 필요로 하는 영어 구문의 특성 탓만은 아닐 것이다. 파운드는 여기서 노인이라는 공통점을 통해 자신과의 일체감을 드러내고 호칭을 반복하여 친근감을 일으킴으로써 위기에 처한 자신의 구원을 연상하는 상상력을 작동시키고 있는 것이다.

『피사시편』에서 나타나는 이러한 변화는 유교사상의 이성(理性)의 빛(Confucian light)이 자비의 빛으로 전환되어 나타나는 데서도 감지된다. 파운드는 유교의 이성의 빛을 하늘의 빛으로 보고 정당성과 올바름의 근거로 삼으면서 그 빛을 향한 인간의 의지를 강조했다. 절대선에 도달하기 위해서 인간은 절대선을 향한 의지의 방향(directio voluntatis)을 확고히 할 필요가 있다고 단테가 강조했던 것처럼, 파운드도 또한 절대선을 향한 흔들림 없는 의지야말로 타락한 문명을 구원할 영웅이 지녀야할 덕목으로 생각해 왔다. 파운드는 오디세우스처럼 신화에 나오는 인물과 존 아담스(John Adams), 토마스 제퍼슨(Thomas Jefferson)처럼 역사상 긍정적으로 평가되는 인물들뿐만 아니라, 시지스문도 말라테스타(Sigismundo Malatesta)와 무솔리니처럼 역사상 부정적으로 평가되는 인물도 그러한 덕목을 기준으로 삼아 영웅으로 찬양하였다. 파운드의 기준으로 본다면 그들은 명백히, 하나의 목표를 가지고(The arrow has not two points) "땅에서 하늘로 향하는 화살"(조)(85/556)처럼, 절대선을 향한 상향의 의지를 지닌 인물들이기 때문

이다. 한편 파운드는 파시즘에 동조한 대가로 고통을 겪고 있던『피사
시편』에서도 그러한 기준을 포기하지 않고 있기는 하다.「시편 77」에
서 파운드는 고대중국의 순(舜)임금과 상(商)나라의 문왕(文王:
1231-1135 B.C.)이 천년을 사이에 두고 통치를 했으나, "하나의 부절
(符節)의 두 개의 반 쪽"(two halves of a seal)처럼 그들의 뜻이 하나였
으며 절대선을 향한 "하나의 의지의 방향"(one directio voluntatis)을 지
닌 "마음의 지배자"(lord over the heart 志)(77/467)였다고 찬양하고 있
다. 따라서 단테의 빛(Dantescan light)을 향한 이성적 노력은『피사시
편』에서도 계속되는 것처럼 보인다. 그러나 파운드가 위기상황을 인
식하고 구원을 열망할 때 그 빛은 다른 모습으로 나타난다. 다음 인용
을 살펴보자.

> 한 마리 도마뱀이 나를 격려해 주었고
> 야생의 새들도 흰 빵을 먹으려 들지를 않았으니
> 태산으로부터 석양에 이르기까지
> 카라라 돌에서 탑에 이르기까지
> 이날 온통 기쁨에 찬 관음(觀音)을 위해
> 대기가 활짝 열려 있었나니
> 리누스, 클레투스, 클레멘트
> 그들의 기도,
> 커다란 딱정벌레가 제단에서 고개를 숙이고
> 초록의 빛이 그 껍질 안에서 빛나는구나
> 신성한 들에 쟁기질하고 누에를 일찍 풀었도다
>
> 뻗어나는 **현**
>
> 빛의 빛 속에 힘이 들어 있다
> "빛들이로다" 하고 에리게나 스코투스가 말하였다.
> 태산 위에 올랐던

그리고 선조들의 기념관에 있었던 순(舜)
　　　　경이로움의 시작
요(堯)에게 내재해 있었던 신령, 정확성
순에게는 동정심
우(禹)에게는 치수(治水)

　　　A lizard upheld me
　　　the wild birds wd not eat the white bread
　　　from Mt Taishan to the sunset
From Carrara stone to the tower
　　and this day the air was made open
　　　for Kuanon of all delights,
　　　　Linus, Cletus, Clement
　　　　　　　whose prayers,
the great scarab is bowed at the altar
the green light gleams in his shell
plowed in the sacred field and unwound the silk worms early

　　　　　in tensile　顯

in the light of light is the virtu
　　　"sunt lumina" said Erigena Scotus
　　　as of Shun on Mt Taishan
and in the hall of the forebears
　　　　　as from the beginning of wonders
the paraclete that was present in Yao, the precision
in Shun the compassionate
in Yu the guider of waters (74/428-9)

지금까지와 마찬가지로 위의 인용문에 나타나는 빛을 이성의 빛으로
볼 수 있을지도 모른다. 파운드는 원문에 처음에는 실수로 현(顯) 대신
에 명(明)을 썼다고 한다(Brooke-Rose 117). 그런데 파운드는 다른 곳

에서 빛을 뜻하는 한자 명(明)을 "해와 달, 빛의 전 과정, 빛남, 빛의 수용과 반사, 따라서 이지(理智)"(The sun and moon, the total light process, the radiation, reception and reflection of light; hence, the intelligence)의 뜻을 지닌다고 풀이하면서 에리게나(Erigena), 그로세테스네(Grosseteste) 등의 빛 이론과 관련된다고 말한 바 있다(C 20). 이 중 에리게나는 『성스런 자연』(*De Divisione Naturae*)에서 만물에 신의 섭리가 내재해 있으며 따라서 사물 하나하나는 신과 다름없는 존재가치를 갖고 있다는 주장[8]을 한 신학자이다. "존재하는 모든 것은 빛이다"라는 그의 명제는 사물 속에 신성이 깃들어 있으며, "빛의 빛 속에" 들어 있는 창조의 "힘"(in the light of light is the virtu)은 빛으로 발현된다는 것을 말해 준다. 따라서, 하나님의 섭리인 신성도 빛, 곧 명이며, 그 빛을 인식하는 것, 즉 사물의 이치를 깨닫는 것도 명이고, 옳고 그름을 명료하게 분별하는 것도 명이다. (그러므로 빛은 인간이 절대선을 지향할 때 그 안내자요, 목표가 된다.) 「시편 84」에서 파운드가 명을 "명료한 분별"(distinctions in clarity)(84/539)로 정의하는 데서도 나타나듯이, 그에게 있어서 빛은 이와 같이 이성적 판단능력과 관계를 맺고 있다.

파운드는 문명의 타락 속에서 분별이 흐려지고 이성이 마비되는 현상이 만연되어 있음을 보고 이성의 빛을 추구한 것은 사실이다. 그러나, 위의 인용문에서는 온 세상에 충만한 빛을 노래하고 있는데, 그것은 무엇 때문일까? 사물이 제 이름을 갖고 제 자리를 지키며 인간 또한 그 질서의 일부가 되는 총체적 질서를 위한 노력이 실패로 돌아가고 말았다는 파운드의 분노를 감안하면, 그는 세상의 어둠을 더욱 더 깊

---

8) 이것이 사물과 하나님의 차등성을 부인하는 것이라고 하여 교황 오노리우스(Honorius) 3세는 1225년에 이 책을 이단으로 판정하였다.

이 인식해야 마땅할 일이다. 그러나 『피사 시편』에서 어둠은, 비록 파운드가 여전히 타락한 문명의 양상을 비판하고 있지만, 자신의 위기상황을 투영하는 영혼의 어둠과 관련되어 나타나고 있다. 여기서 우리는 에리게나의 빛에 대한 언급이 『피사시편』 이전에는 거의 나타나지 않다가 『피사시편』 이후에 갑자기 자주 언급되는 것을 주목할 필요가 있다.[9] 그것은 『피사시편』에서 언급되는 에리게나의 빛이 철학적 또는 신학적 의미를 지닌 존재의 빛 이상으로 파운드의 정서에 밀착되어 있음을 보여 주는 것이다. 위의 인용문에서 백성들을 위해 질서와 안정을 창조한 요, 순, 우가 신성(paraclete)과 성(the precision, 즉 誠)을 지닌 명군들로 제시되어 있는데, 이들이 지닌 빛은 동정심 많은 순의 언급에서 나타나듯이, 자비의 빛의 일부를 이루고 있다. 온 세상에 충만한 에리게나의 빛에 대한 그의 인식이 자신이 처한 위기상황의 극복을 위한 기원에서 출발한다는 점은 그것을 확인시켜 준다.

  "한 마리 도마뱀이 나를 격려해 주었다"는 표현은 파운드의 위기의식이 한계에 다다랐음을 역설적으로 보여 준다. 『피사시편』의 서두에서 이미 정체성의 상실을 체험한 그는 자신의 존재 의미를 과거에서 찾는 경향을 보이고 있다. 정체성의 상실과 신념의 동요 속에서 그가 과거에 대한 회상으로 자신을 유지하는 모습은, 앞의 인용문과 같은 페이지에 나오는, "슬픈 생각이 향하는구나/ 우셀로. 방타두어로/ 생각이 향하니 그 시절이 돌아 오는구나"(el triste pensier si volge/ ad Ussel. A Ventadour/ va il consire, el tempo rivolge)(74/428)라는 시행에서도

---

9) 『피사시편』 이전의 에리게나에 대한 언급은 「시편 36」에 처음이자 마지막으로 나온다. 그러나 그것도 그의 빛 이론과 관련된다기보다는 그의 전기(傳記)와 관련된 것이다(36/179 참조). 그런데 『피사시편』에서 그의 빛 이론이 직접 언급된 것이 6회이며(74/429에서 2회, 74/430 1회, 83/528 3회), 『피사시편』을 제외한 그 이후의 시편에서도 10회 이상 언급된다(Dilligan 107, 471).

엿보인다. 그러나 곧이어, 그 시절로 돌아갈 수 없으리라는 현실인식이, "우리는 그 오래된 길들을 다시 보게 되리라, 의문,/ 아마도/ 그러나 이보다 가능성이 더 없는 것은 없을 것 같구나"(we will see those old roads again, question,/ possibly/ but nothing appears much less likely)(74/428)라고 토로된다. 이러한 절박감 때문에 파운드는 과거에 지니고 있던 그의 차등적 자연관에 비춰 볼 때 미물에 불과한 도마뱀에게서조차 격려를 받게끔 자신을 열어 놓게 되는 것이며, 그리하여 이날 온통 "기쁨에 찬 관음[보살]을 위해/ 대기가 활짝 열리는" 구원과 자비의 순간을 맞이한다. 구원을 향한 기원은 성인들의 이름(Linus, Cletus, Clement)들이 거명되는 가톨릭의 미사와, 갱생을 상징하는 이집트의 기도의식과, 중국의 제왕들이 풍년을 기원하며 봄에 행하던 춘농단(春農壇)의 제례에의 상상적 참여로 구체화되고 있다. 그런데, 구원과 자비를 위한 이러한 의식의 중심에는 "초록의 빛"과 "뻗어나는 빛(顯)"이 자리 잡고 있다. 따라서, 그 빛이, "존재하는 모든 것은 빛이다"라는 에리게나의 명제로 이어질 때, 우리는 이성의 빛이 아니라 자비의 빛을, 온 세상에 충만한 관음보살의 빛을 감지하게 되는 것이다. 파운드가 앞의 인용문에 나오는 현(顯)을 "빛나는 에너지에 대한 일종의 신비스런 등가물"(a kind of mystical equivalent for... radiant energies)(Flory 28)로 보면서 "뻗어나는 빛"(the tensile light)으로 해석하는 것은, "그러한 빛 속에 사랑이 흐른다"(in [the tensile light] love... flows) (Cheadle *Translations* 300)는 점을 감지했기 때문이었다. 『피사시편』에 자주 언급되는 빛이 항상 자비의 빛은 아니지만, 위의 인용문에 나타나는 빛은, 「시편 116」에서 "올바름을 잃지 않고 잘못을 고백하는 것:/ 난 때로 자비심을 가져 보건만,/ 그것이 계속 흐르도록 할 수는 없구나./ 찬란함으로 되돌아 갈/ 한 가닥 골풀 양초 빛 같은, 약간의 빛"(To confess wrong without losing rightness:/ Charity I have had sometimes,/ I cannot make it flow thru./ A little light, like a rushlight/ to lead back to splendour)(797)이라고 파운드가 자신을 반성할 때 언급되는 자비의 빛과 동일선 상에 있는 것이다.

유교의 빛(Confucian light)을 이성의 빛으로 파악하는 파운드의 태도가『피사시편』에서 개인적 위기상황의 인식과 더불어 이와 같이 변화를 보이고 있음에도 불구하고, 서구 비평가들은 사상적 측면에서만 접근하여 신플라톤학파의 빛에 대한 개념과 유교의 빛에 대한 개념의 유사성을 지적하는 데 머무르고 있다.10) 서론에서 언급한 치들의 관점에서 나타나듯이, 그들은 파운드가 유교사상을 신플라톤학파의 사상을 통해 조명했다(Pound "Neoplatonized" Confucianism)("Vision" 124)고 생각한다. 이러한 견해는 그의 상상력 속에서 유교사상이 주체가 아닌 객체로 작용하고 있다는 것에 다름 아니다. 어떻게 보면, 그들은 파운드가 서구인이기 때문에 당연히 서구사상이 그의 상상력의 중심에 있을 것이라고 가정하고 있다고 할 수도 있다. 그러한 편견은 다음과 같은 비평에서 쉽게 발견된다.

> 신플라톤주의에 대한 파운드의 관심과 매료는 최소한 유교에 대한 그의 존중만큼이나 강렬했다. 그는, "나는『대학』을 믿는다"고 썼던 1934년경부터 유교에 대해 확신을 보였지만, 그런 식으로 '믿음'이라는 용어를 써서 자신의 신플라톤주의에 대한 확신을 표현한 적은 없었다. 그러나 그의 플라톤주의는 그의 유교사상보다 훨씬 뿌리 깊었으며, 그의 유교사상을 쉽게 무너져 버리게 하는 류의 도전들--특히 역사적 정치적 사건들의 도전을 견뎌 낼 수 있었다. 1930년대 말경에 중국에서는 이천 년 전통의 유교정부가 무너졌

---

10) Emery 9-12, Kenner *Era* 454-6 참조.

었지만 파운드는 더욱더 파시스트 이태리에서 유교체제를 부활시킬 가능성으로 자신이 본 것에 관심을 쏟았다. 1943년 7월에 무솔리니가, 그리고 1945년에 추축국 세 나라가 모두 몰락했을 때, 파운드는 서구에서의 유교정치 역시 몰락했다는 느낌을 맛본 것이 틀림없었다. 『피사 시편』에서 나타나듯이, 그는 정치를 완전히 포기한 것이 아니었다. 1930년에 출판된 30편의 초기 시편들 이래로 그가 향해 왔던 그 "빛" 쪽으로--즉 유교의 정치관이라는 한결 세속적인 색채에서 신플라톤주의와 유교의 형이상학의 빛 쪽으로 훨씬 더 돌아섰던 것이다. 후기 시편들과 『중용』의 번역에 이것이 드러나 있다.

Pound's interest in and attraction to Neoplatonism was at least as strong as his regard for Confucianism. He never expressed his Neoplatonic convictions in terms of a 'belief,' as he had his Confucian convictions beginning ca. 1934 when he wrote, "I believe the Ta Hio." But his Neoplatonism had roots much deeper than his Confucianism and could withstand the kind of challenges his Confucianism was vulnerable to-- specifically, the challenges of historical and political events. By the late 1930s China had broken her two thousand-year-old tradition of Confucian government; but Pound was much more concerned with what he saw as the possible resurrection of a Confucian system in fascist Italy. When Mussolini fell in July 1943 and the Axis powers altogether in 1945, Pound must have experienced a sense of the collapse also of Confucian politics in the West. As the *Pisan Cantos* show, he did not abandon politics altogether, but he did turn more toward the "light" than he had since the first thirty Cantos published in 1930--the light of Neoplatonism and Confucian metaphysics rather than the more earthy colors of Confucian politics. This is true both in the later Cantos and in *The Unwobbling Pivot*. (Cheadle *Translations* 298)

치들은 신플라톤학파에 대한 믿음을 파운드가 드러낸 적이 없다고 하

면서도 믿음을 보인 유교보다 신플라톤주의가 시인에게 더 뿌리 깊다
는 모순된 주장을 하고 있다. 신플라톤주의와 유교의 사상적 유사성을
지적하는 치들의 이러한 주장은, 『피사시편』 이후 파운드의 관심이
정치와 같은 현실문제에서 떠나 인식론적 문제로 향하고 있다는 판단
에서 비롯된 것으로 보인다. 그러나 파운드는, 비록 서양에서 유교정
치가 실현될 수 없으리라는 좌절감을 무솔리니의 몰락과 함께 느꼈을
지라도, 『피사시편』 이후에도 유교정치에 대한 관심을 포기하지 않고
있다. 「시편 94」의 다음 구절은 빛이 정치적 질서나 윤리적 질서로 여
전히 자리 잡고 있음을 보여 준다.

빛을 건설하기

일

신

오셀러스가 말했다.

To build light

日　jih

新　hsin

said Ocellus. (642)

여기서 피타고라스 학파의 오셀러스(Ocellus)의 말은 중용에서 나온
공자의 경구, "일일신"(日日新)을 통해 대비되고 있다. 그런데 일일신
이 영혼을 새롭게 하라는 의미를 갖고 있지만, 파운드는 파시즘에 몰

두할 때 일일신을 개인적 차원에서가 아니라 사회개혁의 차원에서 그 필요성을 강조했다. 파운드는 「시편 53」에서 "욕조에/ 매일매일 새롭게 하라"(on his bath tub/ Day by day make it new)(265)고 써 놓은 고대 중국의 상(商) 나라 성탕(成湯, Tching)왕을 "발루바에서 폭풍을 만들었던 자"(der im Baluba das Gewitter gemacht hat)(264) 프로베니우스(Frobenius)에 비유하여 지도자의 의지를 강조하고 있다. 「시편 94」에도, 대부분의 『피사시편』 이후의 시편들처럼, 올바른 사회에 대한 모색이 나타나고 있으며 지도자 "일인"(一人)(641)이 강조되고 있다. 따라서 오셀러스의 빛은 이데아의 세계를 자각하는 인식론적 의미의 빛이 아니라 사회 전체의 질서를 위한 빛으로 환원되어 있다고 할 수 있다. 여기서 우리는 파운드의 상상력 속에서 유교가 신플라톤주의를 통해 조명되는 부차적인 것이 아니라 핵심적 기능을 하고 있음을 알 수 있는 것이다.

『피사시편』에서 유교사상은 시상의 핵심으로서 위기에 처한 시인 자신의 정서를 표출할 뿐 아니라, 서로 분리된 것처럼 보이는 시상과 시상을 연결해 주는 기능적 역할을 하고 있다. 온 세상에 충만한 자비의 빛을 노래한 앞의 인용문에 이어서 파운드는 감옥에 갇힌 자신의 처지를 다음과 같이 돌아본다.

> 네 모퉁이의 네 거인들
> 　　문간에는 세 명의 젊은이들
> 그리고 그들은 습기가 내 뼈를 갉아 먹을까봐
> 　　내 주위에 둥그렇게 도랑을 파주었다
> 　　정의로움으로 시온을 구제하리니
> 하고 이사야가 말했다. 이자 받고 돈놀이하지 말라고 그 으뜸가는
> 　　개 x x 인 다윗 왕이 말하였다.

```
4 giants at the 4 corners
    three young men at the door
and they digged a ditch round about me
    lest the damp gnaw thru my bones
        to redeem Zion with justice
sd/Isaiah.  Not out on interest said David rex
                        the prime s.o.b. (74/429)
```

파운드는 여기서 피사 군수용소의 네 귀퉁이에 있는 감시탑의 보초들
과 정문에 서 있는 세 명의 위병들, 자신이 수용된 단독감방 주변에 도
랑을 파주는 동료죄수들(trainees)을 묘사한 뒤(Terrell *Companion* 368),
정의로써 약속의 땅을 이루라는 예언자 이사야의 말과 경제질서의 규
범을 제시하는 다윗왕의 말을 인용하고 있다. 그런데, 보초들을 네 귀
퉁이의 네 거인들 로 언급하여 파사(Fasa)족의 전설을 상기시킴으로써,
위의 시행들에는 파사족 전설, 수용소 풍경, 성경의 말씀 등이 겹쳐져
있다. 이렇듯 겹쳐져 있는 시상들은 외견상 서로 연관관계가 없이 단
순히 나열되어 있는 것 같지만 정서적 연계라고 부를 만한 내적 통일
을 이루고 있다. 그리고 그러한 정서의 연계는 구원과 자비를 향한 시
인의 열망을 통해 이루어지고 있다.
　　파사족의 전설은 이상향에 대한 시인의 기원을 담고 있다. 파사족의
전설에 따르면 와가두(Wagadu)라는 부족의 이상향은 인간의 눈에 네
번 나타났다가 인간의 실수로 네 번 사라져 버렸다. 디에라(Dierra), 아
가다(Agada), 가나(Ganna), 실라(Silla)의 다른 이름으로 나타난 와가두
는 나타날 때마다 북, 서, 동, 남의 네 개의 문을 지니고 있었는데, 허
영, 거짓, 탐욕, 분열 때문에 그 때마다 형상을 잃었다. 인간의 실수로

와가두에 깊은 잠이 찾아 왔으나 와가두가 다섯 번째로 발견되면 그것은 다시는 사라지지 않을 것이라고 파사족은 믿는다. 와가두가 돌로 만들어졌다, 나무로 만들어졌다, 흙으로 만들어졌다고 전해져 왔지만, 실제로는 그것은 인간의 심장 속에 살아 있는 힘이며, 다섯 번째로 와가두가 나타날 때는 모든 남자는 자신의 심장 속에, 모든 여자는 자신의 자궁 속에, 와가두를 지니게 되어 와가두는 인간의 정신 속에서 영원히 살아 있게 된다(Leary 55-6). 이 전설은 『피사시편』에서 중요한 모티프가 되고 있는데, 그 이유는 파운드가 "파괴될 수 없는 정신 속에"(in the mind indestructible) 이상향을 구축하는 것에서 자신의 구원을 찾고 있기 때문이다. 수용소 감시탑의 경비병들을 와가두와 관련지어 연상하는 것은 갇혀 있는 자신의 처지에 대한 인식과 더불어 그 반대급부로 정신적 구원을 향한 열망을 보여준다. 이상향이 외부에서 찾아지는 것이 아니라 "인간의 가슴 속에 살아 있는 힘"이라는 것을 깨닫는 것이므로, 이때의 구원은 허영, 거짓, 탐욕, 분열에 빠지지 않고 동료인간에 대한 진정한 애정을 경험하는 것으로 구체화될 수 있다. 따라서 "습기가 내 뼈를 갉아 먹을까 봐/ 그들은 내 주위에 도랑을 파주었다"는 시행에 나타난 따뜻한 인간애에 대한 깨달음은 구원과 자비를 향한 파운드의 갈망에 새로운 지평을 여는 것이라고 할 수 있다. 곧 이어 갑작스럽게 나오는 "정의로움으로 시온을 구제하리니"라는 예언자 이사야의 말과 "이자 받고 돈놀이하지 말라"는 다윗왕의 말도, 사회질서와 경제질서에 대한 단순한 언급으로 볼 수도 있겠지만, 구원과 자비를 향한 개인적 열망과 밀접하게 관련지어 나온 것으로 볼 수 있다. 이사야의 말을 통해서, 파운드는 동료죄수들이 자신에게 베푼 그러한 하찮은 온정이야말로 정의로움의 토대이며 그것으로부터 타락한 사회의 갱생이 시작된다는 자각을 보여주고 있는 것이다. 또한,

고리대금업으로 문명의 타락을 가져온 유태인들을 번성시킨 왕이기에 "그 으뜸가는 개 x x"라고 파운드가 부르는 다윗왕의 말을 통해서, 그는 동료죄수들이 그를 위해 도랑을 파는 것은 어떤 이윤을 취하거나 자신의 허영심을 충족시키기 위해서가 아니라 동료에 대한 애정의 발로라는 것을 확인한다. 그런데 이와 같이 위의 인용문에 나타난 시상들이 구원과 자비를 향한 갈망으로 연계되어 있다고 할 때, 도랑을 파주는 동료죄수들의 온정은 자비의 빛을 기원하는, 앞의 인용문에서 언급된 바 있는, "동정심 많은 순"과 "치수(治水)의 요"로 연결되고 있다. 이것은 파운드의 시상이 유교사상을 중심으로 자연스레 연결되어 흘러감을 보여 주며 유교사상은 시상의 전개과정에서 파운드의 상상력의 모태로 작용하고 있음을 의미한다.

이처럼 『피사시편』에서는 과거와 달리, 유교사상이 파운드의 정서를 담는 그릇의 역할을 하는 동시에 분리된 시상을 연결시켜 주는 고리의 역할을 하고 있다. 이러한 현상은, 위기상황에 빠진 파운드가 자신의 주변상황을 해석할 때, 그의 상상력을 차지하고 있는 유교사상을 토대로 하고 있는 데서 비롯된다. 『피사시편』에서 지속적으로 나타나는 태산(泰山)의 모티프는 파운드가 유교사상을 상상력의 공간으로 삼고 있음을 보여 준다. 그는 피사 수용소에서 바라다 보이는 평범한 산을 중국인들이 성스러운 산으로 생각하는 태산으로 상정하고 있다. 『피사시편』을 쓰고 있을 때 파운드는 레게(Legge)의 『사서(四書)』를 참고로 하고 있었다. 『사서』중에서 태산에 대한 언급은 『논어』에 2회, 『맹자』에 1회 나오지만 특별히 의미 있는 구절은 없으므로, 그가 특정한 구절을 염두에 둔 것 같지는 않다. 따라서, 데이비드 쉰-후 완드(David Hsin-Fu Wand)가 지적하듯이, 여기서의 태산은 공자의 출생지인 산동성(山東省)에 위치하고 있다는 상징성을 띠고 있다(9).

그렇다면 태산이 지닌 상징적 의미는 무엇일까? 이에 대해 데이븐 포트(Davenport)는, "태산, 디오스, 와가두 등의 도시와 산은 천국의 비전들이다"(City and mountain--Taishan, Dioce, and Wagadu--are the paradisical...visions)(52)라고 설명하고 있다. 태산이 유교적 이상향이라는 점에서 그러한 설명은 타당성이 있는 것이 사실이다. 그러나 그러한 설명은, 와가두와 디오스의 도시들을 "파운드가 화폐개혁 이론과 유교의 (파시스트의?) 질서론을 통해서 실현시키고자 하는 지상천국의 환영 상징들"[fantasy symbols of... the earthly paradise which he hoped to bring about through his theories of monetary reform and Confucian (Fascist?) order](Laughlin 47)로 보는 연장선 위에서, 유교적 질서에 대한 파운드의 열망이 『피사시편』에서도 지배적이라는 판단에서 더 이상 진전을 보지 못하게 된다.

『피사시편』에서 태산은 유교의 질서가 존재하는 이상향이라는 그 자체의 상징적 의미 보다는 파운드 개인의 위기의식과 그것의 극복이 투영되는 잣대로서 진정한 의미를 지니고 있다. 『피사시편』 74-84 중에서 태산이 직접 언급되는 것은 「시편 74」, 「시편 77」, 「시편 80」, 「시편 81」, 「시편 82」에서인데, 각각 11, 2, 1, 1, 4번씩 나온다. 그런데 파운드의 위기의식이 격렬히 표출되는 「시편 74」에서 태산이 11 번이나 언급되고, 자기변호가 나타나는 「시편 81」에 이어서 내적 갈등의 해소가 나타나는 「시편 82」에서 태산이 4 번 언급되는 것은 우연한 일이 아닌 것으로 판단된다. 즉 그의 위기의식이 높을수록 태산이 등장하는 빈도수가 높은 것은 『피사시편』에서 파운드의 상상력이 위기극복의 상징을 태산에서 찾고 있음을 보여 준다. "태산이 보이는 사형수 감방으로 부터"(from the death cells in sight of Mt. Taishan)(427), "태산의 고독으로"(to the solitude of Mt. Taishan)(431), "무리와 군대에 둘러 싸여 태산을 바라보았다"(surrounded by herds and by cohorts looked on Mt Taishan)(432), "태산 아래 막사로부터 거대한 영혼의 밤"(nox animae magna from the tent under Taishan)(437) 등에서 파운드는 태산을 고독과 죽음 등 자신의 한계상황을 대조적으로(antithetically) 인식시키는 공간으로 삼고 있으며, "태산 위의 순"(Shun on Mt Taishan)(429), "탑이 보이는 태산 아래 페르세포네"(Persephone under Taishan in sight of the tower)(443), "태산 아래 바람은 얼마나 부드러운가"(How soft the wind under Taishan)(449) 등에서는 재생과 자비에 대한 기원의 공간으로 삼고 있다. 이상사회에 대한 자신의 신념과 자신의 과오에 대한 반성 사이에서 내적 갈등이 지속되는 「시편 77」에 나오는, "태산이 내 첫 친구의 유령처럼 희미하구나"(and Mt. Taishan is faint as the wraith of my first friend)(465)라는 표현은 파운드가 태산을 통해서 정체감의 상실이라는 내면의 위기를 투영하고 있음을 보여준다. 그리고 자신의 과거에 대한 반성과 변명이 나타나는 「시편 81」의, "태산은 사랑으로 보살핌을 받는다"(Taishan is attended of loves)(517)는 표현은 용서와 사랑을 향해 파운드의 내면이 열리는 것을 반영한다. 이것은 「시편 82」의 "드라이어드, 너의 눈은 태산 위의 구름과 같구나"(Δρυάς, your eyes are like the clouds over Taishan)(530), "그리고 이제 새 달이 태산을 맞이하니"(and now the new moon faces Taishan)(530), "태산 아래 보이는 바닥은 없구나/ 오직 물의 빛남뿐"(there is no base seen under Taishan/ But the brightness of 'udor)(530-1)으로 연결되는데, 나무요정 드라이어드(Dryad)와 물에서 안식과 평화를 연상하는데서 알 수 있듯이(Dryad, thy peace is like water), 내적 위기를 극복하고 새로운 평정을 찾을 가능성이 태산을 통해 반영되어 있다.

이렇듯 태산이 이상향으로서의 고정된 의미만을 지닌 것이 아니라 파운드의 내적 갈등을 표출하는 대상이 되면서, 개인적 위기의 인식과 그것의 극복이라는 『피사시편』의 전체적 흐름에 일치하여 나타나는 것은 우연한 것이 아니라, 『피사시편』에서 그의 상상력에 유교사상이 지속적으로 영향을 끼치고 있음을 예증하는 것이다. 따라서, 전체적으로 볼 때, 『피사시편』은 태산으로 대표되는 유교적 상상력의 공간 안에서 움직인다고 볼 수 있다.

『피사시편』에서 유교사상은 이와 같이 파운드의 상상력의 중심이 되고 있을 뿐만 아니라 과거의 행위에 대한 자성의 지침이 되고 있다.

> 오이 티에
> 태양이 그 위로 지는 사람
> 다이아몬드가 산사태에 소멸하지는 않으리
> 　　있던 자리로부터 떨어져 나간다 하더라도
> 다른 이들이 파멸시키기 전에 먼저 스스로를 파괴시켜야 하느니.

> ΟΥ ΤΙΣ
> a man on whom the sun has gone down
> nor shall diamond die in the avalanche
> 　　be it torn from its setting
> first must destroy himself ere others destroy him. (74/430)

자기 자신에 대한 철저한 반성은 유교에서 강조하는 수양의 출발인 바, 파운드는 여기서 맹자의 말씀을 자신에게 투영시키고 있으며, 자성(自省)의 필요성에 대한 인식을 새롭게 하고 있다. 『피사시편』에 형성된 유교적 상상력의 공간 속에서 자기성찰은 자신을 둘러싸고 있는 인간과 자연에 대한 새로운 태도를 낳게 된다. 『피사시편』 이전에 파운드는, 질서와 안정 자체를 위한 질서가 아니라 백성의 평화롭고 복된 삶을 위해 질서를 강조하는 공자와 달리, 문명과 예술의 갱생을 제1의 목표로 삼아서 가치가 전도된 사회의 질서 확립에 관심을 두어 왔다. 그렇기 때문에, 흔히 그의 시에서 휴머니즘적 특성이 거론되지만, 엘리트주의나 영웅주의를 근간으로 하는 그의 인간애는 시혜적 성격을 띠고 있을 뿐 참다운 휴머니즘과는 거리가 멀었다. 그러나, 『피사시편』에서 사상적 편향성에 대한 반성이 이루어지면서, 인간의 가치에 대한 그의 인식은 동료죄수들에 대한 공감, 연민, 이해를 통해서 새로워진다. 파운드의 기나긴 삶 속에서 지금까지 늘 교화의 대상으로 존재하던 평범한 인간들, 아니 과거라면 열등한 인간들이라고 생각했을 죄수들에게 공감이 표시되며, 흑인죄수 "K씨는 멍청한 말을, 한 달 내내 어리석은 말을 한마디도 하지 않았다"(Mr K. said nothing foolish, the whole month nothing foolish)(74/428)라고 그들에 대한 인간적 존중심을 보여 준다. 이제 그는, "규정을 지키지 않아 온 사람들 사이에서 발견되는/ 자비가 가장 위대하다"(and the greatest is charity/ to be found among those who have not observed regulations)(74/434)는 것을 깨닫고, "애정의 질만이 중요하다"(nothing counts save the quality of the affection)(77/466)는 인식에 도달하게 된다. 『피사시편』에 나타나는 인간성에 대한 파운드의 이러한 새로운 가치인식은, 『피사시편』의 마지막 시편인 「시편 84」에서 무솔리니의 파시즘으로 명백히 역전되어 나타나기 때문에, 최종적인 것으로 볼 수 없다고 슈디너(Schudiner)는 말한다(71). 그러나, 오히려 그것은 시인이 자신에게 부여하는 최소한의 자기변명의 공간으로 여기는 것이 타당할 듯한데, 왜냐하면 자신의 신념의 유지여부와 그러한 신념을 실천하는 과정에서 범한 사상적 독단성에 대한 과오를 인식하는 것은 별개의 문제라고 할 수 있기 때문이다. 『피사시편』의 뒷부분에서 유교사상의 중심개념 중 하나인 인(仁, humanitas)이 인간의 평가기준으로 자주 등장하는 것은 자기성찰에서 출발하여 인간에 대한 새로운 가치인식에 도달하는 과정에서 유교가 그의 상상력을 차지하고 있음을 보여 준다.

　『피사시편』에서 파운드는 자연현상이나 자연사물에 대해서도 이와 유사한 특징을 보이고 있다. 그는 도마뱀, 고양이, 말벌, 개미 등에 대한 자기 동일시를 통해 인간에 대해서 뿐만 아니라 미물에게도 각각의 가치를 인정해 줌으로써 사물과 인간에 대한 과거의 이성 중심적 계급의식, 엘리트 의식의 오만성을 탈피하고 있다. 「시편 49」에서 일찍이 파운드가 인간과 자연의 조화를 동양적 이상향으로 파악했으면서도, 서구적 상상력의 한계를 드러냄으로써 자연 속에서 이성적 질서를 최고의 가치로 삼게 되어 무솔리니의 전체주의적 세계관에 몰두한 것과는 달리, 『피사시편』에서 그는 자연을 있는 그대로 수용하고 그것의 일부가 되는 자신의 모습을 보여 준다. 과거에 대한 회상과 현재의 위기감이 교차되는 사이사이에 묘사되는 산, 언덕, 달, 해, 구름, 비, 바람 등은 자연의 순환과정 속에서 시인의 정서와 일치하여 어우러져 있다. 그런데, "비는 도의 일부이다"(The rain is part of the process)와 "바람은 도의 일부이다"(The wind is part of the process)와 같은, 『피사시편』에 지속적으로 나타나는 모티프에서 알 수 있듯이, 자연의 조화에 대한 새로운 인식은 유교적 해석의 빛을 받고 있다. 그리고, 『피사시편』의 첫 부분에서 유교사상을 통해 "열풍"의 바람과 "뼈를 갉는 습기"의 비에 순응하는 모습을 보여 주는 시인이, 뒷부분에서 궁극적으로 "부드러운 바람"을 맞이하고 물의 "안식"을 추구하는 것에서, 우리는 구원과 자비에 도달하려는 파운드의 여정(periplum) 속에서 유교적 상상력이 지속적으로 환기되고 있음을 알 수 있다.

구원과 자비의 여정에서 파운드의 상상력이 유교사상에 뿌리를 두고 있는 것은 "하원(何遠)"의 모티프에서 확인된다. "하원"은 『논어』「자공(子貢)」 30에 나오는데, 여기서 공자는, 당체나무 꽃이 봄바람에 하늘하늘 펄럭이는 것에서 임을 생각하며 임이 멀리 떨어져 있음을 한탄하는 화자의 그리움이 담긴 시를 평하면서, 화자가 떨어진 거리를 느끼는 것은 그의 그리움이 부족하기 때문이라고 말한다.[11] 파운드는 원문의 의미인, "어찌 멂이 있으리오, 어찌 멀다 하겠는가"를 "생각해 보면, 얼마나 먼가?"로 바꿔서 쓰고 있다. 원문에서 공자가 지적한 것과는 반대로 막막한 거리감이 드러나 있는데, "하원"이 처음 나타나는 「시편 77」에서 그것은 시인의 위기감을 대변하고 있다.

> 파아사!　네 번 그 도시는 다시 세워졌나니
> 이제 파괴될 수 없는 가슴 속에
> 　　　　네 개의 문들, 그 네 개의 탑들
> 　　　(남풍이 질투를 하는구나)
> 　　　　용사들이 땅에서 나왔나니

---

11) 원문은 다음과 같다.

　당체 꽃아 봄 바람에
　펄펄, 님인가 꽃인가
　못 잊을손 임이건만
　집이 멀어 어이할꼬.

(이 노래에 대해) 공자 이르기를, "생각함이 부족해서 그렇지 <u>어찌</u> 집을 <u>멀다 하리오.</u>"

　唐棣之華 偏其反而 豈不爾思 室是遠而 子曰 未之思也 夫<u>何遠</u>之有
　(밑줄 첨가)(『논어』 67)

파운드는 이것을 다음과 같이 번역하였다.

　1. The flowers of the prunus japonica deflect and turn, do I not think of you dwelling afar?
　2. He said: It is not the thought, how can there be distance in that? (C 233)

아가다, 가나, 실라,
그리고 태산은 희미하구나 세라믹을 말하며 다가온
내 첫 친구의 망령처럼
안개가 산을 감싸고 있구나

하

"생각해 보면, 얼마나 먼가?"

원

Faasa !   4 times was the city remade,
now in the heart indestructible
4 gates, the 4 towers
(Il Scirocco e geloso)
men rose out of
Agada, Ganna, Silla,
and Mt Taishan is faint as the wraith of my first friend
who comes talking ceramics;
mist glaze over mountain

何

"How is it far, if you think of it?"

遠 (77/465)

앞에서 우리는 파사족의 전설에 나오는 이상향 와가두가 구원을 향한 파운드의 상상력 속에 중요한 위치를 차지하고 있음을 살펴보았다. 파사의 전설이 『피사시편』에서 자주 언급되는 것은, 어느 누구의 방해도 받지 않고 마음속에 이상향을 재건할 수 있고 일단 재건이 되면 인간의 마음속에 그것이 영원하리라는 전설의 내용이 그의 상상력을 촉발하였기 때문일 것이다. 『피사시편』에서 그는 이제 파괴될 수 없는 마음속에 이상향을 건설함으로써 무너지려는 자신의 신념을 유지하려고 애써 왔다. 그러나 무솔리니의 파시즘이 몰락한 이후 지상낙원의 현실적 대안을 찾지 못한 파운드가 감옥에 갇힌 상태에서 외부 상황의 변화 없이 마음속에 과거의 신념을 그대로 유지하는 것만으로 안정과 평화에 이를 수는 없었다. 정신적 충격과 위기를 극복하기 위해서는 과거의 자신의 행위에 대한 단순한 합리화나 강변이 아니라 자기성찰을 통한 마음의 정리가 선행되어야 한다. 그런데 와가두의 실현을 위해서는 허영, 거짓, 탐욕, 분열이 네 번 파괴되는 과정을 겪어야 한다는 점에서 파사족의 전설은 내면의 각성을 전제로 하고 있다. 테렐이 지적하듯이, 이것은 유교에서 강조하는 자기성찰과 일치한다 (*Companion* 370). 따라서, 마음 속에 이상향을 건설하려는 파운드의 노력에는 유교적 자기성찰의 행위가 병행되고 있다고 볼 수 있다. 그러나 위의 인용문에서는 그러한 자기성찰이 마음의 안정에 이르는 결과를 도출해 내지 못하고 있음을 알 수 있다. "남녘의 열풍"은 아직도 질투를 하듯 시인을 괴롭히고, 카드무스(Cadmus)를 도와 테베(Thebes)를 건설한 "땅에서 나온 사람들"처럼 시인을 도와줄 사람은 없다. 마음속에 건설하려는 와가두, 아가다, 가나, 실라, 태산과 같은 이상향은 희미할 뿐, "안개가 산을 감싸고 있다." 여기서 파운드는 구원의 길이 "생각해 보면, 얼마나 먼가"를 절감하지 않을 수 없었다. 곧 이어지는 시행에서, "다음 날/ 수용소 위에 환한 새벽 旦/ 그리고 교수대 종사자의 그림자"(Bright dawn 旦 on the sht house/ next day/ with the shadow of the gibbets attendent)(77/466)를 의식하고 있는 파운드가 죽음에 대한 두려움을 극복하기 위해서는 마음의 안정과 평화를 찾는 길 외에 다른 대안이 없겠지만, "안개가 텔루스-헬레나[12]의 가슴을 덮고 아르노 강

위로 흘러 간다/ 밤이 왔고 밤과 함께 태풍이/ 생각해 보면, 얼마나 먼가?"(Mist covers the breasts of Tellus-Hellena and drifts up the Arno/ came night and with night the tempest/ How is it far, if you think of it?)(77/473)로 반복되는 하원의 모티프는 여전히 갈등이 계속되는 것을 보여 준다.

오디세우스가 고향 이타카에 도달하기 위해 새로운 여행을 준비하듯이, 구원이 기적처럼 다가오는 순간을 열망하면서 부정이 타지 않도록 조심해 보지만, 파운드는 구원에 이르기까지의 아득한 거리를 지울수가 없었다(Prepare to go on a journey. / or to count sheep in Phoenician,/ How is it far, if you think of it?)(79/488). 구원과 자비를 향한 그의 여정은 하원의 모티프를 통해 「시편 80」에서도 계속된다.

> 이상하지, 않은가, 엘리엇 씨가
> 베도우즈 씨에게 시간을 더 할애하지 않은 건
>   (T.L.) 장의사들의 왕자
>   아무도 자기 언어를 말할 수 없는 곳
> 모아둔 세기들
> 이끼 덩이를 떼어 내기 위해
>   (그리고 진주들을)
>
> 또는 유카리나무의 향기 또는 해난(海難)　　　　하
>
> 고양이 모양의, 몰타제(製) 십자가, 태양의 형상
> 나무마다엔 제 나름의 입과 향기
>
>   원

---

12) 테렐(Terrell)은 헬레나(Hellena)를 가슴이 컸던 에이미 로웰(Amy Lowell)에 대한 연상으로 보고 있는데(*Companion* 407), 그 진위야 어떻든, 여기서는 텔루스(Tellus)가 땅을 의미하므로 어머니처럼 자애로운 대지를 지칭한 것 같다.

Curious, is it not, that Mr Eliot
has not given more time to Mr Beddoes
    (T.L.) prince of morticans
   where none can speak his language
centuries hoarded
to pull up a mass of algae
    (and pearls)

or to the odour of eucalyptus or sea crack

  cat-faced, croce di Malta, figura del sol
  to each tree its own mouth and savour

何

遠 (498)

위의 시행에서 장의사들 중의 왕자격인 토머스 로벨 베도즈(Thomas Lovell Beddoes)에 대한 언급은, 그의 극 『죽음의 농담집』(*Death's Jest-Book*)에서, 베도즈가 인간의 몸에는 "씨 모양의 뼈"(a seed-shaped bone) 러즈(Luz)가 들어 있는데 땅속에 묻히면 3천년 후에 육신의 풀이 자라나 다시금 인간으로 소생한다고 묘사한 것과 관련이 있다(Terrell *Companion* 433). 죽음에 대한 두려움이 육신의 소멸에 대한 두려움으로 구체화되자 파운드는 "시신의 부분적 부활"(a partial resurrection of corpses)(80/497)에 관심을 보인다. 그리고 「재의 수요일」(Ash Wednesday)에서, "그리고 신은 말했다/ 이 뼈들이 살아날까? 이/ 뼈들이 살아날까?"(And God said/ Shall these bones live? Shall these/ bones live?)라고 죽음 후의 소생에 의문을 제기했던 T.S. 엘리엇이 "누구도 자기 언어를 말할 수 없는 곳", 즉 죽음의 세계를 언급한 베도즈에게 관심을 보이지 않은 것을 아쉬워한다. 파운드에게 있어서 베도즈의 부활론은 육신의 소멸을 극복할 대안으로 부각되고 있다. 그러나 육신에 피어날 "이끼 덩이를 떼어 내기 위해" 수십 세기를 보내는 것은, "생각해 보면 얼마나 먼가?" 또한 태풍의 위기 속에서 결국은 "난파"를 당하고 바다의 조화를 겪어 "그의 눈이었던 것들이 진주가 되는"(Those are pearls that are his eyes) 마법의 순간은, "생각해 보면 얼마나 먼가?" 파운드가 라바그나(Lavagna)로 가는 도중 길에서 주워서 자신의 부적으로 삼아 피사의 수용소까지 지니고 온(Terrell *Companion* 375), "고양이 얼굴 모습 같기도 하고, 몰타제(製) 십자가 같기도 하고, 태양의 형상을 하기도 한," 유칼립투스 나무의 씨가 나무가 되어 형체를 지니고 향기를 피우는 것은, "생각해 보면 얼마나 먼가?" 파운드는 여기서 하원을 표의문자적 기법으로 사용하고 있는데, 유교경전에서 나온 구절을 자신의 사상을 표현하는 수단으로 이용하는 것이 아니라 자신의 정서를 드러내는 매개체로 씀으로써 유교사상에 밀착되어 있음을 보여 준다. 위의 인용문과 같은 페이지에서, 그는 자신의 감방을 찾아 온 밤 고양이에게, "원고(『피사시편』과 유교경전 번역)와 공자(레게가 번역한 『사서』)는 네 먹이가 아니다"(you can neither eat manuscript nor Confucius)(80/498)라고 말하고 있다. "이제 더 이상의 나날들은 없다"(now there are no more days)는 것을 절박하게 느끼는 "시간이 없는/ 무명씨"(OΥ ΤΙΣ/ἄχρονος)(499) 파운드가 정체성의 상실이라는 위기 속에서 자신을 지탱해 주는 상상력의 근원인 유교사상을 소중히 하고 있음을 보여 준다.

그런데 파운드가 반역죄로 기소된 원인이 무솔리니의 파시즘 체제를 옹호한 로마 라디오 방송에 있었으므로, 그의 자기성찰은 자신의 말, 그리고 글로 향하지 않을 수 없었다. 파운드의 언어행위는 그가 시인이었기 때문에 미의 창조와 관련을 맺고 있는데, 그런 점에서 『피사시편』에서 창작의 위기와 그것의 극복은 핵심적 주제를 이루고 있다고 볼 수 있다. 다음 절에서 우리는 자기성찰의 과정에서 파운드가 창작의 위기를 극복하는 데 있어서 유교사상이 어떠한 역할을 하는지를 중점적으로 살펴보기로 하자.

3. 자기성찰 과정에서의 유교사상

2장에서 이미 살펴보았듯이, 1920년대 이후 파운드는 진정한 예술이 가능한 사회로의 개혁에 몰두하면서, 전체주의적 이데올로기를 추구하였다. 그러나, 새로운 세계의 창조가 타락한 언어를 바로잡는 데서 시작된다는 믿음에서 유교사상에 관심을 집중하던 그는 이제 유교사상의 실천대상이었던 파시즘을 고취하기 위해 자신이 쏟아 놓은 수많은 발언들이 오히려 혼돈의 원천이었음을 자각하게 되었다. 그가 호주 원주민의 전설에 나오는 완지나(Wanjina)를 자신에게 투사하는 것도 그러한 자각을 근간으로 하고 있다.

> 허나 완지나는, 뭐라 할까, 완진[文人]
> 또는 교육받은 자
> 그리고 너무나 많은 것들을 만든 까닭에
>   아버지에 의해 입이 제거되어 버린 자
> 하여 총림 지대 원주민의 짐꾸러미가 덜거덕거렸으니
> 1938년경 프로베니우스의 생도들의
>   호주 탐험 참조
> 완진은 말을 했고 그리하여 명명된 것을 창조하였고
>   하여 덜거덕거리게 하였으니
> 움직이는 인간들의 독기

하여 그의 입이 제거되었으니
그를 그린 그림을 보면 입이 없음을 알게 되리라
태초엔 말이 있었느니
성령 혹은 완벽한 말인 '성(誠)'

but Wanjina is, shall we say, Ouan Jin
or the man with an education
and whose mouth was removed by his father
        because he made too many *things*
whereby cluttered the bushman's baggage
vide the expedition of Frobenius' pupils about 1938
                to Auss'ralia
Ouan Jin spoke and thereby created the named
                        thereby making clutter
the bane of men moving
and so his mouth was removed
as you will find it removed in his pictures
                in principio verbum
        paraclete or the verbum perfectum: sinceritas (74/426-7)

태초에 혼돈된 세상에 질서를 부여하였던 하나님의 말씀의 힘은 완지
나의 경우 세상을 "덜거덕거리게" 만드는 혼돈의 힘으로 변질되고 말
았다. 지금까지 파운드는 적확한 언어(the precise definition: 正名)를
기반으로 말과 행동을 일치시킴으로써 신성 또는 완벽한 말(the
perfect word: 誠)을 구현하는 것에서 타락한 언어(예술)의 갱신과 타락
한 문명의 소생을 찾아 왔다. 그러나 이제 그는 자신의 문필활동이 완
지나 혹은 완진(文人)의 무분별한 언어행위와 마찬가지로 "움직이는
인간들의 독기"만 낳았을 뿐이라는 것을 자각하게 되었다. 여기서 그
는 완지나가 입을 제거당한 것처럼 반역죄의 재판에서 유죄판결을 받

아 처형됨으로써 시인으로서의 일생에 종지부를 찍게 될 것이라는 시 창조의 위기감을 토로하는 것이라고 볼 수 있다.

그런데 여기서 파운드가 완지나를 "Ouan Jin"(文人) 으로 표현한 것을 주목할 필요가 있다. 왜냐하면 완지나를 문인과 일치시키고 동시에 완지나에게 자신을 투사하면서 완지나의 과오를 기술하는 것은 그가 중국문화, 특히 유교에 접근하면서 시인 자신에게 부여한 교사로서의 임무에 대한 반성을 시작하고 있음을 말해 주기 때문이다. 그에게 있어서 문인은 언어의 창조행위를 한다는 점에서 예술가인 동시에 "교육을 받은 사람"으로서, 하늘의 뜻을 살펴 이상적인 사회를 세우려는 "의지의 방향"을 확고히 정립한 군자-정치가라고도 볼 수 있다. 파운드는 공자가 정치를 논하면서 시와 음악을 중시한 것에 대해 존경심을 드러내고 있으며, 공자가 "시삼백 사무사"(詩三百 思無邪) 라고 한 것에 대해서도 공감을 표시하는데, 이것은 예술과 정치를 하나의 틀 안에서 고려하는 파운드의 태도에서 비롯된 것이다. 그런데, 언어에서 생동하는 사물의 힘을 추구하고 시 속에서 응축된 에너지를 추구하는 그의 권력지향적 상상력은 개인의 자유를 희생시키고서라도 사회의 에너지를 국가의 이데올로기에 집중시키는 파시즘으로 나갔다. 이러한 과정에서 그는, 공자가 올바른 국가를 이루기 위해 필수적인 것으로 강조하는 군자의 도리, 수양지도(修養之道)가 개개인 모두에게 적용되는 실천윤리임에도 불구하고, 자기 자신에 대해서는 예외적으로 다루어 왔다. 그러나 이제, 그는 문인을 완지나와 일치시킴으로써, 새로운 시대정신(new paideuma)을 창출해 내고자 하는 교육자-시인으로서 자신이 가질 수 있는 긍지의 한도를 넘어선 오만방자한 태도를 반성하는 첫 걸음을 내딛고 있는 것이다. 그리고 그러한 반성은 시지스문도 말라테스타(Sigismundo Malatesta)의 경구, "말해야 할 때와 말해서는 안될 때"(Tempus tacendi, tempus loquendi)(74/429)가『피사시편』
에서 다시 반복되는 것에서 알 수 있듯이, 예술과 정치를 일체화하여
시대에 맞서 싸워 나갔던 파운드가 그 과정에서 언어행위의 분별을 잃
었던 것에 대한 반성이었다.

　진정한 예술이 가능한 사회를 건설하기 위해 정치적 이데올로기의
전파에 기꺼이 힘써 온 파운드는 시인의 예언자적 지혜를 아테네에게
빌어서 기원해 본다.

> 짜라투스트라, 지금은 폐물화되었구나
> 주피터와 헤르메스에게 기원하던 곳엔 지금은 무너진 성
> 　　흔적은 공중에만 있나니
> 돌에는 아무런 인각이 없고 시대 표정이 없는 회색빛 벽
> 　　　　올리브 나무 아래
> 　　　　태고 적부터의 아테네
> 　　　　빛나는 눈을 가진, 작은 부엉이
> 　　　　　　올리브 나무들은
> 공기의 흐름에 따라 잎사귀가 뒤집히며
> 　　　　빛났다 안 빛났다 하는구나
> 　　　　서풍 동풍 남풍

> Zarathustra, now desuete
> to Jupiter and to Hermes where now is the castellaro
> 　　no vestige save in the air
> in stone is no imprint and the grey walls of no era
> 　　　　under the olives
> 　　　　saeculorum Athenae
> 　　　　γλαύξ, γλαυκῶπις,
> 　　　　　　　olivi
> that which gleams and then does not gleam
> 　　as the leaf turns in the air

Boreas Apeliota libeccio (74/438)

테렐은 여기서 짜라투스트라를 배화교(Zoroastrianism)를 창시한 조로
아스터(Zoroaster)로 보고 있지만(*Companion* 378), 니체(Nietzsche)의
『짜라투스트라는 이렇게 말했다』(*Also Sprach Zarathustra*)를 파운드가
연상하고 있는 것으로 볼 수도 있을 것이다. 그런데 낙원을 향한 권력
에의 의지도 주피터의 권세도 이제는 시대에 동떨어진 것이 되고 말았
다. 짜라투스트라에서 주피터, 헤르메스에 이르기까지 낙원의 꿈은 사
라지고 그 영광은 공중에(in the air), 즉 노래 또는 시 속에 흔적을 남기
고 있을 뿐이다. 여기서 파운드는 예술과 정치의 일치 속에서 새로운
낙원을 추구하던 자신의 창작목표가 불가능한 것임을 깨닫는다. "낙
원은 인위적인 것이 아니다"(Le Paradis n'est pas artificiel)(74/438)라는
사실을 새삼 깨닫지만 그러한 깨달음에 이르기까지 그가 치른 댓가는
너무나 큰 것이었다. 물론, 아테네에게 그가 지혜를 기원하는 것은 정
의로운 사회 건설의 믿음을 유지함으로써 자신의 정신적 파탄을 견디
어 내려 하는 것이지만(Pallas[Athena] Δίκη[justice] sustain me(78/
479)], 앞의 인용문에서 바람에 따라 빛나기도 하고 빛나지 않기도 하
는 올리브에서 알 수 있듯이, 그는 낙원의 꿈이 남아 있을 시에서마저
도 창작에 대한 신념을 유지할 수 없다는 위기감을 드러내고 있다. 이
것은 그의 현 상황을 반영하는 것으로써 의지의 방향이 흔들리고 있는
징표라고 할 수 있다.

　　그렇기 때문에 「시편 74」에서 파운드는, "나는 이태리의 부활을 믿
는다"(I believe in the resurrection of Italy)라는 누군가의 말을 회상하면
서 곧, "그것이 불가능하기 때문에"(quia impossibile est), "이제 파괴될
수 없는 정신 속에"(now in the mind indestructible) 이상향을 세우려고

한다(74/442). 여기서 새삼 그는 "미란 어려운 것"(Beauty is difficult)이라는 비어슬리(Beardsley)의 말을 상기하면서(74/444), 비록 일급의 현대예술에 대해서는 말하지 못했으나 정치얘기는 하지 않고 현대예술을 논한[he wanted to/ talk modern art(T.L. did)/ but of second rate, not the first rate/ beauty is difficult](74/444) T.E. 로렌스(Lawrence)와 자신을 비교하게 된다.13) 파운드는 자신이 항의를 지나치게 했다고 충고한 로렌스의 말과 더불어, 로렌스가 신문을 발행하고 희랍고전이나 출판하고자 했던 것을 생각하면서(He said I protested too much he wanted to start a press/ and print the greek classics.... periplum)(74/444), 시인이면서 정치적 발언을 지나칠 정도로 많이 해 온 자신의 문필활동의 여정(periplum)에 대해 반성하게 된다. 그러자, "미가 어려운 것이기는 하지만, 자신이 갇혀 있는 막사의 텐트조각 아래 있는 풀마저도 대나무 형태의 미를 지닐 수 있다"(Beauty is difficult.../ and this grass or whatever here under the tentflaps/ is, indubitably, bambooi-form)(74/446)는 것을 미처 깨닫지 못하고, 아테네의 예언자적 지혜만을 유일한 시의 목표로 생각해 온 자신의 과거를 돌이켜 본다. 그리고는 아테네와 경쟁을 벌이다가 거미로 변한 아라크네(Arachne)에게서, "어떤 이미지들이 정신 속에 형성되어"(certain images be formed in the mind) 소생하는 형상들로 거기에 남아 있는 것을 보게 된다(Arachne mi porta fortuna/ to remain there, resurgent)(74/446). 상업적 효용성이 우선하여 (the useful operations of commerce) 대리석 조각상이 하나씩 내던져지

---

13) 테렐에 따르면, T.E. 로렌스는 아랍대표단과 함께 1차 세계대전 후에 열린 베르사이유 평화회담에 참석하였는데, 당시 영국 수상인 로이드 조지(Lloyd George)와 평화회의 의장이었던 프랑스의 조르쥬 클레망소(Georges Clemenceau)의 정치적 책략을 혐오하였으며, 사람들이 그의 개인적 경험을 듣고 싶어 했지만 정치에 관해서는 얘기하지 않고 예술에 대해서만 말하고 싶어 했다고 한다(Companion 383-4).

고 기생충 같은 이류비평가들에 의해 진정한 예술작품들이 논박되는 현대의 열악한 상황 아래서도(stone after stone of beauty cast down/and authenticities disputed by parasites)(74/448), 진정한 미의 전통을 지키는 사람들이 있다는 것이 새삼 인식되고 있다(Herr Bacher's father made madonnas still in the tradition/ carved wood.../ and another Bacher still cut intaglios) (74/448). 그런데 자신은 이미 망각의 강을 건넌 것으로 인식하는(we who have passed over Lethe)(74/449) 파운드는 예술적 창조의 기적이 자신에게 더 이상 가능한 것인지 되묻지 않을 수 없게 되었다[Hast 'ou seen the rose in the steel dust/ (or swansdown ever?)] (74/449).

「시편 76」에서 파운드는 망각의 강 너머에서 "추억이 머무는 곳"(dove sta memora)(452)으로 다시 기억을 더듬어 가서 과거에 자신의 작품 속에서 다루었던 인물들(Sigismundo, Cunizza), 여행했던 곳(Ussel, Mt Segur), 접촉했던 예술가들(Theofile Gautier, Jean Cocteau, Eileen, Joyce), 찬양하던 위인들(Kung fu Tseu, Washington, Adams)을 회상한다. 이러한 회상의 결과, 그는 "결국에는--추억이 머무는 곳/ 마음 속에 흔적을 새겨놓는 것/ 애정의/ 질만이 중요하다"(nothing matters but the quality/ of the affection---/ in the end---that has carved the trace in the mind/ dove sta memoria)(457)는 깨달음에 다다른다. 그런데 이러한 깨달음에 이르는 데는 정치적 변혁을 꿈꾸며 예술 활동을 벌여온 자신의 생애에 대한 반성이 우선했다.

연단위의 제단
이십년간의 꿈
피사 가까이로 가는 구름은

이태리의 여느 구름처럼 보기 좋구나
젊은 모짜르트가 말하기를, 만약 그대가 **소량의 코담배**를 쥔다면
혹은 폰세(폰데)를 따라
플로리다의 샘으로
데 레온을 따라 꽃이 만발한 샘으로
혹은 그녀의 공기로 된 옆구리를 붙잡아
자기에게 끌어 당긴 안키세스
강력한 키세라, 두려운 키세라

l'ara sul rostro
20 years of the dream
and the clouds near to Pisa
are as good as any in Italy
said the young Mozart: if you will take a *prise*
or following Ponce ("Ponthe")
to the fountain in Florida
de Leon alla fuente florida
or Anchises that laid hold of her flanks of air
drawing her to him
Cythera potens, Κύθηρα δεινά (76/456)

젊은 모짜르트는 약간의 코담배를 후원금과 함께 주며 예술가를 희롱
하는 후원자에게 맞서 싸움으로써 예술가의 자존심을 지켰으며, 주앙
퐁스 더 레옹(Juan Ponce de Leon)은 청춘의 샘을 찾아 헤매다가 플로
리다를 발견하였으며, 안키세스는 미의 여신 아프로디테(Aphrodite 또
는 Cythera)를 부여안아 아에네아스(Aeneas)를 얻게 되었지만, 파운드
는 20년간 진정한 예술이 가능한 사회를 꿈꾸면서 정치의 연단 위에
시의 제단을 쌓아 왔으나 파시스트 정부의 붕괴와 함께 자신의 예술
활동도 종말을 맞이할지 모른다는 인식에 도달한다. 그리하여 그는 새

삼 예술을 한다는 것의 어려움을 절감하고, 허공에서 아에네아스를 낳은 미의 여신의 창조력에 감탄을 표시하는 동시에 두려움을 표현하게 된다. 이러한 두려움은 자신이 이제 미의 여신에게서 버림받을지 모른다는 위기의식에서 나온 것이다.

"부서진 개미언덕에서 나온 외로운 개미와도 같은/ 유럽의 난파에서 나온, 저자인 나"(As a lone ant from a broken ant-hill/ from the wreckage of Europe, ego scriptor)(76/458)를 자각하는 파운드는, 자신이 아프로디테에게 버림을 받게 된 것과 마찬가지로 아테네에게 대항하다가 거미로 변했지만, 거미줄로 자신의 세계를 만들어 가는 아라크네에게서 희망을 가져 본다(Arachne, che mi porta fortuna, go spin on that tent rope)(76/ 461). 그리고 아라크네에게 자신을 투사하여, "아테네여 누가 그대에게 잘못을 저질렀는가?"(Athene, who wrongs thee?)(76/461)라고 반문을 한다. 이것은 원래 아프로디테가 사포(Sappho)에게 한 말인데, 여기서 파운드는 아라크네가 아테네에게 한 말로 변형시켜서 주체와 객체를 바꾸고 있다. 그러므로 일단 파운드가 미의 여신 아프로디테에게 자신이 과연 이렇듯 고난을 당할 이유가 있는지 항의하는 것으로 생각할 수 있다. 그러나 이러한 항의는 잠깐뿐, 과거에 대한 회상이 끊어진 필름처럼 이어지는 가운데, 그는 만물은 시작과 끝이 있다는 공자의 말씀을 새삼 절감하지 않을 수 없게 된다.

> 어쨌거나, 내 창문은
> 오니 산티 운하와 산 트라바소 성당이 만나는
> 조선소를 내려다 보는데
> 만물은 끝과 시작이 있는 법
>
> Well, my window

> looked out on the Squero where Ogni Santi
>
> meets San Trovaso
>
> things have ends and beginnings (76/462)

　베니스에서의 평화로웠던 시절에 대한 회상은 감옥에 갇힌 현재의 단절감을 부각시키기 때문에, 파운드는 진정한 예술을 위한 여정에 나섰다가 정치적 구속을 당하게 된 원인을 돌아 보게 된 것이다.[14]

　예술과 정치를 하나의 틀 속에서 고려하면서 창작행위를 한 결과 시 창조가 불가능하게 될지도 모르는 위기상황에 빠지게 되자, 파운드는 자연히 자신의 예술 편력을 돌아보게 된다. 그의 상상의 날개는 자신이 정치에 깊이 빠져 들기 전에 예술 자체에만 진력하던 런던시절로 향한다.

　　　입은, 태양 즉 신의 입

---

14) 이 구절은 파운드 개인의 삶과 관련된 언급이라는 점에서 「시편 77」의 다음 구절과 대비된다.

　뭐시 오고 있는지 말해 줄께유
　　　사해-주의가 오고 있시유
　　　　....
　만물에는 끝(또는 영역)과 시작이 있다. 무엇이
앞서며 先 무엇이 따르는지를 後 안다면
　　　과정(도)을 아는 데 도움이 되리라

I'll tell you wot izza comin'
　　　Sochy-lism is a-comin'
　　　　....
　　things have ends(or scopes) and beginnings.　To
know what precedes 先　and what follows 後
　　will assist yr/ comprehension of process (77/465)

여기서는 사회주의 도래의 원인과 결과에 초점이 주어진 데 반해, 「시편 76」에서는 공자의 말씀을 자신의 상황에 적용시켜 유교의 내면화를 보여 주는 예라고 하겠다.

또는 달리 연결해서   (여정)   구

　리젠트 운하 위의 스튜디오
　소파에서 잠든 디오도라, 젊은
　다이미오의 "재단사의 청구서"
　또는 몇 년 후에 다시 발견된 그리쉬킨의 사진
　엘리엇씨는 뭔가 빠졌을지 모른다는
느낌을 지니고, 결국, 그의 소품을 쓰고 있었는데
　　　　여정

　　　mouth, is the sun that is god's mouth

or in another connection   (periplum)   口

　the studio on the Regent's canal
　Theodora asleep on the sofa, the young
　Daimio's "Tailor's bill"
　or Grishkin's photo refound years after
　　with the feeling that Mr Eliot may have
missed something, after all, in composing his vignette
　　　　periplum (77/466)

여기서 입(口)은 신과 연결되어 시인의 창조행위를 연상시키며, 태양의 여정과 또 달리 연결지어서, 시인의 예술 편력을 연상시킨다. 파운드는 신의 말씀이 혼돈의 세상에 질서를 가져 오듯이 예술과 정치가 유기적으로 통합된 새로운 세상을 창출하고자 스스로 자임한 문인-군자의 입으로 시와 산문에서 서구세계를 향해 비판의 목소리를 높여 왔다. 그러나 그러한 창조행위는 세상을 덜거덕거리게 했을 뿐, 입이 제거된 완지나처럼, 이제 그 자신도 창작의 기회를 박탈당할지 모른다는 위기감에 빠지게 되었다. 그런데 그는 자신의 예술편력 중 암울한 현재와 대비되는 평화로움을 런던에서 발견한다. 런던의 리젠트 공원 북쪽 모서리로 흐르는 운하가 내려다보이는, 예술가들이 종종 모여 들던 스튜디오에서 잠들어 있던 한 여인, 파운드를 위해 추상화를 그려 주었던 일본인 화가 타미오수케 코우미(Tamiosuke Koume) 즉 다이미오, 파운드가 T.S. 엘리엇에게 소개시켜 주었던 러시아 무용가 세라피나 애스타피에바(Serafima Astafieva) 즉 그리쉬킨, 뭔가 미진한 듯 원고를 다듬고 있던 엘리엇 등 동료예술가들과 함께 지냈던 좋았던 시절이 회상되고 있다(Terrell *Companion* 405; Froula 223-4).『휴 셀윈 모벌리』에서 런던의 문화예술계 풍토를 통렬히 풍자한 것과는 달리, 여기서는 평화로웠던 그 시절에 대한 그리움이 깃들어 있다.

그러나 파운드는 다시금 문인-군자로서의 자신의 창작활동이 가져온 중압감, 즉 자신의 창조행위가 불가능하게 될지 모른다는 위기의식에 시달리고 있다.

> 그리고 톰은 원형 양철조각을 매달고 있었다, 그위에 이름이 새겨진
> 　　　원형의 깡통뚜껑을, 혼자서:
> 왜냐면 완지나가 그의 입을 잃었기에,
>
> and Tom wore a tin disc, a circular can-lid
> 　　　with his name on it, solely:
> for Wanjina has lost his mouth, (77/474)

여기서 그는 동료죄수 톰이 혼자서 이름표를 달고 있는 것을 보면서 자신을 포함한 다른 죄수들은 이름이 없는 존재의 상실 상태에 있는 것으로 상상하고 있다. 그런 만큼 평화롭던 런던시절과 감옥에 갇힌 현재의 간극은 크다고 할 수 있다.『피사시편』에서 파운드가 인식한

모든 것을 초월하는 사랑, 애정의 가치를 예술가들에게서 찾을 때 따뜻하게 기억되는 대부분이 런던시절에 교유하던 예술가들, 예이츠, 엘리엇, 포드 등이라는 것을 주목할 필요가 있다. 그들과 자신 사이에 놓인 간극을 깊이 인식하면서 그는 자신이 걸어온 남다른 예술 편력의 여정을 되돌아보게 되는 것이다.

진정한 예술이 가능한 사회를 건설하고자 자신의 예술 활동의 영역을 정치로 확대시켰던 과거를 회상하면서 파운드는 카산드라(Cassandra)의 운명에서 자신의 운명을 발견한다.

> 카산드라, 네 눈은 호랑이 [눈] 같구나,
>> 그 속에 아무런 단어도 씌어 있지 않은
> 너 또한 나처럼 옮겨졌지 이름 모를 곳으로
>> 병동으로 그리고 여행에는
>>> 끝이 없구나.

> Cassandra, your eyes are like tigers,
>> with no word written in them
> You also have I carried to nowhere
>> to an ill house and there is
>>> no end to the journey. (78/477)

짐머만(Zimmerman)에 따르면, 카산드라는 트로이(Troy)의 왕 프라이엄(Priam)의 딸이었다. 그녀를 사랑한 아폴로(Apollo)가 자신의 사랑을 받아 준다면 그녀의 소원을 들어 주겠다고 약속하자 그녀는 예언의 힘을 요구했다. 그런데 아폴로가 소원을 들어 주자, 그녀는 태도를 바꿔 아폴로의 정열을 충족시켜 주기로 한 약속을 지키기를 거부했다. 아폴로는 이미 부여한 예언의 힘을 거둘 수는 없었지만 그녀가 진실을 예언하더라도 아무도 그녀의 예언을 믿지 않게 만들었다. 그녀는 트로이가 멸망할 것이며 자신은 트로이가 멸망한 후 포로가 되어 노예가 될 것이라고 예언하였지만 트로이 사람들은 그녀의 예언을 믿지 않고 오히려 그녀가 미쳤다고 생각하게 되었다(51). 파운드는 카산드라가 트로이를 위하여 경고를 했듯이 현대 서구문명의 소생을 위하여 스스로 판단하기에 생산적이고 행동적인 비판을 가해 왔다. 그러나 이제 그는, 포로가 되어 어디론가 끌려 간 카산드라처럼, 피사 수용소의 의무실에 와 있는 자신의 처지를 돌아 본다. 진정한 예언의 힘을 가졌다고 하더라도 카산드라가 조국 트로이도 자신도 구할 수 없었고 오히려 미친 사람으로 취급된 것처럼, 정치적 예술활동을 벌인 결과 그는 예술도 문명도 구하지 못하고 조국에 의해서 반역죄로 기소당할 처지에 놓이고 말았다. 카산드라의 비극이 아폴로와의 약속을 저버린 데서 시작됐다면, 그의 비극은 시신(詩神)과의 무언의 약속을 깨고 예술의 사회적 참여의 한계를 넘어선 데서 비롯되었다고 할 수 있다. 그런데 그가 카산드라의 눈에서 예언의 지혜를 읽을 수 없다고 토로하는 것은 아테네-카산드라의 지혜의 힘을 빌어 정의를 구현하려 했던 자신의 신념의 정당성에 대한 믿음이 흔들리고 있음을 보여준다. 윌리엄 블레이크(William Blake)가 「호랑이」(Tyger)에서 호랑이의 눈을 깊이를 알 수 없는 창조주의 신비에 접근하는 매개체로 썼듯이, 파운드는 일단 카산드라의 눈을 호랑이의 눈에 비교하여 문명을 구할 수 있는 진리의 빛에 도달하는 수단으로 생각하고 있음을 보여 준다. 지금까지 파운드는 공자를 통해서 그러한 진리의 빛에 도달했다고 생각해 왔고, 무솔리니의 파시즘이 몰락한 이후에도 유교사상에 대한 믿음을 유지함으로써 자신의 정신적 파탄을 방지하려고 하였다. 이러한 차원에서 『피사시편』의 처음부터 끝까지 그는 공자의 유교사상의 정당성을 반복해서 주장한다. 그러나 그의 의식이 예술과 정치의 미묘한 경계선 위에 머무를 때, 문인-군자로서의 사회적 자아는 문인-시인으로서의 예술적 자아의 견제를 받게 된다. 카산드라를 통해 자신의 비극이 예술가로서의 한계를 벗어나 정치에 연루됨으로써 파생했다는 인식에 도달하자, "카산드라, 너의 눈은 호랑이의 눈 같구나/ 어떤 빛도 그 사이를 뚫고 들어 가지 못하는구나"(Cassandra, your eyes are like tigers'/no light reaches through them) (78/482)에서 나타나듯이, 그는 더 이상 카산드라의 눈을 통해 진리에 도달할 수 있다는 확신을 가질 수 없게 되었다.

그런데 여기서 파운드가 카산드라의 눈을 호랑이의 눈과 비교하여 두려움의 대상으로 삼고 있는 것을 주목할 필요가 있다. 「시편 74」에 나오는 미의 여신의 "온화한 눈"은 「시편 76」에서 "두려운 아프로디테," "두려운 델리아(Delia)"를 거쳐, 「시편 78」에서는 공포의 대상이 되고 있다. 이것은 미의 여신에 대한 그의 의식이 바뀌고 있음을 보여준다. 『피사시편』의 서두에서 그는, 파시즘이 망한 뒤에도, 정치와 예술을 일치시키며 새로운 사회를 꿈꾸었던 자신의 예술적 노력의 정당성을 확신하고, 미의 여신만은 자신에게 조롱하지 않는 온화한 눈길을 보내 주리라고 생각하였다. 그러나, 예술과 정치의 불일치를 막연히 의식한 뒤, 「시편 78」 이후 갑자기 눈에 대한 언급이 많아지는 것은 (Terrell *Companion* 415), 과거의 자신의 예술행위에 대한 자의식이 강해지고 있음을 말해 준다. 카산드라의 눈은 "미친 여인" 도나 주아나(Donna Juana)의 눈으로 연결된다(eyes of Dona Juana la loca)(78/483). 도나 주아나(1479-1555)는 아라곤의 퍼디난도(Ferdinando of Aragon)와 카스티유의 이자벨라(Isabella of Castile)의 딸로서, 남편 필립(Phillip)을 사랑하여 질투로 인해 여러 가지 비극을 야기하고는 결국 남편이 죽자 미쳐 버린다. 그녀는 사랑 때문에 미친 것으로 볼 수 있다.

파운드는 여기서 예술을 너무나 사랑한 나머지 비극적 결과를 초래한 자신을 투영하고 있는 것이다.

문인-군자로서의 자신의 창작행위에 대한 반성을 완지나의 무분별한 언어행위에 대한 인식에서 시작한 파운드는 공자의 말씀(辭達)을 떠올리며 언어의 목적에 대한 명상을 시작한다.

> 음각 자국은 부분적으로
>   찍힌 것이 무엇이냐에 달려 있다
>
> 틀은 쏟아 부은 것을 담아야 한다 　　　사
>
>   대화
>   속에서
>   중요한 것은 　　　　　　　　　달
>
> 이해시키는 것뿐 그 외엔 없다
>
>
> the imprint of the intaglio depends
>   in part on what is pressed under it
>
> the mould must hold what is poured into it 　辭
>
>   in
>   discourse
>   what matters is
>
> to get it across e poi basta 　　　　達 (79/486)

시인이 시를 쓸 때, 조각의 틀이 재료를 담아내야 하듯이, 기본적으로 그는 자신이 말하고자 하는 내용을 작품이라는 형식 속에 담아야 한다. 그런데 그것을 어떤 형식에 담건, 공자가 말하듯이, 중요한 것은 원래 말하고자 했던 요점을 정확히 전달하는 것이다. 그러나, 부조에서 음각되어 나타난 자국이 재료에 따라 표현효과를 달리할 수 있듯이, 시인의 언어행위도 어떤 형식에 담느냐에 따라 전달 효과가 달라질 수 있다. 파운드는 서구사회의 병폐를 지적하면서 미국 헌법과 같은 가치 있는 서구의 제도들이 원래 지니고 있던 "그 가치"(the value thereof)를 소생시키려는 자신의 발언들이 "문제의 핵심"(the crux of the matter)(79/486)을 담고 있다는 확신을 가지고 있다. 그러나 그러한 발언들은 라디오 방송이나 정치적 선전문구(팜플릿, 파시즘 포스터)에 이르기까지 확산되어 예술적 표현형식의 한계를 넘어서고 말았다. 파운드는 서구사회의 문제를 시 속에 표현하는 것에서 그치지 않고 시인으로서의 한계를 넘어서 지나친 정치적 선동에 뛰어든 자신의 문제점을 자각하게 된 것이다. 피사 시절의 고난을 겪은 뒤 출판한 『논어』의 번역에서, 그는 사달(辭達)을 다음과 같이 풀이하고 있다.

공자가 말했다. 문체의 문제? 뜻을 전달하고 나면 그치라.

He said: Problem of style? Get the meaning across and then STOP. (*C* 269)[15]

파운드는 여기서, 말하는 사람이 자신의 의사를 전달한 이후에는 더 이상의 말을 삼가야 한다는 것을 특히 강조하고 있다.

사달을 통해서 자신의 언어행위를 반성하는 파운드는 자신의 잘못의 원인이 이성에 치중한 데 있다는 인식에 이른다.

---

15) 『논어』 「위령공(衛靈公)」 41에 나오는 원문은 다음과 같다.

말은 뜻을 전달하면 그것으로 끝나는 것이다.

子曰 辭達而已矣 (『논어·맹자』 181)

아테네는 더 많은 성적 매력을 지니고 할 수도 있었으리
회색 눈들
"뭐라구요, 올빼미."

Athene cd/ have done with more sex appeal
caesia oculi
"Pardon me, γλαύξ" (79/486)

지혜의 여신 아테네에게 부족한 "성적 매력"을 의식하면서, 파운드는
이성적 판단만으로 세상을 이해하고 평가해 온 자신의 한계를 절감하
고 있는 것이라고 볼 수 있다. 고리대금업으로 대변되는 현대문명의
폐해를 지적하면서, 그는 그러한 지적을 받아들이려 하지 않는 세상을
향해 가혹한 비판을 서슴치 않았다. 그의 정치적 발언은 세상을 덜거
덕거리게 하였고, 그 결과 그 자신은 수용소에 갇히는 신세가 되었다.
파운드는 아테네를 일찍이 "매우 애처럽게 여겨지는 지식인"(the
much pitied intellectual)이라고 말한 적이 있었다(Terrell *Companion*
425). 그러나 이제 자기 자신이 그런 존재가 되어 있음을 자각하고 있
다.
　이러한 자각은, 곧 이어지는 시행에서, 감옥에 갇힌 자신의 처지를
『시경』230의 구절을 통해 되새기게 한다.

　　　　　　　　　이선 위에 둘
　　　그 녀석의 이름이 뭐지? 다레조, 귀 다레조　　　　　황

　　기보법(記譜法)
　　　　　삼선 위에 셋

　　　꽥꽥대는 자　　　노란 새가　　　　　　　　　　　조

쉰다　　　병 속의 석달

(저자)　　　　　　　　　　　　지

2 on 2

what's the name of that bastard? D'Arezzo, Gui d'Arezzo　黃

notation

3 on 3

chiacchierona　　　　　the yellow bird　鳥

to rest　3 months in bottle

(auctor)　止 (79/487)

파운드는 의무실에서 내다보이는 전기줄을 악보의 오선으로, 거기에 앉아 있는 새들을 음표로 생각하면서, 2선 악보 표기법에서 5선 악보 표기법으로 기보법을 개량하여 현재까지 500여년이나 지속시킴으로써 예술에 기여한 귀도 다레조(Guido d'Arezzo)(1000-1050)와 자신을 비교한다. 그런데 『시경』의 원전에서는 황조가 아름다운 목소리의 꾀꼬리이며, 번역시에 파운드가 황조를 구체적으로 이름을 거명하지는 않았으나 "영롱한 지저귐"을 내는 것으로 묘사하였는데 여기서는 꽥꽥대는 자로 묘사한 것에 주목할 필요가 있다. 그는 지금까지의 자신의 예술행위가 "꽥꽥댄" 것에 불과함을 깨닫는다. 그 결과로 병속에 든 "노란 새"처럼 석달을 피사 수용소에 갇혀 있는 자신을 그는 발견한다. 여기서 그가 감옥에 갇혀 있는 것을 "쉰다"고 표현한 것은 자신의 예술여정 속에서 정치적 발언에 열중하던 때를 반성하며 안식을 찾고 있음을 보여준다. 그런데 그러한 안식의 추구 뒤편에서 우리는 "저자" 파운드의 시적 위기의식을 감지할 수 있다. "황조지"의 출전인 『시경』의 원시를 그의 번역과 비교해 보면, 그가 자신의 예술행로에 서 지고 있던 짐을 여기서 의식하고 있다고 추정할 수 있다. 파운드의 번역은 다음과 같다.

> 영롱한 지저귐 노란 입에서 이어지고,
>   그처럼 끊임없는
> 단조로운 노래 소리 여치도 지속하지 못했으나 --
> 산모롱이에 머문다.
> 갈 길은 먼데,
> 짐은 어떡하나?
> 마시고, 먹고,
> 분부에 따르리,
> 수레가 우리를
>   실어 가리니, 우리를 실어 가리니.

> The silky warble runs in the yellow throat,
> never kept katydid to rote
>   unceasing so --
> yet comes to rest in angle of the hill.
> Roads to go,
> loads how?
> Drink, eat,
> think as taught,
> cars ought
>   to carry us, carry us on. (*CA* 143)

단조롭게 우는 여치보다도 더 오랫동안 맑은 소리로 끊임없이 노래를 하던 꾀꼬리도 이제 쉴 곳을 찾는다.[16] 그런데 꾀꼬리의 휴식은 무거 운 짐을 지고 가야 할 화자의 여정과 대비되어 있다. 따라서 여기에는

날이 저물어 보금자리로 향하는 황조를 바라보는 화자의 고뇌가 부각
되고 있다. 이에 반해 원시는 먼길을 떠나는 화자의 각오가 두드러진
다.

> 꾀꼬리 꾀꼴꾀꼴, 저기 저 언덕
> 굽이진 그 곳에 앉아 우는데
> 갈 길은 천 리 만 리 멀고 멀거니
> 내 고생 그 얼마나 벅차랴마는
> 술이네 음식이네 내려오시고
> 분부는 간곡하여 뼈에 스미매
> 뒤따를 수레에도 만단의 준비
> 갖추게 해 어서 어서 길을 떠나리.

> 綿蠻黃鳥止于丘阿
> 道之云遠我勞如何
> 飮之食之敎之誨之
> 命彼後車謂之載之 (『시경』 322)

원시에는 여행에 대한 부담이 언급되어 있으나 그것을 극복하려는 적

---

16) 꾀꼬리의 울음소리를 묘사한 부분은 『대학』에도 나오는데, "시운 만황조 지우구우"(詩云 蠻
黃鳥 止于丘隅: 시경에 이르기를, 예쁜 꾀꼬리가 언덕 모퉁이에 머물렀네)(『대학·중용』 47)
라는 구절을 파운드는 다음과 같이 번역하였다.

> The *Book of Poems* says:
> *The twittering yellow bird,*
> *The bright silky warbler*
> *Talkative as a cricket*
> *Comes to rest in the hollow corner of the hill.* (C 39)

여기서 파운드는 할 말이 많은 듯(talkative) 끊임없이 울어대는 귀뚜라미의 울음소리를 새로 도
입하여 꾀꼬리의 울음소리를 묘사하고 있다. 그러나 위의 『시경』의 번역에서는 기계적으로
반복되는 여치의 울음소리(rote)를 꾀꼬리의 영롱한 울음소리(silky warble)와 대조하고 있다.

극적 의지가 나타나 있는 반면, 번역시에는 여행의 어려움이 토로되며 체념의 어조가 드러나 있다. 또한 원시에서는 꾀꼬리가 산구비에 내려 앉아 울고 있는 것으로 묘사하여 화자에게 여행길을 재촉하는 것으로 제시된 데 비해서, 번역시에서는 끊임없이 울던 황조가 산모롱이로 아마도 보금자리를 찾아 쉬러 간 것으로 묘사하여 화자의 시름을 깊게 하고 있다. 따라서 감옥에서 "쉬면서" 황조를 통하여 안식을 갈망하는 자신을 투사하고 있는 파운드는 저자로서 자신이 지게 된 짐, "꽥꽥 댐"으로써 독자를 상실하게 됐다는 창작의 위기를 상대적으로 더욱 절실히 느끼고 있는 것이라고 하겠다. 그렇기 때문에 파운드는 「시편 79」의 나머지 부분에서 20여 회 반복해서 디오니소스 신을 상징하는 동물 링크스(Lynx)에게 자신의 예술세계를 지켜 달라고 간절히 기원하게 된다.[17]

「시편 80」에서 파운드는 다시 한 번 사달을 통해 자신의 예술행로에 대한 명상에 잠긴다.

> 전달하고 나선 그치는 것, 그것이
> 　　　대화의 법칙
> 　　멀리 나가서 끝나는 것
> 단정하면서도 소박한, 아마도 단정치는 않았을
> 키르케의 머리털 같은
> 레게의 낡은 판본 표제면과
> 우아한 장정본 어떤 면의 차이와도 같은
>
> To communicate and then stop, that is the
> 　　　Law of discourse

---

17) Lynx와 관련된 시행들의 대표적 예는 다음과 같다. "O Lynx, my love, my lovely lynx,/ Keep watch over my wine pot" (487-8), "O Lynx keep watch on my fire"(489), "O Lynx, guard this orchard"(490), "O lynx, keep the edge on my cider"(491), "O lynx, guard my vineyard"(492)

        To go far and come to an end
    simplex munditiis, as the hair of Circe
    perhaps without the munditiis
    as the difference between the title page in old Legge
    and some of the elegant fancy work (494)

"전달하고 나서 [말을] 그치는 것"이 "대화의 법칙"인데 파운드는 너무 "멀리 나가서 끝나게" 되고 말았다. 대화의 원칙을 비유적으로 말하자면 여인의 단정한 자태 속에 깃든 소박함이라고 할 수 있는데 그는 자신의 예술이 "키르케의 머리털처럼" 단정치 못했다는 인식을 보이고 있다. 그 차이는 낡은 해적판이기는 하지만 유교사상을 진솔하게 담고 있는 레게의『사서』번역본과 겉만 우아하게 꾸며져 있는 어떤 책의 대비를 통해서도 드러나고 있다. 이렇듯 그가 정치에 깊이 연루된 자신의 예술역정을 돌이켜 볼 때 예술과 정치의 불일치를 새삼 깨닫게 되는 것은 당연한 일이다.

        자희태후(慈禧太后)의 붓놀림이 어떠했는지 궁금하구나
    그녀는 나무에 있는 새들이 내려오게 할 수 있었다고 하니,
        정말 최고였다고 하니; 허나 지옥을 만들었다
    궁정에서

        I wonder what Tsu Tsze's calligraphy looked like
    they say she could draw down birds from the trees,
        that indeed was imperial; but made hell in
    the palace (80/495)

파운드는 중국 청나라 서태후(西太后: 1835-1908)가 붓글씨를 잘 썼지만 포악한 정치로 궁전에 재앙을 불러 일으켰던 것을 상기한다. 이

경우, 아무리 뛰어난 예술적 업적을 남겼더라도 세상 사람들에게 예술가로서의 업적을 제대로 평가받기는 어렵다. 그것은 세계에 재난을 가져 온 무솔리니를 찬양한 파운드의 경우도 마찬가지일 것이다. 더구나 시인 파운드의 문제는 자신의 행위가 떳떳하다는 자신감을 가질 수 없다는 데 있었다.

미국시인이며 예술의 후원자였던 낸시 쿠나드(Nancy Cunard)가 20년대 말의 파리 예술계를 소란스럽게 한 성추문을 일으켰을 때 파운드는 그녀를 두둔하였는데(Terrell 431; Froula 229-230), 그것으로 인해 비난을 받는다면 자신의 행위가 정당하다는 것을 떳떳하게 주장할 수 있을 것이다.

> 공자 이르기를 "그렇다면 난 저주받으리라."
> 남부 출신 낸시의 이 일
>
> "and I be damned" said Confucius:
> This affair of a southern Nancy (80/495)

파운드는 『논어』 「옹야(雍也)」 28에 나오는 구절을 통해서 자신의 입장을 밝히고 있다. 공자는 남자(南子)의 간청을 받아 들여 그녀를 만나게 되었는데 자로(子路)가 이를 못마땅하게 생각했다. 그러자 공자는 엄숙한 표정을 지으며 "만일 내가 그녀를 만나 보는 것이 도리에 벗어난 일이라면 하늘도 나를 싫어할 것이다, 하늘도 나를 싫어할 것이다" 하고 맹세하듯 말했다(子見南子 子路不說 夫子矢之曰 予所否者 天厭之 天厭之)(『논어·맹자』 82). 이 구절을 번역하면서 파운드는 남자(南子)를 "Nan-tze"로 표기하였는데[18] 이 때문에 낸시의 추문이 연상

---

18) 파운드의 번역은 다음과 같다.

된 듯하다. 그는 공자의 일화를 통해서 자신이 편든 낸시에게 잘못이 없음을 확인하고 있다. 그런데 모든 사람이 낸시를 비난하는 상황에서 그가 그녀를 두둔한다고 하더라도 그 행위는, 낸시가 예술가이므로 어떤 사회적 영향을 끼치는 것이 아니고 따라서 개인적 판단과 도덕의 차이를 보여 주는 판단행위에 불과하므로, 크게 문제가 될 소지는 없다.

그러나 파운드가 정치가 무솔리니를 지지하고 적극적으로 그의 정권을 홍보했을 때 사정은 달라진다. 무엇보다도, 무솔리니를 찬양한 그의 행위는 비록 의도는 정당한 것이었다고 해도 세상의 비난 앞에 당당히 맞설 수 있을 만큼 떳떳한 것이 아니었다. 그는 무솔리니의 주변인물들이 부패했을 뿐 아니라 파시스트 정권이 "강조/ 강조의 오류 혹은 지나침"(emphasis/ an error or excess of emphasis)(80/496)이라는 잘못을 저지른 것을 인정할 수 밖에 없었기 때문이다. 그러므로 이제 그는, 『피사시편』의 서두에서와는 달리, 자신의 예술행로에서 정치에 깊이 뛰어 드는 실수를 저질렀다고 하더라도 미의 여신만은 조롱하지 않는 온화한 눈으로 자신을 지켜보리라는 확신을 가질 수 없게 되었다. 이것은, 「시편 78」 이후 자주 등장하는 자의식의 눈이 파운드로 하여금 예술과 정치의 불일치를 인식하게 한 데서 한 걸음 더 나아가, 지금까지 자신의 문필활동이 초래하게 된 부정적 측면을 그가 한층 심각하게 고려하게 됐음을 보여 준다.

그런데 무솔리니가 "강조의 지나침" 때문에 실패했다면 파운드도 또한 공자의 사상에 빠져 들면서 똑같은 실수를 저질렀다. 2장에서 이미 살펴보았듯이, 타락한 "서구에 유교사상을 주사할 필요가 있

He went to see (the duchess) Nan-tze. Tse-Lu was displeased. The big man said: Well I'll be damned, if there's anything wrong about this, heaven chuck me. (*C* 218)

다"(The West needs the Confucian injection)(*SP* 109)고 「맹자」(Mang Tsze)(1938)에서 강조했을 때, 그는 이미 공자의 사상을 온전히 수용하는 면에서 균형감각을 잃고 있었다. 그는 「공자의 즉각적인 필요성」(Immediate Need of Confucius)(1937)에서 다음과 같이 말했다.

> 어쨌거나 [특히 『대학』 첫 장의] 필요성은 강조해야할 문제다. 서양의 우리들은 『대학』의 첫 장에서 시작할 필요가 있으니, 우리의 도덕이나 사색의 바깥변소에 되는대로 들여 놓는 것만으로는 안된다.
>
> In any case the *need* [specifically of the first chapter of the *Ta Hio*] is a matter of emphasis. We in the West *need* to begin with the first chapter of the *Ta Hio*, not merely to grant casual admission of it in some out-house of our ethics or of our speculations. (*SP* 91)

『대학』이 공자의 질서관과 국가관을 담고 있는 것을 생각하면 『대학』에 대한 파운드의 강조가 개인의 수양을 전제로 백성을 위한 질서를 추구하는 공자의 사상 중에서 한 쪽으로 치우쳐 있다는 것을 알 수 있다. 그러나 이제 파시스트 정부의 실패 원인을 파운드가 "강조의 지나침"에서 찾고 있는 것은 균형감각을 되찾고 있는 것을 보여준다. 무솔리니의 파시즘을 찬양할 때 『대학』을 번역하면서 질서를 강조한 것과는 달리, 파운드는 피사 시절부터 『논어』와 『중용』을 번역하면서 개인의 수양에 한결 더 많은 관심을 보이고 있다. 그는 『중용』의 번역에 부친 글에서 『중용』의 윤리를 "과녁을 맞추지 못했을 때 궁수는 돌아서서 실수의 원인을 자신에게서 찾는다"(The archer, when he misses the bullseye, turns and seeks the cause of the error in himself)(*C* 95)라고 한 구절로 요약하였는데, 『피사시편』에서도 "황소의 눈(과녁)을 놓치는 것, 그 원인을 자신에게서 찾는다"(Missing the bull's eye seeks the cause in himself) (77/468)라고 자기성찰을 강조하고 있다.

그렇다면 균형감각을 되찾은 파운드가 자신의 과거를 돌이켜 보며 얻은 결론은 무엇일까? 『중용』의 번역 중 한 부분을 보자.

> 공자께서 말씀하셨다. 사람들은 도(道)를 행하지 아니한다. 그 이유를 나는 안다. 지혜로운 자들은 넘친다. (지식인은 극단으로 간다.) 어리석은 자들은 떠나지도 않는다. 도는 이해되지 않는 법이다. 재능 있는 자는 그것을 지나치고, 다른 자들은 그것에 미치지 못한다.

> Kung said: People do not move in the process. And I know Why. Those who know, exceed. (The intelligentzia goes to extremes). The monkey-minds don't get started. The process is not understood. The men of talent shoot past it, and the others do not get to it. (C 105)[19]

공자는 사람들이 도를 행하기 어려움을 지적하며 그 이유를 설명하고 있다. 그런데 파운드가 여기서 "지혜로운 자들은 넘친다"는 평범한 표현을 "지식인은 극단으로 간다"고 반복하는 것에 주목하기 바란다. 이것은 그가 과거의 자신의 문필활동을 반성하며 변호하고자 하는 의식의 발로에서 비롯된 것이라고 하지 않을 수 없다. 따라서 이미 지적한 바대로 「시편 79」에서, "매우 애처럽게 여겨지는 지식인"인 아테네에게 자신을 투사하고 있던 파운드는 자신의 예술행위가 이데올로기에 편향됨으로써 예술의 정치적 참여에 가로놓인 한계를 벗어났다는 결정적인 결론에 도달한 것으로 생각된다.

---

19) 『중용』의 원문은 다음과 같다.

子曰 道之不行也 我知之矣 知者過之 愚者不及也 道之不明也 我知之矣
賢者過之 不肖者不及也(『대학·중용』 212)

극단에 빠짐으로써 스스로 시창작의 위기를 초래했음을 자각한 파운드는 죽음의 공포를 언어의 부재로 구체화한다. 「시편 80」의 앞부분에서 그는 이미, "죽음만은…돌이킬 수 없구나"(Nothing but death… is irreparable)(494)라고 죽음에 대한 공포를 피력하고는, "부분적인 부활"(Partial resurrection)(80/497)만이라도 꿈꾸어 본다. 그러나 예술가로서 그가 인식한 죽음은 "아무도 자기 언어를 말할 수 없는 곳"(where none can speak his language)(80/498)이다. 물론 "나무마다에 제 나름의 입과 향기"(to each tree its own mouth and savour)(80/498)가 있듯이, 그가 "각자 자신이 믿는 신의 이름으로"(each one in the name of his god)(76/454) 자신의 예술을 계속해서 합리화할 수는 있을 것이다. 실제로 그는 『피사시편』에서 시를 쓰고 유교경전을 번역함으로써 그러한 합리화를 시도하고 있는 것으로 볼 수 있다. 이러한 합리화의 언어행위가 이루어지고 있다는 자체가 세상을 덜거덕거리게 한 자신의 언어행위에 대한 그의 반성이 아직은 철저하지 못하다는 것에 대한 반증이 될 수도 있다. 그러나 죽음이 육신의 소멸일 뿐만 아니라 시인으로서의 종말을 뜻한다는 새로운 인식은 그를 독자에 대한 명상으로 인도하게 된다.

> 그러나
> 이와 같이 나는 독기를 헤치고 내려갔노라
>   누구나 닥치는 날씨를 받아 들여야 하느니
> 혹은 함께 말할 사람이 없어서
>   대화를 글로 쓰는 것
> 양을 초원으로 이끄는 것
> 당신의 점잖은 독자에게 자양분을 가져다 주는 것
> 점잖은 독자를   대화의 근본으로 이끄는 것
>   동물들을 분류하고자

```
                        ma
          cosi discesi per l'aer maligno
                    on doit le temps ainsi prendre qu'il vient
          or to write dialog because there is
                    no one to converse with
          to take the sheep out to pasture
          to bring your g. r. to the nutriment
          gentle reader    to the gist of the discourse
              to sort out the animals (80/499-500)
```

단테의 「지옥」편에 나오는 구절을 통해서 파운드는 자신의 창작행위
가 초래한 "독기"를 의식한다. 피사 수용소에 갇힌 그에게 닥쳐온 "독
기" 중에서 가장 고통스러운 것은 아마도 말할 대상이 없다는 것이었
다. 실제로 수용소 내에서는 경비병조차 그에게 말을 걸어서는 안 된
다는 명령이 내려졌다고 한다. 입이 제거된 완지나를 자신에게 투사하
면서 그가 창작의 위기를 최초로 인식했을 때도 그러한 상황이 직접적
인 배경이었다고 볼 수 있다. 그런데 초기에는 그러한 위기의식이 자
신의 창작의 지속성 여부에 대한 관심으로 나타났었다. 그러나 이제
그는 함께 말할 대상이 없는 상황을 의식하지 않을 수 없게 되었다. 자
신에게 닥쳐온 불행한 날씨를 받아들일 수 밖에 없듯이, 그는 "함께 말
할 사람이 없"는 상태에서 "대화를 글로 쓸" 수밖에 없다. 그러나 글을
쓴다는 것 역시 대화에 상대가 필요하듯이 독자를 필요로 한다. 말의
목적이 전달하는 것에 있다면 글의 목적도 전달하는 것이다. 그는 "사
달(辭達)"의 사(辭)를 "양을 초원으로 이끌어 가는 것"(lead the sheep
out to pasture)(Kenner *Era* 13)이라고 풀이했는데, 위의 인용문에서
"대화를 글로 쓰는 것"과 "양을 초원으로 이끄는 것"을 동일시함으로

써, 글쓰기의 목적도 또한 대화의 목적과 마찬가지라는 생각을 보여 주고 있다. 그러나 파운드가 "점잖은 독자를 대화의 근본으로" 이끌기를 희망하지만 반역죄로 기소당한 그에게 "점잖은" 독자가 남아 있으리라고 기대하긴 힘들다. 따라서 그는, 다이아나(Diana)가 그녀를 섬긴 은세공장이들에게 동정심을 베푼 것(At Ephesus she had compassion on silversmiths)(80/ 500)과는 달리, 예술에 매진하다가 시창작의 위기에 빠진 자신을 외면하는 아프로디테를 이기적이라고 부르게 되며 (Cythera egoista)(80/501), 그 후 지나온 자신의 예술여정을 돌이켜 보면서 "미는 어려운 것"(Beauty is difficult)(80/511)이라는 주제를 반복하게 된다.

유교의 사달 개념을 통해서 자신의 창작행위에 대한 각성을 보여 왔던 파운드는 "노는 부러지고 내 위로 파도가 덮칠 때,/ 영겁의 무를 통해서/ 바다와도 같은 활주로를 헤엄치는"(swum in a sea of air strip/ through an aeon of nothingness/ When the raft broke and the waters went over me)(80/513) 자신을 돌아보게 된다. 그는 자신이 겪게 된 쓰라린 현실을 스스로 초래했음을 토로하며 안식을 기원한다.

> 안식을 주라 사람들에게
>   끝없는 행동   순결한 여왕
>   내가 창조한 눈물이 나를 적시는구나
> 늦게, 너무도 늦게, 슬픔 그대를 알았노니,
> 나는 젊은이처럼 가혹했구나 60평생을
>
> repos donnez a cils
>   senza termine funge Immaculata Regina
>   Les larmes que j'ai creees m'inondent
> Tard, tres tard je t'ai connue, la Tristesse,

I have been hard as youth sixty years (80/513)

이상에 열중하여 현실의 삶의 모순된 양상들을 포용하지 못하는 젊은 이들처럼, 파운드는 서구문명에 대해 가혹한 비판의 칼을 일생동안 끊임없이 벼려 왔다. 『모벌리』 연작시부터 비판의 칼을 벼려 온 그는 1923년에 "지옥 시편"(「시편 14-15」)에서 분석적이라기보다는 분노에 찬 이미지로 현대문명의 지옥을 비판하여 독자들을 당혹스럽게 만들었다(Froula 151). 그 후 그는 런던의 금융가들, 미국의 정치가들, 유태인들에 대한 공격을 더욱 강화해 나갔다. 그러나 이제 그는 자신의 비판이 지나치게 가혹한 것이었음을 인정하며, "쓰라림을 마시는 사람들"(those who drink of bitterness)(80/513)에게 안식을 달라고 성모마리아에게 기원을 한다. 그런데 이러한 안식의 기원은, "repos donnez a"라는 불어 문구가 "give rest to"의 뜻이므로, 예를 들어 앞에서 살펴본 "노란 새가/ 쉰다 병 속에서 석달"(the yellow bird/ to rest three months in bottle 黃鳥止)(79/487)을 상기시킨다. 「시편 79」에서 황조지(黃鳥止)를 통해 예술에 매진하다가 감옥에 갇힌 현실을 다시금 인식했던 그는, 사달(辭達)을 통해 자신의 예술행위를 반성하고 난 뒤, 여기서 황조지(黃鳥止)를 시상의 매체로 삼아 자신의 "끝없는 행동"을 참회하며 궁극적 안식을 기원하고 있는 것이다.

이와 같이 과거의 예술행위에 대한 참회의 의식(儀式)을 치룬 파운드는 사물을 새로운 시각으로 바라본다. 3장 2절에서 이미 살펴보았듯이, 『피사시편』에서 파운드는 동료죄수는 물론 고양이, 개미, 도마뱀, 새에 대한 애정을 표현하였다. 자신이 겪고 있는 고통스런 현실 앞에서 자신이 그러한 미물들과 다를 것이 없다는 동료의식을 갖는 것은 어쩌면 당연한 일일지 모른다. 그러나 철저한 반성을 거치고 난 뒤 그는 그러한 미물에도 미치지 못하는 자신의 처지를 절감한다. 감옥에 갇혀 있는 초라한 자신에 비교할 때, "동쪽 철조망 너머/ 아홉마리 새 끼가 딸린 암퇘지"(beyond the eastern barbed wire/ a sow with nine boneen)도 "클라리지 호텔의 여느 공작부인만큼이나 위엄 있 게"(matronly as any duchess at Claridge's)(80/515) 여겨진다. 따라서 "그의 표범 반점[눈]을 크게 뜨고/ 풀잎을 따라 개미 반만한 크기의 초 록빛 각다귀를 찾는"(extends his leopard spots/ along the grass-blade seeking the green midge half an ant-size) "어린 도마뱀"에 대한 동료의 식도 한결 구체적인 동질감을 띠고 나타난다. 그는, "런던의 초록빛 우 아함이/ 내가 있는 빗물 도랑 이편에도 있게 된다면/ 도마뱀이 어떤 다 른 티본스테이크로 점심을 들게 해 줄 텐데"(and if her green elegance/ remains on this side of my rain ditch/ puss lizard will lunch on some other T-bone)(80/516)라고 말하여, 도마뱀을 자신과 함께 식사할 수 있는 위치로 격상시켜 놓고 있다.[20]

사물에 대한 시각의 변화는 개미에 대한 묘사에서 한결 뚜렷이 드러 난다. 「시편 76」에서 파운드는 "유럽의 난파에서 나온, 작가인 나"(from the wreckrage of Europe, ego scriptor)를 "부서진 개미언덕에 서 나온 외로운 개미와도 같다"(As a lone ant from a broken ant-hill) (458)고 비유하여 자신을 투사하는 것에 그치고 만다. 그러나 「시편 81」에서는 하찮은 "개미도 자신의 용꿈의 세계에서는 반인반수의

---

[20] 이러한 시각의 변화는 런던에 대한 파운드의 태도가 달라진 것에서도 나타난다. 파운드는 "당대 영국, 혹은 적어도 내가 떠날 무렵 그대로의 영국의 초상화"(a portrait of contemporary England, or at least Eng. as she wuz when I left her)(*Letters* 191)라고 스스로 밝힌 소위 "지옥 시편" 에서 런던의 타락상을 맹렬히 공격하였다. 그러나 여기서는 도마뱀을 통하여 하이드 파크 (Hyde Park)의 서펀타인(Serpentine) 연못, 그 연못 위의 갈매기, 주위보다 나지막한 화단을 회 상하며 "우리의 런던에 그 밖의 무엇이 남아 있을까/ 나의 런던, 그대의 런던"(and God knows what else is left of our London/ my London, your London)(80/516)이라고 그리움을 나타내고 있다.

신"(The ant's centaur in his dragon world)(521)이 될 수 있다는 인식을 갖게 된다. 그리고 「시편 83」에서는 "마음이 하나의 풀잎 옆에서 흔들릴 때/ 한 마리 개미의 앞발이 그대를 구원해 주리라"(When the mind swings by a grass-blade/ an ant's forefoot shall save you)(533)라고 말하여, 흔들리는 마음을 가누지 못하고 있는 자신과는 달리, "비틀거리는 것 같던"(the ants seem to stagger)(531) 개미는 실상 풀잎을 확고히 붙들고 자신의 세계의 중심에 있는 것을 깨닫는다.

참회의 의식을 치룬 뒤 사물에 대한 한층 깊어진 공감을 갖게 된 파운드는 「시편 81」에서 세계관의 변화를 보여준다.

> 제우스가 세레스의 품에 안겨 있구나
> 해뜨기전, 키테라(샛별) 아래
> 태산이 사랑으로 보살핌을 받는구나

> Zeus lies in Ceres' bosom
> Taishan is attended of loves
> under Cythera, before sunrise (517)

지상낙원의 꿈을 키우며 세상에 질서를 가져다 줄 절대적 권력을 추구하던 파운드의 상상력은 이제 지상세계, 곡식과 풍요의 신 세레스(Demeter, Ceres)의 초록빛 세계로 향한다. 유교의 질서관을 통해 하늘을 향한 이성을 강조하던 그는 유교의 이상적 공간인 태산에서 신성을 구현할 정의의 빛이 아니라 사랑과 자비의 빛을 본다. 정의와 질서는 인간이 추구하는 이상이지만, 인간이 허점투성이의 존재이기 때문에, 인간의 삶을 지배하는 유일한 가치일 수 없다. 그럼에도 불구하고, 그는 지금까지 그러한 이상에 매몰되어 왔다. 그러나 이제 지상을 향하는 그는, "그대가 진정 사랑한 것은 남는다/ 나머지는 찌꺼기/ 그대가 진정 사랑하는 것은 빼앗기지 않으리/ 그대가 진정 사랑하는 것이 그대의 진정한 유산"(What thou lovest well remains,/ the rest is dross/ What thou lov'st well shall not be reft from thee/what thou lov'st well is thy true heritage)(520-1)이라고 과감하게 노래하게 된다. 이것은 「시편 76」에서 "결국에는--/ 애정의--/ 질 밖에 중요한 것은 없다"(nothing matters but the quality/ of the affection--/ in the end--)(457)라고 수동적으로 삶의 가치를 찾던 그가 적극적으로 삶의 가치를 받아들이게 되었음을 보여준다.

하늘을 향한 이성지배의 질서중심 세계관에서 벗어나, 지상의 삶에서 긍정적 가치를 찾는 파운드는, 예술가로서의 자신의 삶에 깃든 허영과 자만을 발견하게 된다. 앞에서 살펴 본 「시편 80」에서의 참회의 의식(儀式)이 불어, 고대 불어, 이태리어, 라틴어 등의 다국어사용(polyglot)으로 남모를 고백의 형태를 띠는 데 반해, 여기서의 참회는 숨김의 장치가 해제되어 있다.

> 개미도 자신의 용꿈의 세계에서는 반인반수의 신.
> 그대의 허영을 넘어뜨려라, 용기 또는 질서 또는 우아함을
> 만들어 낸 것은 인간이 아니니,
>   그대의 허영을 넘어뜨려라, 내 말하노니 넘어뜨려라.
> 자로 재는 고안 능력이나 진정한 예술적 수완 속에
> 그대의 터전이 될 수 있는 것을 초록빛 세계로부터 배워라,
> 그대의 허영을 넘어뜨려라,
>   파껭이여, 넘어뜨려라!
> 초록빛 껍질이 당신의 우아함보다 나으리라.
>
> 그대 자신을 완성하라, 그러면 다른 이들이 그대를 받아 들이리라

그대의 허영을 넘어뜨려라
그대는 우박 아래 녹초가 된 한 마리 개,
발작하는 태양에 부풀어 오른,
반은 까맣고 반은 하얀 한 마리 까치
그대는 날개와 꼬리도 구별 못 하나니
그대의 허영을 넘어뜨려라
　　거짓 속에서 자라난
그대의 증오는 얼마나 천한 것이냐,
　　그대의 허영을 넘어뜨려라,
파괴할 때는 재빠르면서, 자비로움에는 인색하다니,
그대의 허영을 넘어뜨려라,
　　내 말하노니 넘어뜨려라.

The ant's centaur in his dragon world.
Pull down thy vanity, it is not man
Made courage, or made order, or made grace,
　Pull down thy vanity, I say pull down.
Learn of the green world what can be thy place
In scaled invention or true artistry,
Pull down thy vanity,
　　　　　Paquin pull down!
The green casque has outdone your elegance

　Master thyself, then others shall thee beare
　Pull down thy vanity
Thou art beaten dog beneath the hail,
A swollen magpie in a fitful sun,
Half black half white
Nor knowest'ou wing from tail
Pull down thy vanity
　　　How mean thy hates
Fostered in falsity,

> Pull down thy vanity,
> Rathe to destroy, niggard in charity,
> Pull down thy vanity,
>   I say pull down. (81/521)

파운드는, 여기서 자신의 오류가 질서, 용기, 우아함 등의 가치를 인위적으로 창조해 낼 수 있다는 그릇된 믿음에서 비롯됐음을 토로하고 있다. 예술가로서 자신의 진정한 터전이 "자로 재는 고안 능력"이나 "진정한 예술적 수완" 속에 있음에도 불구하고, 그는 예술의 토대가 되는 "초록빛 세계"를 등한시하고 자신의 영역을 벗어나 하늘의 신성을 구현할 이상적 세계를 현실화하려고 애썼다. 문제는, 그가 공자의 사상 속에서 그 이상을 발견하였으면서도 파시즘을 그 이상의 구체적 실현 대상으로 삼았다는 데 있다. 그가 질서와 더불어 수양(self-discipline)을 강조하는 공자의 사상을 균형 있게 고려할 수 있었다면, 그는 파시즘과 공자의 질서관을 동일시하면서 "파괴할 때는 재빠르면서 자비심에는 인색하게" 굴던 오만한 태도를 파멸에 이르기 전에 반성할 수도 있었을지 모른다. 그러나 유교사상을 이데올로기로서는 이해하면서도 내면화된 생활윤리로서 수용할 태세가 되어 있지 않은 그는, 반은 검고 반은 흰 까치처럼 날개와 꼬리를 분별하지 못한 채, 거짓 속에 자라난 자신의 증오가 극단에 치우치는 것을 통제하지 못했다.[21] 여기서 그는 피사의 천막 속에서 햇볕과 비바람에 노출되어 자신의 신체마저 까치처럼 변해 버린 상황을 새삼 뼈저리게 느끼는 것이다.

따라서 이제 파운드는 예술가로서 또 인간으로서 자신의 영역을 벗

---

21) 아마도 파운드가 유교사상을 제대로 이해하지 못한 것은 이성중심의 사고체계를 가진 서구인으로서의 한계 때문일지 모른다. 그러나 그것만으로 설명이 다 되는 것은 아니다. 그가 특히 자신의 지적 능력을 과신하여 자부심이 강한 독단적 성격을 지녔다는 점도 관련이 있을 것이다.

어났던 행위가 허영에 불과했음을 뉘우친다. 그러한 허영은 현재의 자신을 개미와 말벌에 비교해 볼 때 여지없이 깨지고 만다. 세상 만물을 차등적으로 보는 질서관에서는 미물에 불과한 개미도, "그의 용꿈의 세계에서는 반인반수의 신"으로서 자신의 영역에서 예술적 완성을 이룰 수 있다. 그에 반해, 파리의 유명 디자이너 파껭의 예술에 투사된 파운드의 예술적 성취는 말벌의 "초록빛 껍질"이 지닌 우아함에도 미치지 못한다. 일몰의 태양이 대자연을 물들이며 옷을 입히는 것(sunset grand couturier)(80/516)에 비교할 때, 파리의 유명 디자이너 파껭이 최상의 우아함을 창조한 듯이 뻐기는 것은 허영에 불과할 뿐이다. 그는 최고의 예술이 가능한 사회를 창조하기 위하여 정치에 뛰어 들어 인위적으로 예술의 완성을 꿈꾸었으나, 이제 자신이 우박에 맞은 한 마리 개, "발작하는 태양에 부풀어 오른 까치" 신세가 되었음을 확인한다. 동양적 관점에서 보면, 인간과 더불어 개미와 말벌 같은 미물들도 조화를 이루며 사는 "초록빛 세계"를 경시하면서 동양적인 조화로운 질서의 세계에 도달하기를 꿈꾼 것 자체가 모순을 내포하고 있었다. 그가 자신의 차등적 세계관 속에 질서의 의미를 편입시켰을 때, 그것은 이미 동양적 조화의 원리-- 인간은 자연을 지배하는 것이 아니라 자연의 일부로서 존재하며 미물에서부터 하늘의 도리까지의 삼라만상이 일체화되어 있다는--를 벗어난 것이었다. 그가 여기서 말벌의 "초록빛 껍질"이 파운드-파껭의 예술행위가 창조한 우아함보다 나으리라는 인식을 보이는 것은 예술가로서의 한계를 자각하는 행위로 볼 수 있다. 그리고 그러한 참회의 도덕적 기반으로, "그대 자신을 완성하라, 그러면 다른 이들이 그대를 받아들이리라"는 초오서(Chaucer)의 시 한 구절을 사용함으로써, 그는 유교에서 강조하는 수양의 의미를 자신의 예술과 삶에 적용시키고 있다고 하겠다. 위에서 인용된 초오서의 시 구절은 원래 "Subdue thyself, then others shall thee beare"인데 그는 그중에서 "subdue"를 "master"로 바꿔 놓고 있다. "Subdue"가 지니고 있는 "정복하다, 진압하다, (감정을) 누그러뜨리다, 억제하다"의 뜻에 더해서, "master"는 주인이 된다는 어감을 강하게 내포하고 있으므로, 그는 여기서 자신의 완성이라는 유교의 자기성찰의 목표에 한결 관심을 갖게 된 것으로 보인다.

개미와 말벌을 통해 과거의 예술행위를 반성한 파운드는 「시편 82」에 이르러서는 땅을 포옹하며 한 팔의 폭만큼 땅에 가라앉기를 원하며 (thou[Terra] drawest/ till one sink into thee by an arm's width/ embracing thee), 은유를 초월한 지혜가 땅 옆에 존재함(Wisdom lies next thee,/ simply, past metaphor)(526)을 깨닫고 있다. 하늘을 향해서만 지혜를 추구하던 그는 겸손하게 미물을 포함한 삼라만상 모든 것의 조화로운 삶을 긍정적으로 수용할 준비를 갖춘 셈이다. 「시편 83」에서 그는 "물 그리고 평화"(Hudor et Pax)(528)를 기원한다. 때마침 내리는 비에 "흠뻑 젖은 막사 속에는 고요가 감돌고 더위에 지친 눈들은 쉬고 있다"(in the drenched tent there is quiet/sered eyes are at rest). 비가 가져다 주는 마음의 평화 속에서 그는 공자의 "지자요수 인자요산"(智者樂水 仁者樂山)의 의미를 되새기며(the sage/ delighteth in water/ the humane man has amity with the hills), 그것이 "모든 것은 흐른다"(πάντα 'ρει)(529)는 헤라클리투스(Heraclitus)의 명제와 맥이 통하는 것임을 깨닫는다. 그리고 곧 이어 『논어』와 『맹자』에 나오는 두 구절을 결합하여 비-물이 전하는 진정한 지혜의 의미를 상상한다.

비의 신령들의
제단 아래 그가 서 있듯이

> "모든 웅덩이가 찰 때
> 물은 전진하느니"
>
> as he was standing below the altars
> of the spirits of rain
> "When every hollow is full
> it moves forward" (529-530)

첫 부분은 『논어』 「안연(顔淵)」 21에 나오는 공자와 번지(樊遲)의 문답과 관련이 있고, 뒤의 두 행은 『맹자(孟子)』 「이루장구 하(離婁章句 下)」에 나오는 맹자와 서자(徐子)의 문답과 관련이 있다. 공자와 번지의 문답은 다음과 같다.

> 공자를 모시고 함께 교외로 산책을 나갔던 번지가 기회를 틈타, 여쭈었다. 도덕의식을 높이는 것과, 결점을 바로잡아 나가는 것과, 시비를 구별하는 방법에 대해 가르침을 청합니다. 공자는 그의 물음에 답했다. 좋은 물음이다. 먼저 자기가 해야 할 사회적인 책임이 무엇인가, 그것을 결정하고 나서 생활 방침을 택해야 한다. 이것이 바로 도덕의식을 높이는 것이 된다. 자기의 잘못에 대해서는 신랄한 비판을 내리고 남의 잘못에 대해서는 관대한 마음으로 대하면 자연 결점을 바로잡을 수 있게 된다. 사소한 일로 감정을 격발시켜 이성을 잃게 되고, 그로 인해 자신은 물론 가족에게까지 누를 끼치게 된다면, 시비를 판단할 줄 안다고는 말할 수 없다.
>
> 樊遲從遊於舞雩之下 曰 敢問崇德脩慝辨惑 子曰 善哉問 先事後得 非崇德與 攻其惡 無攻人之惡 非脩慝與 一朝之忿 忘其身 以及其親 非惑與
> (『논어·맹자』 143-4)

여기서 공자는 도덕적 생활의 요체가 사회적 책임의 인식하에 설정되어야 하고, 그것을 실행함에 있어서는 자신에게 철저하고 남에게 관대하여야 하며, 옳고 그름을 판단할 때는 감정에 좌우되지 않아야 한다고 말하고 있다. 이것은 수양의 구체적 지침이라고 할 수 있는데, 파운드가, "육십 평생을 젊은이처럼 가혹했구나"라고 자신의 잘못을 토로한 것에 비추어볼 때, 이 구절의 연상을 통해서 그는 자신의 수양부족을 절실히 느끼고 있는 것으로 생각된다. 사회의 질서를 창조하기 위해서 수양을 전제로 하는 유교사상의 진면목을 그는 자신의 실패를 통해서 육화(肉化)하고 있는 것이다. 그것은, 『논어』를 번역하면서, 파운드가 이 구절의 첫 부분을 "번지는 강우단 밑에서 공자와 함께 거닐면서"(Fan Ch'ih walking with him below the rain altars)라고 표현했으나, 위의 시 인용부분에서는 "걸으면서" 대신에 "서 있는"으로 표현한 것에서 드러난다. 이것은 맹자와 서자의 문답과 관련된 것으로 추정된다.

> 서자가 말했다. 공자께서 물을 칭송하여 말하기를 물이여, 물이여 했는데, 물의 어떤 점을 취한 것입니까? 맹자가 대답했다. 샘을 근원으로 하는 물은 밤낮을 끊이지 않고 흘러서 웅덩이를 채우고 난 다음에 흘러서 바다에 이른다. 근본이 있는 것은 이와 같으므로 이것을 취한 것이다. 진실로 근본이 없다면, 칠팔 월 사이에 내린 비가 모여서 크고 작은 개울을 다 차게 만들 수는 있지만, 비만 그치면 그 물이 금방 말라 버리는 것이 가히 서서 기다리는 것과 같다. 그런 까닭에 명성이 실제의 사정보다 지나치는 것은 군자가 부끄러워하는 바이다.

> 徐子曰 仲尼亟稱於水曰 水哉水哉 何取於水也 孟子曰 原泉混混 不舍晝夜 盈科而後進 放乎四海 有本者如是 是之取爾 苟爲無本 七八月之間 雨集溝澮皆盈 其涸也 可立而待也 故聲聞過情 君子恥之 (『논어·맹자』 349-350)

공자가 물을 찬양한 이유가 무엇인가라는 서자의 질문에 대하여 맹자는 샘물과 빗물을 대비하여 근본이 있는 것이 중요하며, 군자에게 있어서는 자신을 갈고 닦는 것 즉 수양이 근본임을 말한 것이다. 맹자는, 샘물이 웅덩이를 채우고 사해(四海)에 이르는 것과는 달리, 빗물은 금방 말라 버려서 그것이 마르는 것을 서서 지켜 볼 수 있을 정도라며 모름지기 군자는 수양에 힘쓸 것을 강조하고 있다. 파운드가 공자와 번지의 문답을 연상하고 곧이어 맹자와 서자의 문답을 언급하였고, 『논어』번역과는 달리 의도적으로 "walking" 대신에 사용된 "standing"이 맹자와 서자의 문답에서 핵심적 비유로 사용된 것을 볼 때, 그는 공자와 함께 평화롭게 거닐던 번지를 통해서 자신의 상황을 투영하고 있는 것으로 보인다. 즉 그는 『논어』와 『맹자』의 구절에서 수양의 중요성을 발견하고 자신이 그러한 수양에 철저하지 못한 채 세상에 질서를 창조하려는 허영심을 가졌던 것을 부끄러워하고 있는 것이다.

파운드가 파시즘에 깊이 발을 들여 놓았던 1938년에 씌어진 「맹자」(Mang Tsze)에서도 그는 유교사상에서 수양이 필수적임을 지적하고 있기는 하다(The putting order inside oneself first, cannot be omitted from Confucian-Mencian practice if that is to be valid. Any other course is sheer fake)(SP 110). 그러나 서구문명의 "무질서한 경향들, 무정부 상태와 야만주의에 반대하여"(against the disorderly tendencies, the anarchy and barbarism)(SP 109) 유교사상에서 강조되는 전체주의적 질서관을 찬양하기 때문에 그는 개인의 수양에 있어서도 "자신의 내면에 질서를 세우는 것"(The putting order inside oneself)이라며 질서를 강조했다. 1947년에 출판된 『대학』의 수정 번역본에서, "욕수기신자선정기심(欲脩其身者先正其心)"을 "desiring self-discipline, they rectified their own hearts"(C 31)로 번역하여 원문에 충실한 것과 비교

해 볼 때, 『맹자』에서 "마음을 바르게 하는 것"을 "내면의 질서를 세우는 것"으로 표현한 것은, 무솔리니 시절에 유교사상의 수양에 대한 그의 태도가 전체주의적 세계관에 편중되어 있었음을 말해준다. 전자가 지도자의 수양을 강조하는 것이라면, 후자는 지도자의 의지를 강조하고 있는 것이기 때문이다.

그러나 이제 파운드는 질서를 향한 의지를 강조함으로써 오히려 세상에 혼란을 초래한 자신의 예술여정을 반성하면서 수양의 진정한 의미를 깨닫는다.

> 이 기운은 산을 완전히 덮느니
>   그것은 빛나며 가르나니
> 그것은 올바름으로 양육되며
> 어떤 해도 입히지 않나니
> 땅을 덮고 서서 그것은 아홉 들판을 채우나니
>   하늘까지

> this breath wholly covers the mountains
>   it shines and divides
> it nourishes by its rectitude
> does no injury
> overstanding the earth it fills the nine fields
>   to heaven (83/531)

파운드는 여기서 맹자가 말한 호연지기(浩然之氣)를 되풀이하고 있다. 안병주(安炳周) 등의 해설에 따르면, 맹자의 호연지기는 "비도덕적인 것을 거척하고 도의를 실현하는 진정한 용기(眞勇)"이다. 그것은 "지극히 크고 지극히 굳센 것이며, 정의(正義)와 인도(人道)에 배합됨으로써 양육될 수 있으며, 이것이 없으면 인간으로서 무기력자"이다.

그런데 이러한 호연지기는 인간의 내심(內心)의 도의심이 축적되어 생기는 것이지 외향적인 추구에서 얻어지는 것이 아니다. 호연지기를 키우기 위해서는 반드시 도의를 행하는데 그 중요성을 두고 양육하되 성급해서는 안된다는 것이다. 왜냐하면 스스로의 수양을 통해서 의로운 행동을 쌓아 호연지기를 기르지 않고 억지로 강한 기개(氣槪)를 내세울 때 그것은 남을 해칠 수 있기 때문이다(『맹자』340-1).[22]

그런데 파운드가 위의 인용구에서 호연지기를 "올바름으로 양육되고" 남에게 "어떤 해도 입히지 않는" 것으로 요약한 것은, 자신의 삶 속에서의 수양부족을 의식하고 있기 때문이라고 할 수 있다. 왜냐하면 곧 이어 그는, 맹자가 호연지기를 말하면서 송나라 사람의 예를 들어 수양의 부족이 가져오는 폐해를 지적한 것을 연상하면서, 자신의 삶을 반추하기 때문이다.

> 싸우지 마세요 지오바나가 말했다
>   전에 말했듯이, 그렇게 열심히 일하지 말라는 뜻으로
>
> 하지 말라 물
>
>   조

---

22) 「공손추장구 상(公孫丑章句 上)」 2에서 맹자는 호연지기가 무엇이냐는 공손추의 물음에 다음과 같이 답했다.

말로써는 어렵다. 그 기운의 됨됨이가 지극히 크고 지극히 강하며 해침이 없이 곧게 기르면 천지 사이에 가득 차게 된다. 이것은 도의에 배합되게 된다. 이것이 없으면 허탈하게 된다. 이것은 의가 모여서 생기는 것이지 의가 엄습해 와서 얻어지는 것은 아니다. 행동하여 마음에 유쾌함이 없으면 허탈해진다....사람은 어떤 일을 함에 있어서 갑자기 이루어지기를 예기치 말아야 한다. 마음으로는 잊지 말며, 조장하지도 말아야 한다.

難言也 其爲氣也 至大至剛 以直養而無害 則塞於天地之間 其爲氣也 配義與道 無是餒也 是集義所生者 非義襲以取之也 行有不慊於心 則餒矣....必有事焉 而勿正 心勿忘 勿助長也 (『논어·맹자』 265)

장

공-손 추에 있는 그대로

Non combaattere said Giovanna

meaning, as before stated, don't work so hard

don't　勿

助

長

as it stands in the Kung-Sun Chow. (83/531-2)

위의 인용구에 나오는 "물조장"은 『맹자』「공손추장구 상(公孫丑章句 上)」 2에 나오는데, 앞의 호연지기에 대한 맹자의 설명 중 일부이다. 맹자는 호연지기를 기름에 있어 "마음으로는 잊지 말고, 그렇다고 무리하게 기르려고 하지 말라(心勿忘 勿助長也)"고 하면서 다음의 예를 든다. "송나라의 어떤 사람은 벼가 더디 자라는 것이 안타까워 싹을 뽑아 올려놓고 피곤하게 집에 돌아 와 이렇게 말했다. '오늘은 지쳤다. 벼 싹을 키워 놓고 왔다.' 그 아들이 급히 달려 가 보았더니 싹은 이미 시들어 있었다."(宋人有閔其苗之不長而揠之者 芒芒然歸 謂其人曰 今日病矣 予助苗長矣 其子趨而往視之 苗則槁矣)(『논어·맹자』265)

그런데 여기서 파운드가 맹자의 "물조장"을 "그렇게 열심히 일하지 말라"는 지오바나(Giovanna)의 말과 동일선상에서 다루고 있는 것을 주목할 필요가 있다. 그는 분명 무솔리니를 추종하며 파시즘을 말과 글로써 열렬히 홍보하던 자신의 행위를 벼 싹을 억지로 키우려던 송인(宋人)의 행위에 비유하고 있는 것이다. 그가 서구문명을 타락에서 구한다는 명분 아래 모든 예술적 역량을 정치에 쏟아 부으면서 라디오 방송을 통해 언어의 힘을 추구했을 때, 그는 예술가가 지켜야 할 덕성, 선전주의(propagandism)에 빠지지 않고 자신의 창조물인 작품 속에서 자신을 표현해야 한다는 존재이유(raison d'etre)를 저버린 것이었다.

　기나긴 예술역정 속에서 범한 과오를 반성하면서 자신의 수양부족을 깨닫는 파운드는 마침내 말벌의 집짓기에서 창조의 참된 의미에 도달한다.

　　　그리고 형 말벌은 방 네 개짜리의 아주 산뜻한,
　　　납작한 인디안 병 모양의 집 한 채를 짓고 있다
　　　　　(중략)
　　　그리고 싸늘한 일출 후의 온기 속에서
　　　새로 난 풀처럼 파란 새끼 말벌 한 마리가,
　　　말벌 마님의 병으로부터
　　　머리나 꼬리를 불쑥 내어민다

　　　존스의 토끼들이 뜯어 먹어도
　　　　　박하는 다시 솟아 오른다
　　　네 잎을 가진 클로버가
　　　　　고릴라 우리 옆에서 솟아 나왔듯이

　　　마음이 풀잎 옆에서 흔들릴 때
　　　　　개미의 앞발이 그대를 구원해 주리라
　　　클로버 잎에는 그 꽃의 향기와 맛이 난다.

　　　새끼 말벌이 내려갔다,
　　　텐트 지붕에 있는 진흙 더미에서 텔루스[땅]에게로,

그는 자기와 비슷한 색깔의 풀잎사귀를 지나
　　크소노스[땅] 크소노스 밑에 사는 이들,
오이 크소니오이[땅 밑에 사는 이들]을 만나 우리들의 소식을 전한다,
　　에이스 크소니오우스[땅 밑에 사는 이들에게]
하늘에서 태어나 땅 밑에 사는 이들에게로 가
페르세포네이아　　　코레의 정자에서 노래를 부를 것이다.
그리고 테베사람 티레시어스와 얘기를 할 것이다

　　　왕 그리스도, 신(神) 태양

반나절 정도가 지나서 그녀는 (말벌)
흙 벽돌 집을, 조그마한 진흙 거푸집을 만들었다

　　　그리고 그 날 나는 더 이상 글을 쓰지 않았다

　　　and Brother Wasp is building a very neat house
　　　of four rooms, one shaped like a squat indian bottle
　　　　　. . . .
and in the warmth after chill sunrise
an infant, green as new grass,
has stuck its head or tip
out of Madame La Vespa's bottle

mint springs up again
　　　in spite of Jones' rodents
as had the clover by the gorilla cage
　　with a four-leaf

When the mind swings by a grass-blade
　an ant's forefoot shall save you
the clover leaf smells and tastes as its flower

The infant has descended,

from mud on the tent roof to Tellus,

like to like colour he goes amid grass-blades

greeting them that dwell under **XTHONOS** ΧΘΟΝΟΣ

ΟΙ ΧΘΟΝΙΟΙ; to carry our news

εἰς χθονίους to them that dwell under the earth,

begotten of air, that shall sing in the bower

of Kore, Περσεφόνεια

and have speech with Tiresias, Thebae

Cristo Re, Dio Sole

in about 1/2 a day she has made her adobe

(la vespa) the tiny mud-flask

and that day I wrote no further (83/532-3)

파운드는 막사 지붕 위에 진흙으로 깔끔한 집을 짓고 있는 말벌을 관찰하고 있다. 그런데, 데이비(Davie)가 지적하듯이, 위의 인용문에서 사물들은 사물 고유의 사물다움(quidditas)을 지니고 있는 것으로 묘사되어 있다(*Sculptor* 175-6). 그는 말벌, 개미, 박하, 클로버 등의 사물들이 존재하는 방식 그대로의 가치를 인정하면서 현명한 수용(wise passiveness)의 태도를 취하고 있다. 이러한 수용의 태도가 가능하게 된 것은 자신의 예술행위에 대한 참회가 그의 심리적 기저에 온전히 자리잡았음을 말해 준다. 위의 인용문의 바로 직전에서 그는 베니스에서의 평화롭던 시절을 회상하며, "울면서... 울면서"(DAKRUŌN ΔΑΚΡΥΩN)(83/532)참회의 눈물을 삼킬 수 밖에 없었다. 그러한 눈물을 통해 마음의 정화과정을 겪고서 이제 그는 주변의 모든 사물에 열린 태도를 갖게 되는 것이다. 그는 과거의 관점에서 보면 미물에 불과한 말벌에게서 형제애를 느끼고 개미의 연약해 보이는 앞발에서도 구원의 메시지를 받아들일 수 있게 된다.

이처럼 마음을 열고 자연사물을 바라보게 된 파운드는 말벌의 집짓기가 최상의 창작행위임을 깨닫게 된다. 여기서 말벌의 움직임은 시인의 창작행위를 연상시킨다. 집을 짓는 말벌이 시인이라면, 그 집은 시인의 창조물인 작품이다. 그리고, 말벌의 집에서 나와서 "공중에서 태어나 땅 밑에 사는" 신들(Tellus, Persephone)에게 지상의 소식을 전달하는 전령인 새끼말벌도, 그 신들에게 지상의 소식을 전하는 노래를 하고 예언의 대화를 나눈다는 점에서, 시인 자신 또는 시인의 작품이 전하는 메시지 그 자체라고까지 말할 수 있다. 그러한 소식을 전해들은 신들이 우리의 고뇌를 알고 박하를 다시 소생시키며 네잎 클로버의 행운을 가져다주듯이, 독자인 우리는 시인이 전하는 고뇌의 메시지를 공감함으로써 영혼의 갱생을 얻게 될 것이다. 그런데 여기서 새끼말벌이, 언젠가 하늘을 날게 되겠지만, 진흙으로 만든 집에서 나와서 우선 "자기와 같은 색깔의 풀잎사귀" 사이로 내려가는 것은 시인의 창작행위의 기본원칙이 무엇인지를 알려 준다. 시인은, 신들과 교감하는 자이지만, 지상 천국을 실현하려는 꿈을 꾸기에 앞서서, 땅에서 나서 진흙처럼 뒤죽박죽인 지상의 동료인간들의 아픔으로 내려가야 한다. 그러한 내려감의 행위는 바로 인간의 고통에 공감하고 그럼으로써 그들의 아픔을 어루만지는 것에 다름 아니다. 공감에 앞서 분노를, 아량에 앞서 비난을 일삼던 자신의 창작행위를 반성하면서, 그는 보잘 것 없는 진흙을 묵묵히 삼켜 반나절에 걸쳐 깔끔한 집을 지어 내는 말벌을 통해서 창조행위의 본령이 어디에 있는가를 깨닫게 된 것이다.

그런데 여기서 말벌의 집짓기에 함축된 이상적인 창조행위를 인식한 파운드가 취하는 태도에 주목해 보자. 그는 말벌이 진흙 집을 완성함과 동시에 "그리고 그날 나는 더 이상 글을 쓰지 않았다"고 말하고 있다. 이 행위는 적어도 두 가지 면에서 중요한 의미를 지닌다. 첫째, 말벌의 집짓는 움직임이 끝나는 것과 함께 자신의 창조행위를 멈추는 것은 그가 자연과 어우러져 그것의 일부가 되는 동양적 조화에 다다랐다는 의미를 부여할 수 있다. 둘째, 말벌이 집 짓는 과정 속에서 창조행위의 이상을 발견한 그가 더 이상의 언어화를 그치는 것은 『대학』에 나오는 "지어지선"(止於至善)의 의미를 이제 자신의 창작행위에서 구현하고 있는 것이라고 할 수 있다.

『대학』은 개인의 수신(修身)으로부터 출발하여 천하를 다스리는 근본도리를 담은 유교의 경전인데, 유교에서 "지어지선"은 "명명덕"(明明德), "친민"(親民)과 더불어 『대학』에 나오는 삼강령(三綱領) 중 하나로서 강조되고 있다.

> 대학의 도는 밝은 덕을 밝힘에 있으며, 백성을 친함에 있으며, 지극한 선에 머무름에 있다. 머뭄을 안 뒤에야 정함이 있고, 정하여진 뒤에야 고요할 수 있고, 고요한 뒤에야 편안할 수 있고, 편안한 뒤에야 생각할 수 있고, 생각한 뒤에야 얻을 수 있다. 물건에 근본과 끝이 있고, 일에는 끝과 시작이 있으니 먼저 하고 나중 할 바를 알면 곧 도에 가까운 것이다.
>
> 大學之道 在明明德 在親民 在止於至善 知止而后有定 定而后能靜 靜而后能安 安而后能慮 慮而后能得 物有本末 事有終始 知所先後 則近道矣 (『대학·중용』 31-2)

주희(朱熹)에 따르면 명덕은 "사람이 타고난 본체의 밝음"이며 김학주(金學主)는 이를 "사람의 본성 속에 지니고 있는, 사리를 올바로 분별하고 인식할 수 있는 밝은 재덕(才德)"으로 풀이하고 있다(32). 따라서 "명덕을 밝힌다"(明明德)는 것은 인간의 예지를 계발하는 것으로 볼 수 있다. 그런데 군자가 참된 예지를 추구하는 것은 자기 개인을 위한 것이 아니라 천하를 위한 것이며, 그러므로 "백성을 사랑하는 것"(親民)이 큰 배움의 뿌리라고 할 수 있다. 이러한 명덕을 밝히고 백성을 사랑하는 일에 있어서 군자는 "최고의 선에 머무르려는"(止於至善) 정성된 노력을 게을리 해서는 안 된다는 것이다. 이렇게 지선에 머물려는 마음가짐이야말로 군자로 하여금 "동요되지 않는 안정된 마음," "올바로 사리를 분별하는 마음"을 유지하게 하여 백성에게 이로운 도리를 깨우치게 하는, 큰 배움을 얻게 하는 요체인 것이다.

최고의 선에 머무르려는 것은, 달리 말하면, 결국 최선을 추구하려는 것에 다름 아니다. 파운드가 말벌의 집짓기를 통해 창조의 의미를 인식하면서 그 집의 완성과 함께 자신의 언어행위를 멈추는 것은, 예술과 정치의 소용돌이 속에서 시창조의 위기를 겪어 온 현재의 상황에서는, 어쩌면 자신을 드러내는 최선의 창조행위일 수 있다. 그는 완지나-문인을 통하여 세상을 덜거덕거리게 한 자신의 과도한 언어행위를 자각함으로써 과거의 예술행위에 대한 반성을 시작하였다. 그는 "황조지"(黃鳥止)를 통해서 감옥에 갇혀 있는 자신의 처지를 투사함으로써 자신의 문필활동이 스스로에게 지워 놓은 짐을 인식하였다. 그리고 그러한 짐을 지게 된 원인이, 전달하는 것에서 멈추지 않고 예술이 지닌 정치참여의 한계를 벗어난, 자신의 과오에 있다는 것을 "사달"(辭達)을 통해서 참회하였다. 그런데 이제 말벌의 집짓기가 완성될 때 그것과 일치하여 스스로 글쓰기를 멈추는 순간을 맞이하게 되는 것은, 자신의 과도했던 언어행위를 참회하던 그가 그것으로 인해 초래된 시창조의 위기를 극복하게 되었음을 보여 준다. 창조행위의 관점에서 볼 때, 열린 태도로 말벌의 집짓기에 함축된 창조의 의미를 보면서, 그는 "지어지선"의 경지에 도달하여 마음의 안정을 얻고 있다고 할 수 있다. 그러므로 그러한 멈춤의 순간은 과거에 대한 그의 참회가 완성되는 순간이요, 숙명적으로 끌고 다니던 언어의 짐에서 해방되는 순간이라고 할 수 있다. 구원과 자비를 기원하던 그는 이제 비로소 흔들리는 마음의 중심을 잡게 되었다고 할 수 있다. 비록 죽음의 고독이 엄습할 때 동요가 없는 것은 아니지만, 『피사시편』의 마지막 두 행에서 볼 수 있듯이, 고난을 겪고 난 뒤 그는 닥쳐오는 현실의 "흰서리"를 감내하는 순응의 지혜를 터득하게 된 것이다.

> 흰서리가 그대의 막사에 달라붙는다면
> 밤이 지날 때 그 고마움을 알리라.

> If the hoar frost grip thy tent
> Thou wilt give thanks when night is spent. (84/540)

IV. 맺는 글

　　1949년 2월 파운드는 시 부문 볼링젠(Bollingen) 상을 받게 되었다. 볼링젠 상의 수상은 현대 역사의 흐름 속에서 인간 파운드가 범한 사상적 과오에 대한 면책이라고까지는 말할 수 없을지 모르나 명백히 그의 예술에 대한 복권을 의미하는 것이었다. 당시 그를 옹호한 비평가들은 시인과 작품을 구별해야 한다고 주장하였다. 흥미로운 것은, 볼링젠 상을 받을 때 그 대상작품이 『피사시편』이었으며, 이 시집은 몰개성적(impersonal)이라는 평가를 받는 파운드의 작품 중에서는 개인적 특성을 가장 많이 지니고 있다는 점이다. 과거의 예술행위에 대한 시인의 회고나 자성이 깃들어 있는 시를 시인과 분리시켜 평가하여야 한다는 주장은 신비평의 작품이해의 잣대가 지닌 맹점을 드러내 보인다. 파운드 옹호자들이 의도를 했건 의도를 하지 않았던 간에,『시편』의 예술적 완성도에 집착하여 작품의 통일성을 파악하는데 열중하면서 작품에 나타난 사상의 정당성만을 강조하는 그 이면에는, 파운드가 범한 사상적 오류를 회피하려는 태도가 잠재해 있다고 할 수 있다. 파운드가 이미지즘 운동으로 대변되는 표현의 정확성, 감정의 절제, 주관성의 배제, 자유로운 운율 등을 강조하며 시인으로서 또 비평가로서 20세기 서구문단에 큰 영향을 미쳤다는 점은 마땅히 인정되어야 할 것이다. 그러나 무솔리니의 파시스트 정권을 지지하고 반유태주의를 표방함으로써 그가 저지른 역사상의 과오에 대한 점검을 회피한다면, 시인으로서의 파운드의 성과도 온전히 파악될 수 없을 것이다. 왜냐하면 그러한 회피적 태도는 결국, 유교의 질서관과 무솔리니의 전체주의 이데올로기의 유사성을 강조했던 파운드의 생각을 비평가들이 그대로 답습하는 데서 나타나듯이, 그의 사상에서 핵심적 위치를 차지하고 있는 유교사상이 그의 시에 끼친 영향을 제대로 파악하지 못하게 만들기 때문이다.

파운드가 지닌 사상 중에서도 유교사상은 『시편』에서 독특한 위치를 차지하고 있다. 비평가들이 지적하듯이, 『시편』에서 유교의 윤리는 도처에 나타나고 있으며(Kearns 59), 유교사상은 패턴을 이뤄 반복적으로 나타나고 있다(Cheadle *Translations* 4). 그의 시에서 유교사상은 초기에는 시대의 타락에 맞서는 사회윤리로서 강조되었다. 질서관에 치우쳐 유교사상을 받아들이던 『피사시편』 이전의 시에서, 유교사상은 그의 이데올로기를 드러내는 수단으로서 이용되고 있을 뿐, 시인 파운드의 정서에 밀착되지 못하고 있다. 플로리(Flory)는 "중국사 시편"의 중간 부분에서 파운드의 자료의 처리가 기계적이며 문체도 산문적이라고 지적하면서(154), 그 원인을 광범위한 역사적 자료를 파운드가 서둘러서, 피상적으로 다뤄야 했던 데서 찾고 있다(164). 그러나 보다 근본적인 원인은, "중국사 시편"에서는 유교사상이 시상의 전개에 중심을 이루고 있으면서도 그의 정서에 밀착될 만큼 내면화되지 못했던 것에 있다고 생각된다. "중국사 시편"에서 유교사상은 시로서 용해되지 않은 자료 수준에 머무르고 있다는 점에서, 그러한 실패는 "중국사 시편"의 중간 뿐만 아니라 전체에 해당되는 것으로 보인다. 『피사시편』 이전의 시에서 이처럼 유교사상이 생경한 사상으로서 나타나게 된 이유는 아마도 파운드가 유교사상을 자신의 시에 자유롭게 구사할 정도로 익숙해 있지 않았기 때문이라고 말할 수도 있다. 그러나 "중국사 시편"을 썼을 때 그는 이미 20여 년 간 유교사상을 받아들이면서 관심을 높여 왔으며 유교에 대한 상당한 지식을 갖췄으므로, 유교사상이 시에 용해되어 성공적으로 시적 형상화를 이루는 데 외적 여건이 부족했던 것은 아니었다. 『피사시편』 이전의 시편에 나타나는 그러한 실패는, 파운드가 자신의 관심을 질서관에 한정시켜 유교사상을 왜곡해서 받아들이면서 전체주의 이데올로기와 동일하게 여기는 한계를 벗어나지 못했기 때문이라고 할 수 있다.

그러나, 『피사시편』에 이르러서 파운드는, 자신의 편의대로 이용할 수 있는 이데올로기로서 유교사상을 보는 것이 아니라 개인적인 좌절과 자신이 과거에 행한 시 창조 행위를 반성하는 자기성찰의 토대로 삼게 되며, 그럼으로써 유교사상에 정서적으로 밀착된다. 피사의 군수용소에 갇힌 위기상황 속에서 유교적 질서관의 토대가 되고 있는 수양의 중요성을 자신의 경험을 통해 깨달으면서, 그는 비로소 유교에 대한 균형 잡힌 이해에 도달하였다. 동양사상인 유교사상에 정서적으로 밀착됨으로써 그는, 이성 중심적 자연관과 차등적 인간관을 극복하여, 자연에 순응하는 동양적 조화의 의미를 깨닫고 만물과의 평등한 애정을 회복하게 된다. 샘브룩스(Sambrooks)는 18세기 사람들의 내면에서 일어난 자연관의 변화를 지적하면서, 18세기 사람들이 처음에는 자연을 [존재의] 상태로서 인식했지만 차츰 시간이 흐르면서 자연을 과정으로 파악하게 되었다고 말하는데(22), 자연에 대한 파운드의 인식도 그러한 변화를 겪은 것으로 생각된다. 그는 『피사시편』에서부터,

유기적 질서 속에서 자연사물이 차지하고 있는 정해진 위치를 강조하는 기존의 자연관에서 벗어나, 자연의 순환질서 속에서 자연의 유동적 흐름에 조화를 이루는 것을 최선으로 보는 자연관을 지니게 된다. 두 경우에 모두 자연의 질서가 전제되지만, 전자가 당위성을 근간으로 해서 자연에 대한 이성 중심적인 동시에 폐쇄적인 태도를 보이는 것과 달리, 후자는 자연사물을 있는 그대로 수용함으로써 열린 태도를 보이는 것이라고 하겠다. 그러한 열린 태도는 인간에 대해서도 확대되고 있다. 이러한 인식의 변화를 가능케 한 것은, 자신의 정체성(正體性)을 상실할지도 모를 위기상황 속에서 뼈저린 자기성찰을 한 결과였으며, 그 과정에서 그의 정신적인 각성의 축이 된 것은 그의 삶의 토대였던 서구의 그 어떤 사상이 아니라 유교사상이었다.[1]

『피사시편』에서 파운드는 유교사상을 통해서 위기상황에 빠진 자신의 정서를 반영하면서 유교사상을 예술적 형상화로 용해시킨다. 그는 자신의 구원과 자비를 향한 비전을 보일 때 유교사상을 통해 시상(詩想)을 드러낸다. 또한 예술가로서 정치에 참여한 시인 자신의 문제를 자각하고 시창조의 위기를 느끼면서 과거의 예술행위를 회고하며 반성하는 과정에서도, 유교사상은 자기성찰의 상상력을 환기시키는 중심축이 되고 있다. 그런 점에서 『피사시편』에서 유교는 파운드 시의 상상력의 모태로 작용하고 있다고 말할 수 있을 것이다. 이렇게 볼 때, 유교사상은 위기에 처한 그를 정신적으로 구원해 주는 역할을 했

---

1) 데이비(Davie)는 파운드의 문화적 관심을 지중해 중심적(Mediterranean-centered)이라고 규정하면서 중국에 대한 관심이 예외적이기는 하지만, 그것도 기본적으로 지중해 중심적 사고의 범주에 포섭되는 것이라고 말한다. 데이비는 파운드가 서구문화의 중심축에서 완전히 멀어져 이탈한 것은 『피사시편』 이후에 씌어진 『록-드릴』 시편에서부터라고 보고 있다(*Pound* 108-9). 데이비는 서구적 시각에서 파운드가 그렇듯 이탈하게 된 것을 아쉽게 생각하고 있는 듯한데, 데이비가 아쉬워하면서도 인정할 수밖에 없었던 그러한 변화야말로 『피사시편』에서 유교의 영향이 컸다는 것을 보여준다.

을 뿐 아니라, 『피사시편』에 내적 통일성을 부여함으로써, 파운드로 하여금 진정한 예술적 성취에 이르는 축복을 가져다주었다고 하겠다.

참고문헌

1. 파운드의 작품들

ABC of Reading. New York: New Directions, 1960.

Chinese Poetry(I), *To-Day*, III, 14(April,1918), 54-57.

Chinese Poetry(II), *To-Day*, IV, 15(May,1918), 93-95.

Collected Shorter Poems. London: Faber & Faber, 1968.

Confucian Analects. London: Peter Owen., 1980.

Confucius: The Great Digest, The Unwobbling Pivot, The Analects. New York: New Directions, 1969.

Confucius to Cummings: An Anthology of Poetry. New York: New Directions, 1964.

"Ezra Pound Speaking": Radio Speeches of World War II. Ed. Leonard W. Doob, Westport, Connecticut: Greenwood, 1978.

Ezra Pound: Translations. New York: New Directions, 1963.

Gaudier-Brzeska: A Memoir. New York: New Directions, 1970.

Guide to Kulchur. 1938; rpt. New York: New Directions, 1970.

Jefferson and/or Mussolini. New York: Liveright, 1970.

Literary Essays of Ezra Pound. Ed. T. S. Eliot. London: Faber & Faber, 1974.

Make It New. New Haven: Yale UP,1935.

Pavannes and Divagations. New York: New Directions, 1975.

Plays Modelled on the Noh (1916). Ed. D. C. Gallup. Toledo: The Friends of the U of Toledo Libraries, 1987.

Polite Essays. Norfolk: New Directions, 1940.

Selected Prose: 1909-1965. Ed. William Cookson. New York: New Directions,

1973.

The Cantos. London: Faber & Faber, 1975.

The Classic Anthology Defined by Confucius. London: Faber & Faber, 1974.

The Letters of Ezra Pound, 1907-1941. Ed. D. D. Paige. A Harvest Book, New
    York: Harcourt, Brace & World, Inc., 1950.

The Spirit of Romance. New York: New Directions, 1968.

2. 참고 도서

權五惇 역해.『禮記』. 서울: 홍신문화사, 1990.

金谷治.『중국사상사』. 조성을 역. 서울: 이론과 실천, 1990.

金冠植 역해.『書經』. 신역삼경 2. 서울: 현암사, 1972.

金容沃.『東洋學 어떻게 할 것인가』. 서울: 통나무, 1989.

金學主 역해.『大學·中庸』. 서울: 명문당, 1981.

南晚星 역해.『周易』. 신역삼경 3. 서울: 현암사, 1972.

徐連達 외.『중국통사』. 중국사연구회 역. 서울: 청년사, 1989.

宋榮培.『中國社會思想史』. 서울: 한길사, 1986.

安炳周 외 역해.『孟子』. 신역사서 3. 서울: 현암사, 1972.

李家源 역해.『논어·맹자』. 세계사상전집 1. 서울: 학원출판공사, 1984.

李東歡 역해.『大學·中庸』. 신역사서 1. 서울: 현암사, 1972.

李元燮 역해.『詩經』. 신역삼경 1. 서울: 현암사, 1972.

이일환 역.『칸토스』. 서울: 문학과지성사, 1990.

이일환.『*The Drama of Desire: The Cantos of Ezra Pound*』. 서울대학교 대학원 박
    사학위논문(1984).

이철. 『Reception 에서 Conception으로: Ezra Pound의 시적변모과정 연구』. 서울대학교 대학원 박사학위논문(1992).

장기근 역주. 『論語』. 서울: 명문당, 1975.

赤塚忠 외. 『중국사상개론』. 조성을 역. 서울: 이론과 실천, 1987.

中村元. 『중국인의 사유방법』. 김지견 역. 서울: 까치, 1990.

車相轅 譯著. 『書經』. 서울: 명문당, 1975.

表文台 역해. 『論語』. 신역사서 2. 서울: 현암사, 1972.

황동규. "The Speakers in *Mauberley*." 『미국학논집 IX』. (1976): 165-184.

Alexander, Michael. *The Poetic Achievement of Ezra Pound*. Berkeley & Los Angeles: The U of California P, 1981.

Bacigalupo, Massimo. *The Forméd Trace: The Later Poetry of Ezra Pound*. New York: Columbia UP, 1980.

Bell, Ian F.A. *Critic as Scientist: The Modernist Poetics of Ezra Pound*. London and New York: Methuen, 1981.

_____. Ed. *Ezra Pound: Tactics for Reading*. London: Vision Pr. Ltd., 1982.

Bernstein, Michael André. *The Tale of the Tribe: Ezra Pound and The Modern Verse Epic*. New Jersey: Princeton UP, 1980.

Blackmur, R.P. *Form & Value in Modern Poetry*. Garden City, New York: Doubleday, 1957.

Bornstein, George. Ed. *Ezra Pound among the Poets*. Chicago and London: The U of Chicago P, 1985.

Boyd, Ernest L. "Ezra Pound at Wabash College." *Journal of Modern Literature*. 4-1(1974): 43-54.

Brooke-Rose, Christine. *A ZBC of Ezra Pound*. London: Faber & Faber, 1971.

Brooker, Peter. *A Student's Guide to the Selected Poems of Ezra Pound*. London & Boston: Faber and Faber, 1979.

Bush, Ronald. *The Genesis of Ezra Pound's Cantos*. Princeton: Princeton UP, 1976.

Casillo, Robert. *The Genealogy of Demons*. Evanston: Northwestern UP, 1988.

_____. "Nature, History, and Anti-Nature in Ezra Pound's Fascism." *Papers on Language and Literature: A Journal for Scholars and Critics of Language and Literature*. 22-3(1986): 284-311.

Cayley, John. "Ch'eng, or Sincerity." *Paideuma*. 13-2(1984): 201-210.

Cheadle, Mary Paterson. *Ezra Pound's Confucian Translations*. UMI, 1987.

_____. "The Vision of Light in Ezra Pound's *The Unwobbling Pivot*." *Twentieth Century Literature*. 35-2(1989): 113-130.

Childs, John Steven. "Larvatus Prodeo: Semiotic Aspects of the Ideogram in Pound's *Cantos*." *Paideuma*. 9-2(1980): 289-307.

Clarkson, William Ellis. *A Rage for Order: The Development of Ezra Pound's Poetics & Politics, 1910-1945*. U of Virginia, 1974.

Cookson, William. *A Guide to The Cantos of Ezra Pound*. New York: Persea, 1985.

Davie, Donald. *Pound*. Suffolk: The Chaucer Pr. Ltd., 1975.

_____. *Ezra Pound: Poet as Sculptor*. New York: Oxford UP, 1964.

Davis, Earle. *Vision Fugitive: Ezra Pound and Economics*. Lawrence and London: The UP of Kansas, 1968.

Dembo, L.S. *The Confucian Odes of Ezra Pound*. London: Faber & Faber, 1963.

Dekker, George. "Ezra Pound's *Hugh Selwyn Mauberley*." *The New Pelican Guide to English Literature* vol. 7. Ed. Boris Ford. Penguin Books Ltd., 1983. 428-442.

Dickie, Margaret. "*The Cantos*: Slow Reading." *ELH*. (1984): 819-835.

Dilligan, Robert J. et al. *A Concordance to Ezra Pound's* Cantos. 2 Vols. New York: Garland Publishing, 1981.

Driscoll, John. *The China Cantos of Ezra Pound*. Stockholm: Uppsala. 1983.

Durant, Alan. *Ezra Pound: Identity in Crisis*. Sussex: The Harvester Pr.,1981.

Emery, Clark. *Ideas into Action: A Study of Pound's Cantos*. Coral Gables, Florida: U of Miami P, 1958.

Espey, John. *Ezra Pound's Mauberley*. Berkeley & Los Angeles: U of California P, 1974.

Fenollosa, Earnest. *The Chinese Written Character as a Medium for Poetry*. Ed. Ezra Pound. 1936; rpt. San Francisco: City Lights, 1983.

Flory, Wendy Stallard. *Ezra Pound and The Cantos: A Record of Struggle*. New Haven & London: Yale UP, 1980.

Ford, Boris. Ed. *The New Pelican Guide to English Literature*. vol. 7. Penguin Books Ltd., 1983.

Froula, Christine. *A Guide to Ezra Pound's Selected Poems*. New York: New Directions, 1982.

_____. *To Write Paradise: Style and Error in Pound's Cantos*. New Haven: Yale UP, 1984.

Géfin, Laszlo. *Ideogram: History of a Poetic Method*. Austen: U of Texas P, 1982.

Hatlen, Burton. "*Ideogram: History of a Poetic Method*, by Laszlo Gefin." *Sagetrieb* 2-2(1983): 137-145.

Hesse, Eva. Ed. *New Approaches to Ezra Pound*. Berkeley and Los Angeles: U of Cal. P, 1969.

Homberger, Eric. Ed. *Ezra Pound: The Critical Heritage*. London: Routledge & Kegan, 1972.

Hénault, Marie. Ed. *Studies in the Cantos*. Columbus: A Bell & Howell Co., 1971.

Jackson, Thomas H. "Research and the Uses of London." *Ezra Pound*. Ed. Grace

Schulman. New York: McGraw-Hill, 1974. 91-97.

Jang, Gyung-Ryul. "*Cathay* Reconsidered: Pound as Inventor of Chinese Poetry." *Paideuma*. 14-2 & 3(1985): 351-362.

_____. "Ezra Pound, China, and Nature." 『장왕록박사 회갑기념 논문집』. 서울: 탑출판사, 1984.

Johnson, Scott. "The Tools of the Ideogrammic Method." *Paideuma*. 10-3(1981): 525-532.

Juan, San. Ed. *Critics on Ezra Pound*. Coral Gables, Florida: U of Miami P, 1972.

Kavka, Jerome. "Ezra Pound's Sanity: The Agony of Public Disclosure." *Paideuma*. 4-2 & 3(1975): 527-529.

Kearns, George. *Pound: The Cantos*. Cambridge: Cambridge UP, 1989.

Kelley, Alan Lawrence, Jr. *Confucianism and the Meaning of The Cantos of Ezra Pound*. UMI, 1986.

Kenner, Hugh. "Mauberley." *Ezra Pound: A Collection of Critical Essays*. Ed. Walter Sutton. Englewood Cliffs: Prentice-Hall, Inc., 1963. 41-56.

_____. *The Poetry of Ezra Pound*. New York: New Directions, 1951.

_____. *The Pound Era*. Berkeley and Los Angeles: U of California P, 1974.

Knapp, James F. "Discontinuous Form in Modern Poetry: Myth and Counter-Myth." *Boundary 2*. 7-1(1983): 149-166.

Korg, Jacob. "The Dialogic Nature of Collage in Pound's *Cantos*." *Mosaic*. 22-2(1989): 95-109.

Korn, Marianne. Ed. *Ezra Pound and History*. Orono: The National Poetry Foundation, 1985.

Larrissy, Edwards. *Reading Twentieth-Century: The Language of Gender and Objects*. Oxford: Basil Blackwell, 1990.

Laughlin, James. *The Master of Those Who Know: Ezra Pound.* San Francisco: City Lights Books, 1986.

Leary, Lewis. *Motive and Method in the Cantos of Ezra Pound.* New York and London: Columbia UP, 1954.

Leavis, F. R. *New Bearings in English Poetry.* Harmondsworth: Penguin Books Ltd., 1963.

Legge, James. *The Four Books.* 1923; rpt. New York: Paragon Books Rpt., 1966.

Lindberg, Kathryne V. *Reading Pound Reading: Modernism After Nietzsche.* Oxford: Oxford UP, 1987.

Little, Matthew. "Pound's Use of the Word *Totalitarian.*" *Paideuma.* 11-1(1982): 147-156.

Lowe, James. "Pound's Rendering of Abstraction in the *Pisan Cantos.*" *Paideuma.* 18-3(1989): 137-144.

Makin, Peter. *Provence and Pound.* Berkeley: U of California P, 1978.

Miyake, Akiko. "Contemplation East and West: A Defence of Fenollosa's Synthetic Language and Its Influence on Ezra Pound." *Paideuma.* 10-3(1981): 533-570.

_____. *Between Confucius and Eleusis: Ezra Pound's Assimilation of Chinese Culture in Writing The 'Cantos I-LXXI.'* UMI, 1970.

Moody, A. D. "*The Pisan Cantos*: Making Cosmos in the Wreckage of Europe." *Paideuma.* 11-1(1982): 135-146.

Mullins, Eustace. *This Difficult Individual, Ezra Pound.* New York: Fleet Publishing Corporation, 1961.

Nassar, Eugene Paul. *The Cantos of Ezra Pound: The Lyric Mode.* Baltimore and London: The Johns Hopkins UP, 1975.

Nicholls, Peter. *Ezra Pound: Politics, Economics, and Writing.* London and

Basingstoke: The Macmillan Pr. Ltd., 1984.

Nolde, John J. *Blossoms from the East: The China Cantos of Ezra Pound*. Orono, Maine: The U of Maine P, 1984.

Norman, Charles. *Ezra Pound*. New York: The Macmillan Co., 1960.

O'Conor, William Van and Edward E. Stone. *A Casebook on Ezra Pound*. Cornwall, New York: Cornwall Press, 1959.

Oderman, Kevin. *Ezra Pound and the Erotic Medium*. Durham: Duke UP, 1986.

Palandri, Angela. "Homage to a Confucian Poet." *Paideuma*. 3-3(1974): 301-311.

_____. "The Seven Lakes Canto Revisited." *Paideuma*. 3-1(1974): 51-54.

Pearce, Roy Harvey. *The Continuity of American Poetry*. Princeton: Princeton UP, 1965.

Perkins, David. *A History of Modern Poetry :From the 1890s to the High Modernist Mode*. Cambridge: Harvard UP, 1976.

Rabaté, Jean-Michel. *Language, Sexuality and Ideology in Ezra Pound's Cantos*. Albany: SUNY P, 1986.

Rosenthal, M.L. *Sailing into the Unknown: Yeats, Pound, and Eliot*. New York: Oxford UP,1978.

Rosen, David Matthew. "Art and Economics in Pound." *Paideuma*. 9-3(1980): 481-497.

Ruthven, K. K. *A Guide to Ezra Pound's Personae(1926)*. Berkeley: U of California P, 1969.

Sambrook, James. *The Eighteenth Century: The Intellectual and Cultural Context of English Literature, 1700-1789*. London: Longman, 1986.

Schneidau, Herbert N. *Ezra Pound: The Image and the Real*. Baton Rouge:

Louisiana State UP, 1969.

Schulman, Grace. ed. *Ezra Pound*. New York: Mcgraw-Hill Book Co., 1974.

Schroth, Randall. "A Primer for Some of Pound's Chinese Characters." *Paideuma*. 9-2(1980): 271-288.

Schuldiner, Michael. "Pound's Progress: *The Pisan Cantos*." *Paideuma*. 4-1(1975): 71-81.

Scott, Thomas L. & Melvin J. Friedman. Ed. *The Correspondence of Ezra Pound: Pound/The Little Review*. New York: New Directions, 1988.

Shu-sam, Tay Williams. *The Sun on the Silk: Ezra Pound and Confucianism*. UMI, 1977.

Sieburth, Richard. "In Pound We Trust: The Economy of Poetry/The Poetry of Economics." *Critical Inquiry*. 14-1(1987): 142-172.

Smith, Marcel and William A. Ulmer. Ed. *Ezra Pound: The Legacy of Kulchur*. Tuscaloosa and London: The U of Alabama P, 1988.

Smith, Stan. *Inviolable Voice: History and Twentieth-Century Poetry*. New Jersey: Humanities P, 1982.

Stead, C. K. *Pound, Yeats, Eliot and the Modernist Movement*. London: The Macmillan, 1986.

Stock, Noel. *Reading the Cantos: A Study of Meaning in Ezra Pound*. Minerva Press, 1966.

_____. *The Life of Ezra Pound*. Harmondsworth: Penguin Books Ltd., 1974.

Sullivan, J. P. Ed. *Ezra Pound*. Penguin Critical Anthologies. Harmondsworth: Penguin Books Ltd., 1970.

Surette, Leon. *A Light from Eleusis: A Study of Ezra Pound's Cantos*. Oxford: Clarendon P, 1979.

Sutton, Walter. Ed. *Ezra Pound: A Collection of Critical Essays*. Englewood Cliffs: Prentice-Hall, Inc., 1963.

Terrell, Carroll F. *A Companion to the Cantos of Ezra Pound*. Berkeley: U of California P, 1984.

_____. "Poetic Madness or Political Treason." *Paideuma*. 13-1(1984): 149-153.

Torrey, E. Fuller. *The Roots of Treason: Ezra Pound and the Secrets of St Elizabeth's*. London: Sidgwick & Jacson, 1984.

Tytell, John. *Ezra Pound: The Solitary Volcano*. New York: Anchor P, 1987.

Wand, David Hsin-Fu. "To the Summit of Tai Shan." *Paideuma*. 3-1(1974): 3-12.

Wilhelm, James J. *The Later Cantos of Ezra Pound*. New York: Walker & Co., 1977.

Witemeyer, Hugh. *The Poetry of Ezra Pound: Forms and Renewal, 1908-1920*. Berkeley and Los Angeles: U of California P, 1969.

Woodward, Anthony. *Ezra Pound and The Pisan Cantos*. London: Routledge, 1980.

Yee, Cordell D. K. "Discourse on Ideogrammic Method: Epistemology and Pound's Poetics." *American Literature*. 59-2(1983): 242-256.

Zimmerman, J. E. *Dictionary of Classical Mythology*. New York: Bantham Books, 1977.

| 저자소개

이 두 진

서울대학교 영문과 졸업 및 동대학원 석박사
가톨릭대학교 영미언어문화학부 영문학전공 교수
W. B. 예이츠, 에즈라 파운드, 에밀리 디킨슨 연구

에즈라 파운드의 시와 유교사상

인쇄일 초판1쇄 2010년 12월 9일
발행일 초판1쇄 2010년 12월 10일
지은이 이두진 / **발행인** 정구형 / **발행처** *L. I. E.*
등록일 2006. 11. 02 제17-353호

서울시 강동구 성내동 447-11 현영빌딩 2층
Tel : 442-4623,4,6 / Fax : 442-4625
homepage : www.kookhak.co.kr
e-mail : kookhak2001@hanmail.net
ISBN 978-89-93047-15-8 *94800 / 가 격 21,000원

저자와의 협의하에 인지는 생략합니다.

L. I. E. (Literature in English)